新潮文庫

からくりからくさ

梨木香歩著

からくりからくさ

小さな木の門が人待ちをしているように少し開いていた。

細い露地を入っていくと、玄関の右手に侘助椿《わびすけつばき》が咲いている。改築した隣家の加減で、そこだけ晩冬の日が射《さ》している。

蓉子《ようこ》は持ってきたねじ式の鍵《かぎ》をがらり戸の鍵穴に差し込み、まわし始めた。一回まわしたところで、二枚の戸の重なりを少し持ち上げるようにする。それがコツだ。

祖母がいた頃は鍵など使う必要もなかった。戸はいつも開いていた。不用心だから家にいるときも内側から鍵を締めておくようにと、蓉子の両親もいつも口を酸《す》っぱくして言っていたが、ついぞ守られたことはなかった。米寿近くまで生きて、それまでの生活習慣を変えるのは難しかったのだろう。今はそんなおっとりした時代ではないのだ、といわれても、祖母にはぴんとこなかったようだ。

祖母が死んで祖母の時代も終わった。

戸を引くと、少し引っかかった。祖母がいつもしていたように敷居に蠟引《ろうび》きしなければ、と蓉子は思う。今日は祖母が死んで五十日目だ。昨日が四十九日だった。葬式も四十九日もお寺で済ませたから、この家に入るのは久しぶりだ。

三和土《たたき》に立つと、閉め切ってあった家の濃厚なにおいが押し寄せてきた。お香やかびの入り混じったような、そしてそれ以上に、何かの気配。

蓉子はコートを着たまま、座敷に上がって窓という窓を開けた。縁側の硝子《ガラス》戸、雨戸を開けると家が深呼吸する。突き当りは納戸《なんど》。台所。その奥は四畳半。二階に上がり、三つの部屋の窓も開ける。

それから階段を降りて風呂《ふろ》場《ば》に行き、水道の水を流す。最初しばらく茶色っぽい水が出たがすぐに透明になる。バケツに水を溜《た》める。脱衣場の横の棚から、手拭《てふ》きタオルと祖母が縫い貯《た》めていた雑巾《ぞうきん》を取り出す。バケツの水に雑巾を泳がせ、堅く絞る。冬の水が絡《から》んだ布を絞るのは独特の痛さがある。手が赤くなる。

「それ、そこで。手拭きでしっかりと手の水気を拭くのだよ。どうせ濡《ぬ》れるのだからと、ずぼらをしてはいけない。濡れた手を風に当てるのが一番いけない。一度一度しっかりと水気を拭き取れば、あかぎれなどはできません」

蓉子は祖母の口真似《くちまね》をしながら、タオルで手を拭く。その手で絞ってあった雑巾を広げ、膝《ひざ》をついて二間続きの座敷を拭いていく。途中で、汗ばんできてコートを脱ぐ。

きれいなようでも、久しく人気《ひとけ》のなかった家の畳はうっすらとほこりを積んでいたと見え、すぐに雑巾は黒くなった。そしたらまたすすぎに行く。絞る。タオルで手を拭く。雑巾を広げる。まだ拭き終えていない場所に見当をつけて、そこからざっざっと拭き始める。拭き終えたらバケツと雑巾の始末をする。

それから座敷の押入を開け、炬燵《こたつ》用の敷き布団《ぶとん》を敷き、納戸から炬燵をもってきて、コンセントを入れた。そうそう、電源のブレーカーを上げてこなくては。

お勝手の戸の前に椅子《いす》を置き、その上にあるブレーカーを上げる。ブーンと通電の音がして、家中が身震いした。

「さあ、次はりかさんだ」

祖母の名前は麻といった。りかさんは「麻子さん」と呼んでいた。

だってほら、あささん、って呼びにくいじゃない。

それからりかさんは、自分のことを「ちゃん」づけで呼ぶのはやめてくれ、と蓉子に断わった。蓉子が初めて「りかちゃん」と呼んだときのことだ。

りかさんなりに何か思うところがあったのだろう。蓉子はその気持ちを汲《く》んでりかさんを「さん」づけで呼ぶようになった。

実際、それからりかさんは事あるごとに、「りかさん」と尊敬を込めて呼ぶしかない見事な判断力を披瀝《ひれき》した。

りかさんはどこであんな広くて深い見識を身につけたのだろう。

祖母が亡《な》くなったとき、りかさんは麻子さんの道行に付き合いたいからしばらく喪に服する、と宣言した。そして祖母の家に帰って（りかさんがそう希望したので蓉子が彼女を連れて行き）引き籠《こも》った。

四十九日間、りかさんは麻子さんに付き合って、麻子さんがお浄土に行くのを見届けたのだろうか。

蓉子は二階へ上がり、奥の六畳間に入った。そこは祖母が「お人形部屋」と呼んでいたところだ。ここにはかつて様々な人形が所狭しとおかれていたものだ。だが今は閑散としている。

祖母は、倒れる一年ほど前から、それぞれの人形の引取り手を探し始めていた。博物館やお寺、人形好きの人々、と、その人形が最も望まれる場所をまるで憑《つ》かれた人のように捜し求めていた。それはとても根気のいる仕事だった。なぜなら祖母は、その一体一体の人形の来歴やまつわる由来を鑑《かんが》みながら、その人形自身満足のいく場所であり、かつ向こうもその人形を大事にしてくれる、という二重の条件を満たす場所を決めていかねばならなかったからだ。最後の一体の引取り手が決まった後、間もなくして祖母は眠るように死んだ。

あの人形たちはもうここにはいないけれど、その気配はまだ残っている気がする。蓉子は見えないたくさんの緞帳《どんちょう》を繰るようにして押入に近づき、戸を開けて長持のような桐《きり》の箱を引っ張り出した。

——白雪姫の棺《ひつぎ》のようだ。

と蓉子は思う。

「りかさん、起きて。開けるわよ」

声をかけながら、そうっと蓋《ふた》を開ける。柔らかい羽二重の生地に包まれて——りかさんは羽二重が好きだ——りかさんは眠っている。静かだ。

「いやだ、りかさん、どうしたの、人形みたい」

蓉子は笑いながら声をかける。りかさんからは何も返ってこない。蓉子の笑いが止まる。生きている何かに声をかけたなら、たとえ相手が無言であっても、キャッチしたという応答の気配が返ってくるものだ。今のりかさんにはそれがない。物そのものだ。

……りかさんはまだ帰ってきていないんだ……

蓉子の心が沈んでいく。へたへたと座り込む。

「蓉子、帰ってるの？　マーガレットさんから電話」

祖母の家からりかさんを抱えて帰り、自宅の部屋でぼうっとしていると母の待子が階下から声をかけた。

「はーい」

慌《あわ》てて立ち上がる。

マーガレットはアメリカから鍼灸《しんきゅう》の勉強のため日本に来ている。蓉子と同じ歳《とし》で、蓉子はマーガレットに日本語を、マーガレットは蓉子に英語を教えている。そのランゲージ・エクスチェンジの時間の変更だろう。けれどマーガレットの日本語はほとんど完璧《かんぺき》なので、蓉子は教えているというよりただおしゃべりしているだけ、という気がしている。普段の会話も日本語だ。

「もしもし、マーガレット？」

「蓉子、今度の木曜だけど、悪い、キャンセル。ちょっと、用事出来ました」

こういう文章は文法的にどうなんだろうなあ、と蓉子は思いつつ、

「わかった。じゃあ、来週の木曜ね」

と応じて電話を切った。

マーガレットとは、「植物染料を考える会」の主催する野山歩きで知り合った。

蓉子は大学へは行かずに、その「植物染料を考える会」のメンバーの一人である柚木《ゆのき》

の工房へ外弟子として通っている。忙しいときはそちらへ泊り込むほど忙しいが、暇なときは二、三週間ぶらぶらできるほど暇だ。

「ああ、蓉子」

二階へ行こうとする蓉子に母が台所から声をかけた。

「何」

「どうだった？　おばあさんち」

「どうって？」

「何も変わったことなかった？」

「別に荒されてもいなかったし、だいじょうぶよ。りかさんは連れて帰ったけど」

「鼠《ねずみ》にかじられてなんかなかったでしょうね」

「それはだいじょうぶなんだけど……」

全くだいじょうぶともいえない。

「あの家なんだけれどね」

母はちょっとトーンを落とす。

「おとうさんとも話してたんだけど、いつまでもあのままにしておくわけにはいかない。人気がないと家は荒れるし、かといって、売ってしまうには愛着がありすぎるし」

「私たちがあそこへ引っ越すの？」

それも悪くない、と蓉子は思った。

「それも考えたんだけれど、この家だってご先祖の土地だし」

母は家付き娘で父は養子である。亡くなった祖母は父方の祖母である。

「じゃ、人に貸す？」

言いながら、蓉子はそれはいやだなと思った。

「ええ、女子学生の下宿はどうかしら。学生さんなら、ずっと居つかれるってことはないし、女の子なら部屋もきれいに使うでしょう」

それはどうだろう、と蓉子は数人の友人の部屋を思い浮かべた。

「あまり期待しないほうがいいかも」

「まあ、とにかくそうしようと思うの。賛成してくれる」

ふいに何かが蓉子の内から涌《わ》き起こった。

「いいわ。私もその下宿人の一人にしてくれるんなら」

特に家を出たいと思っていたわけではなかった。

何人かの友達が大学進学で一人暮しを始めたときも、それほど羨《うらや》ましいとも感じなかった。

蓉子は、けれど、そのとき何か少し焦《あせ》っていたのだ。覚醒《かくせい》しないりかさんのこともあったかもしれない。

蓉子の独立は、「それもいいかもしれない」という、父親の一言で決まった。

実際、下宿人だけにしておくよりは、管理人がいたほうがいいに決まっているし、蓉子が本格的に染色をやるつもりなら、そのうち専用の工房も持たせなければ、という思いが両親にあった。

蓉子は昔から染めものが好きで、紅茶や玉葱《たまねぎ》の皮でよくハンカチなどを染めていた。最近では羊毛なども染めるので、台所が占領されて食事時と重なると不便この上なかった。けれどそれを生業《なりわい》にするとなればあまり文句も言えない。

空いている祖母の家の、二階を下宿人の個室に、一階の一部を蓉子の工房にすれば両方のニーズが満たせるわけだ。

「ただ、あの古い日本家屋に喜んで来てくれる若い娘さんがいるかどうかってことだけれど」

母はためいきをついた。自分でもためらうものがあるのに。母は最近改造したシステムキッチンが気に入っている。おばあちゃんちの流しは昔のままのタイルだ。

「そうね、少なくとも一人は知ってるわ」

蓉子は思案ありげにいった。マーガレットだ。

マーガレットの今の下宿は下が食堂なので、いつも何かの匂《にお》いが漂っている。煮込んだスープの匂い。炒《いた》めた肉の匂い。細かい油の粒子が空気に散りばめられている気がする。

マーガレットはそのことを別段苦にしている様子ではないが、家賃が安いので仕方がない、というようなことをいっていたのは覚えている。去年の暮れ、古い民家を訪ねて中山道《なかせんどう》を旅したこともきいている。そういう家に、マーガレットは興味があるのだ。祖母の家は、そんな重文に指定されるような民家にはほど遠いが、それでも数世代に渡って営まれてきた穏やかな生活のたたずまいがあり、きっとそれはマーガレットの気に入るものだと蓉子は直感していた。

それで次の週、マーガレットが来たときにこのことを切り出すと、思った通りマーガレットは目を輝かせた。

「ただ、私が下で染材を炊《た》くこともあるだろうから、においの点では今とあまり変わらないかもしれない」

蓉子は念のため付け加えた。

「そんなこと」

マーガレットは首を振った。

「全然かまわない。植物はいい。脂《あぶら》がいやなの」

それから二人で祖母の家を見に行き、マーガレットは早々と二階の三間あるうちの一室を自分の部屋と決めた。

残りの下宿人は案外早く見つかった。

蓉子の通っている染織工房に、美大の女子学生が何人か織糸を買いに来る。そのうちの二人が新しい下宿を探していると、蓉子の師事している柚木が言った。

「一人は内山紀久さん。今お住まいのところで、機《はた》を織る音がうるさいと苦情が出ているらしいの。もう一人は与希子さん。姓は、ええと、佐伯《さえき》、だったかしら。あなたも会ったことがあるかもしれない。テキスタイルの図案の研究をなさってて、ご自分でも実際にやってみたいらしいのだけれど、織機《おりき》を置くスペースに困っているっていうことよ」

その二人なら蓉子も知っている。紀久は穏やかで少し神秘的な印象があるが、与希子の方は、はきはきと好き嫌いのはっきりしている娘だ。

いい組合せかもしれない、来てくれたら私も嬉《うれ》しい、と蓉子は応《こた》えた。

「じゃあ、今度二人が来たときに、一度あなたに連絡をとるようにいっておくわ」

柚木は、梅の幹材を切り刻む手を休めずに言った。

公園の梅林の剪定《せんてい》で、トラックにいっぱい梅の枝が持っていかれるのを蓉子は思いだした。わざわざ古い幹材を使わずとも、あれは利用できないのだろうか。

「梅は剪定の時、枝が沢山出ますでしょう。あれを分けていただくわけにはいかないんでしょうか」

「そうねえ。切ったばかりのみずみずしい若枝なんか見ると、いかにも色を出しそうなんだけど、梅はねえ」

柚木はちょっと困ったように微笑《ほほえ》んだ。

「どういうわけか、ゴツゴツと瘤《こぶ》だらけの古い幹の方がいい色が出るのよ」

それから二人でまた、黙々とチップをつくる。


下宿の話はとんとん拍子に決まった。四月に入って大学が始まる前に引越しをすまそうとばたばたと三人が荷物を持ってやってきた。

二階の、二間続きの和室に襖《ふすま》を立てて紀久と与希子が、廊下を挟んで向い側の部屋にマーガレットが住むことになった。

荷物も運び入れて一段落した夜、あいさつと事務的な契約をかねてやってきた蓉子の両親がささやかな歓迎の宴を開いた。

これから居間になるであろう座敷にテーブルをおいて、蓉子とその両親、下宿人の三人で、計六人になるはずなのに、席のしつらえは七人分だ。

紀久も与希子も、それに気づいたときは他に誰かくるのだろうかと不思議に思ったが、驚いたことにその席は蓉子の人形のためのものだった。

　蓉子の両親もその人形については、

「蓉子が小さいときからこれが我が家の習慣みたいになって……」

と言い訳めいたことをいっただけだった。それで、紀久も与希子も、人形は一人っ子だった蓉子の妹代わりだったのだろうぐらいに思った。娘がいつまでも幼いままだと思いたい親心もあるのだろうとも。でも、それにしては今回その大事な娘を手放して下宿の管理人にするなんてずいぶん思い切ったものだ。

　少しぎこちない宴が終わり、両親が帰った後、蓉子は改めて紅茶を入れに台所にたった。まだ家の勝手が摑《つか》めず残された三人の視線は自然と人形に集まった。淡紅梅の無地の縮緬《ちりめん》に、それより少し濃い紅梅の色の長襦袢《ながじゅばん》が袂《たもと》から覗《のぞ》き、同色の伊達《だて》襟《えり》も美しい。

「いい縮緬」

　紀久が呟《つぶや》いた。

「ちりめんって？」

　マーガレットがきく。

「布の表面に凹凸があるでしょう。これをしぼと呼ぶのだけれど、簡単に言えばこのしぼのある布を縮緬と呼ぶの」

紀久は丁寧に答えた。

「しぼの細かさによっていろんな縮緬があるのよ」

与希子も続ける。マーガレットはうなずいて、

「りかさんの着ている着物はいつもみんなそんな布。日本の布だと思ってました。縮緬、て呼ぶんですね」

「そうそう、ちぢれた小魚はちりめんじゃこ」

与希子のことばはマーガレットをまた新たな謎《なぞ》に直面させそうだったので、紀久は慌てて、

「りかさんっていうの？　このお人形」

「そうです」

マーガレットは生真面目《きまじめ》に答える。

マーガレットは蓉子とりかさんの付き合いについて細かなことは知らないが、蓉子が大事にしている人形であり、しばらくどこかへ預けていた、ということは承知していた。以前、ランゲージ・エクスチェンジのとき、マーガレットは机の上のりかさんに気づき、

「あ、りかさん帰ってきた」

……ううん、帰ってきたけど帰ってきてないの、とそのとき蓉子は心で思い、少し悲しく行儀の良すぎるりかさんの姿を眺めていた。

「ええ。しばらくその祖母の家に行っていたの」

マーガレットはきょとんとしたが、その訳は詮索《せんさく》しなかった。蓉子はマーガレットのそういうところが好きだった。もっともマーガレットは人形には興味がなかった。

「私、小さいときから人形遊びなんてしたことがなかった。そんな無駄な遊びする気になれなかった」

人形遊びを、無駄だといわれて蓉子は反発したかったが、さて、どうして反論したらいいものかちょっと言葉が見つからなかった。いわれると、ショックだがなるほど無駄のような気もした。それで、

「じゃあ、どんなことして遊んでたの」

マーガレットはしばらく空《くう》を見つめて考えていたが、

「そう、本を読んでいた。それから父といっしょに釣りに行ったり……。私はプラクティカルなことにしか、興味が持てなかった」

「プラクティカル——実用的、ね」

蓉子が念を押す。

「ジ・ツ・ヨ・ウ・テキ。ああ、実用」

マーガレットはそのとき頭の中で回路がつながった気がして大きくうなずいたものだ。人形は、実用的、でない。

そこへ紅茶の支度を載せた盆を両手に持って蓉子が入ってきた。

「今、マーガレットからこのお人形の名前をきいていたところだったの。りかさん、ていうのね」

紀久が落ち着いた低い声で話しかける。

「ええ」

蓉子はうなずき、盆を自分の座布団《ざぶとん》の横において座りながら、さて、どうりかさんのことを説明したものかと思案した。ゆっくりとポットからカップに一杯ずつ紅茶をつぎ、その間、この場の空気を測るように確かめた。

一人ひとりにカップを差し出している間も蓉子は無言だったが、空気に変な違和感がないことを感じとっていた。つまり引き攣《つ》れた緊張感のようなものがその場に漂うことはなかった。初めて四人が顔を合わせた日だったのだが、それぞれのどこかわからない一部がそれぞれ少しずつ融《と》け出して馴染《なじ》んでいくふうだった。

それを敏感に察し、だいじょうぶかもしれない、と蓉子は踏んで、

「最初にりかさんがきたのはね……」

と話し始めた。

りかさんは、もともと蓉子が昔、祖母から貰《もら》った人形だ。

九つの誕生日に何か欲しいものがあるか、ときかれて「リカちゃん人形」と答えた。けれど桐《きり》の箱に入って送られてきたのは、漆黒の髪の市松人形だった。今でも、開けたときの脱力感とやるせなさはまざまざと覚えている。その人形には、祖母の手になる「取扱い説明書」がついていた。りかさんは、専用の箱膳《はこぜん》をもっていて、その中には小さいながらも一通りの食器が入っている。それに、蓉子が自分の朝晩の食事から一口ずつよそってあげる。それがその「取扱い」の肝要な点だった。

ままごとの延長のようなその儀式は、蓉子を熱中させた。手ずからごはんを食べさせる動作をすると、だんだん情愛のようなものが湧《わ》いてきた。始めて三日目ぐらいから、じっと見つめるとりかさんもこちらをじっと見つめ返す、という手応えのようなものが感じられた。五日目には、今にもしゃべり出すんじゃないかと思う瞬間が何度も出てきた。

七日目の夕方、突然「……ようこちゃん」と、りかさんがひたひたと心で足踏みするような口調で初めて語りかけたとき、蓉子はどきりとしたものの、それほど意外な感じはしなかった。りかさんの声は、耳からではなく、蓉子の目と目の間、つまり顔の正面から入ってくる。父母はりかさんの声が聞こえないようだった。蓉子は幼いながらも、父母にはこのことは黙っていた方がよさそうだと判断した。

蓉子がこの「不思議」について祖母に打ち明ける気になったのは、祖母とりかさんは蓉子と彼女より長い付き合いのはずだったし、祖母はちょっとした人形のコレクターでもあったので、「不思議」に対する処し方を教えてくれると思ったからだった。

それからりかさんと祖母と蓉子は、秘密結社のような濃密な時間を共にした。蓉子の学校生活が忙しくなるに連れてその濃密さは薄れていったが、それでもりかさんの存在は蓉子にはかけがえのないものだった。兄弟姉妹がいないせいもあったのかもしれない。祖母が亡《な》くなって、りかさんは誰もいない祖母の家でずっと一人でいた。ずっと前、蓉子がりかさんに聞いたところでは、人形は傍らに人間がいなくなると、「冬眠」のような状態になるのだそうだ。今回はどうだったのだろう。そういえばりかさんは「お浄土送り」をするとは言ったが、帰ってくるとは言わなかった。けれど別れの挨拶《あいさつ》もなかったのだ……。

他の三人にとっては不思議な語りだった。

現実感が、あるようなないような、ただ、この目の前にいる蓉子にはそれが紛れもないリアルな現実らしいことは切々と伝わってきて、それだけに皆自分の判断の持っていきようのなさに途方に暮れた。

蓉子が話し終わっても、最初は皆何と言ったものかわからなかった。けれど他の二人と違って今までに何度かりかさんを見たことがあるマーガレットは、初めて聞く話に深く考え込んだ。

この話を今まで蓉子が自分にしなかったのは、自分を信用していなかったというより自分に負担をかけまいとしたせいではないだろうか。この手の話を自分が受け容《い》れられるわけがない、もし蓉子が以前に話していたらそれは妄想だと即座に否定しただろう。蓉子の今の真剣さから言って、その否定は友情の決裂を意味していたかもしれない。自分は蓉子が好きだからつらいディレンマに陥っていただろう。……何か、このとんでもない話に現実と折り合いを付けさせるような解説はないものか……。マーガレットは考えた。そして、

「それは蓉子、私が思うに……」

マーガレットは人差指を上に向けて、視線も上に向けた。「私が思うに」という言葉は英語の、アイ、シンクそのもので、その後意見をまとめる流れも母国語に似ていたのでマーガレットは最近多用している。

「あなたとおばあさんはとても仲がよかったですよね。りかさんは、あなたにとってはおばあさんのスピリットそのものだった。おばあさんが死んだことでとてもショックを

受けたあなたは、その死を認めようと努力した、結果、りかさんの存在そのものまで死の世界に追いやった」

蓉子は、鳩《はと》が豆でっぽう食らったような顔をしている。

「はあ……」

俄然《がぜん》生き生きしてきたのは与希子だ。

「待って、こうともいえる。いい？　あなたとおばあさんはとても仲は良かった。けれどあなたはおばあさんにライバル意識も持っていた。乗り越えたいと思っていたわけ。それは意識されない殺意になっていたので、おばあさんが死んだときあなたは罪悪感をもった。もちろん無意識によ。それでりかさんと話すことにも後ろめたさを感じて、彼女とコンタクトをとれない状態を自らつくりだしている」

「……はあ。ライバル意識ね……私が」

蓉子は根が素直な質《たち》なので、眉間《みけん》にしわを寄せて、自分の中にそういう意識があったかどうかを検証しようとしている。

「あるいは」

与希子は一段高く声を張り上げる。

「あなたとおばあさんはとても仲が良かった。あなたはりかさんが生きているかのように思い込むことによっておばあさんとより親密になれることを発見した。けれどもうおばあさんは亡くなったので、もうそう思い込む必要がなくなった」

「はあ……」

　蓉子はますますわけがわからなくなる。

「いいかげんになさいよ」

　紀久がやんわりと与希子を制止する。

「りかさんのことは、蓉子さんにとっては聖域に等しいことよ。おもしろがるべきじゃないわ」

「あら、おもしろがってなんかいないわ。こういうの、今流行《はや》ってるのよ」

　与希子はむきになる。紀久は、

「あまり趣味のいい流行とは思えないわね」

「確かに、おもしろがっている」

　マーガレットは断定した。自分のことも白状しているのだろう。

「……そうね、多少は、ね」

　与希子はしぶしぶと認めた。

「けれど、決して、馬鹿《ばか》にしているわけではないし、まるっきり信じてないわけでもないのよ。うちにも古い人形があったから、なんとなくわかる気はする」

「古い人形なら、うちにもあったわ」

紀久は目を伏せて言った。紀久の左の耳たぶに、ほくろがある。それが少し、盛り上がっている上に、ちょうどピアスの位置にあるので、独特の存在感がある。

「古い享保雛《きょうほうびな》が」

「え」

蓉子の目が輝く。

「まあ」

「享保雛って?」

とマーガレット。

「面長で、大振りの、江戸ピリオドにつくられた人形よ」

「ちょっと恐《こわ》いよね」

と、与希子も説明を加える。紀久は、そう、それ、とうなずきながら、

「雛段の一番上でね、こちらを睥睨《へいげい》しながら鎮座ましましているところは、本当に迫力があって、小さい頃は、ぞくっとしたものよ。叔母がお嫁に行った後、人に乞《こ》われてもらわれていったけど」

そこでちょっとお茶を飲み、

「最近帰ってきたらしい」

「それはまたどうして」

「嫁ぎ先で不都合でも」

「いやあね。叔母じゃないわよ、人形よ」

「わかってるわよ、冗談よ」

「子細はよくわかりませんが、戻ってきたかったんでしょう」

蓉子は、紀久のこういう感性が好きだが、マーガレットは眉《まゆ》をしかめ、与希子は非論理的だ、と唸《うな》る。蓉子はとりなすように、

「それより、与希子さんもお人形もってらしたなんて意外だわ。マーガレットはね、人形遊びはしたことがないって、いう人なの」

そう、とマーガレットは紀久と与希子の顔を交互に見ながらうなずく。与希子は、

「それはあなたに特有の事だったの？　それとも海の向こうではそういう遊びは流行らないのかしら」

「私に特有のこと、です――ここで蓉子が、その話し言葉はちょっと変、と釘《くぎ》をさす――女の子たちは、みんな、人形で遊んでた」

「あなたはどうして」

「……なんだか、そんな暇はないって気がしていて……。世の中、覚えなければならないことがいっぱいあるのに……」

「分かる気がする」

と、与希子はうなずく。

「でも、人形はあったんでしょう」

「ええ。おみやげとかにも貰うしね……。でもどこかにしまってそれきり」

マーガレットは首をすくめた。紀久は微《かす》かに居住まいを正し、与希子とマーガレットを見つめる。

「ねえ、理屈はどうであれ、蓉子さんにとって、りかさんが家族と同じとても大事な存在であることはわかったわ。管理人の蓉子さんの家族なら、当然私たちはそのようにりかさんを扱うべきだと思う。そして、蓉子さんによれば、りかさんは今、意識がない、いわば植物人間ならぬ、植物人形の状態だっていう。私、そういう状態の人に――もちろん人間だけど――あきらめずに話しかけていたら、やがて意識が戻ったっていうケースを知っているの。だから、あきらめずに世話をしていたら、もしかして……」

それを聞いて、蓉子が少し涙ぐむ。その様子を見て、一同一瞬水を打ったように静かになる。紀久が続ける。

「だから、蓉子さん、りかさんにはいつもここにいてもらって、話しかけたりしてあげて。私は、それ、変に思わないから」

与希子もうなずく。マーガレットは、

「私は、変に思わない、とは言えません。私は変な感じを持つと思う。でも、蓉子が、それを許してくれれば」

「何を？」

「つまり、私が、どうしても、そういうことが、わからない人間だってこと」

蓉子はマーガレットをまっすぐ見てうなずく。

「それは、とてもマーガレットらしい。マーガレットも、私がこんな、人間だってこと、認めてくれる？　つまり、いい歳《とし》して、人形に命があると、本当に信じているようなー」

マーガレットは、ちょっと、黙った。そして、胸の辺りで左手をぐるぐる回しながら、

「……やっぱり、葛藤《かっとう》、あるね。でも、がんばってみる」

蓉子は、微笑《ほほえ》んだ。紀久や与希子にはわからないかもしれないが、こういう事態を受け入れることがマーガレットにはとても難しいことを蓉子は知っているのだ。

「ありがとう、マーガレット」

「ねえ、起きてる？」

与希子と紀久の部屋は襖《ふすま》で隔てられている。そして与希子はその襖の横に布団を敷いた。つい、寝ながら隣に声をかける気分になる。

「起きてるわ」

いきなり襖の向こうから声がしたので、ぎょっとしながら、紀久は応《こた》える。心臓に悪い、と思う。

「どう思う、あの、蓉子さんのこと」

「どうって、私、前から真面目《まじめ》な感じのいい人だなあって思ってた。余計なおしゃべりはしないし」

「悪かったわね。余計なおしゃべりばっかりで」

「あら、そんな」

「蓉子さん、というより、りかさんのこと。本当に信じてるの？　異常だと思わない？」

「……わからない。でも、蓉子さんにとって、それがすごくリアリティのあるものだってことはわかる」

「それは、私も。でも、気味悪くない？」

紀久はしばらく、うーん、と考えて、

「あのね、人形に関して、世の中には三つのタイプの人がいると思うの。一番目は、全く関心のないタイプ。関心がないから、家具や風景の一部としてその人の中を素通りしていくのね。二番目は、ものすごく惹《ひ》かれてしまうタイプ。惹かれる余り、自分でも人形を作ってしまうぐらい。三番目はものすごく嫌うタイプ。なんだか生きてるみたいで気持ち悪い、って言う人たちね。二番目と三番目は両極のようでいて、実は感情移入できるっていう点ではいっしょなのよ」

「蓉子さんと、マーガレットね」

「……それが、そう単純でもない気がする。マーガレットはともかく、蓉子さんのは、その三つのタイプのどれにも当てはまらないような気がして……」

蓉子から受ける、あの独特の感じは何なんだろう。

普通、人は会話するとき、気づかずにお互いに共通の感覚の基盤のようなものを探り当て、そこから会話を紡《つむ》いでいこうとする。精神的な病を抱えている人々は、それができない。だから、不安定で周囲から浮いてしまう。

蓉子にはそういう不安定さがない。むしろどこにいても周囲になじんで相手に安心感を与えていくタイプのように思う。

紀久はそういうことをかいつまんで話した後、

「だから、蓉子さんがおかしいって、片付けてしまえることではないように思う」

「私、蓉子さんがおかしいっていってるわけではないわ。私が言っているのは私たち自身の気持ちのことよ。あなたは何ともないの？」

紀久は再びうーんと唸り、

「今のところは、まだだいじょうぶ。あなたは」

与希子はそれを聞いて何故《なぜ》か安心した。

「私も、今のところは」

「じゃあ、今夜はこれで寝ましょう。おやすみなさい」

「おやすみなさい」


早朝、階下から人の立ち働く物音がして、それは大きくはないけれど絶え間なく続き、いつか楽隊の音になり、与希子の夢の中を出たり入ったりした。

それは、どこまでも続く草原のまん中で何かを中心にメリーゴーラウンドが回っている夢だった。気づくと実は螺旋《らせん》状に上に登っている。これからどこに行くのだろうといぶかる。メリーゴーラウンドは楽隊の音で動いている。けれど動かしているのはその草原の中心の何かだ。

次第に楽隊が遠ざかり、与希子は目が覚めた。一瞬どこにいるかわからない。間をおいて、ああ、引っ越したんだ、と納得する。青くさい、どこか懐《なつ》かしい緑のにおいが、空気の層に混じって漂っている。

階下に降りて、台所をのぞくと、紀久もすでに起きて、食卓に座っている。与希子に気づいて、

「あ、おはよう」

「おはよう。何、このにおい」

「蓉子さんが今朝早く蓬《よもぎ》を刈りに行って、鮮度が命、とか言って煮出したのよ。今、外で生糸をつけてるとこ」

「ああ、蓬か。どうりで」

においが、いっぱいの思い出を抱えてる、というようなことをうまく言おうとして口ごもっているところへ蓉子が顔を出した。

「ちょうどよかった。今、一段落したとこ。朝ご飯、一緒に食べない？　早く顔を洗っていらっしゃいよ」

言われるまま与希子は顔を洗いながら、こんなふうに、起床時間とかが決まってきたら、ちょっと嫌だな、と思う。

食卓にはりかさんもついている。古い子ども用のダイニングチェアに座っている。

「ああ、いるいる。へえ、今日は着物じゃないんだ」

りかさんは露草模様のワンピースを着ている。

「誰かのお手製？」

「ええ、母が、昔。私のとお揃《そろ》いで縫ってくれたの。私のはもちろん、とっくに着られなくなっちゃったけど」

「人形は歳をとらないのかな」

与希子が何気なく呟《つぶや》く。

「でも、蓉子さんは歳をとったわけだ」

そこへガラガラと玄関を開ける音がして、マーガレットが入ってきた。タオルを首に巻いて、息を弾ませている。

「ただいま」

「おかえり。走ってきたの」

「ええ。これが、私のいつも」

その日本語はおかしい、と皆一瞬思うが、だったら、何と言い直せばよいか、と考えるとめんどうくさくなって、意味が分かるのだからまあいいだろう、と妥協した。皆顔を見合わせると、互いの表情の変化から如実《にょじつ》にそう読み取れたのがおかしくて、一斉に笑い出す。

「あ、ごはんが噴いている」

「いけない、火を小さくして」

蓉子は慌《あわ》ててそういい、味噌汁《みそしる》の鍋《なべ》を火にかける。

紀久が中をのぞきながら、

「用意がいいのね、だしじゃこが入ってる」

「夕べ入れといたのよ。お米と味噌と出しじゃこは、祖母が使ってたのがあったから」

「で、具は？」

「あ」

すっかり忘れていた。祖母がいた頃は、何でも揃っていた。皆、心細そうに蓉子を見つめている。

「しかたないわ、今朝摘んできた蓬が少し余ってる。あれを使いましょう。細かく刻んで散らせば、食べにくいこともないでしょう」

蓬の味噌汁は野原の味がした。祖母が漬けておいた梅干しだけをおかずにした、簡素きわまりない朝食だった。りかさんも、りかさんの食器に同じものをもらった。

なのに皆、静かに満ち足りた。

「お会いしたことはないけれど、蓉子さんのおばあさんって、すごい。自分が死んだ後まで、こうやって、孫《つま》の命のサポートをしているんだもの」

与希子が梅干しを摘みながらしみじみ言った。

後片付けをして、皆がそれぞれの仕事に戻った後、蓉子も庭に出て、作業の続きにかかった。媒染《ばいせん》のすんだ糸を水洗いし、高く張ったロープに干しながら、さっきの与希子の言葉を思いだし、反芻《はんすう》した。

祖母という実体がいなくなっても、祖母の家は祖母の気配を忘れていない。むしろ実体がなくなった分、ますますその性格を色濃く所持していくようだった。

祖母の本性は、今そこにある何かを「育《はぐ》もう」とすることにあった。草木でも、人形の中に眠る、「気」でも。伸びていこうとする芽の力を、知らずそこから紡ぎ出そうとする。

その温かで前向きなエネルギーがこの家にはまだ満ちているような気がして、蓉子は祖母を喪《うしな》ったという気が実感として湧《わ》かないのだった。

紀久の実家は、昔、貴人の流刑《るけい》先だったことで知られる島の、海を望む高台にあった。そこで小学校まで過ごした。中学、高校は島を離れたけれど、大学生になった今でも夏休みには帰る。島には飛行場がないので、電車を乗り継いで港まで行き、そこから半日かけて船に乗る。高速艇が走るようになったので、昔に較《くら》べればだいぶ便利になった方だ。

小学生の頃までは、家に父の末の妹が同居していた。彼女は祖父母が歳をとってからの子だったので、叔母といっても十も変わらず、姉のように思っていた。

その島では織物が名産で、各戸に一台は織機《おりき》があった。その年若い叔母もいつも織機に向かい音を立てていた。母や祖母のそれよりも、紀久はなぜかこの叔母の機《はた》のリズムが、何を織るにせよ一番好きだった。

紀久の家は昔は島の名主で、何代か前の当主が、島民の現金収入を得る道として、織物会社を組織した。今は紀久の父がその代表だ。父も祖父も、若い頃は島を出て大学に学び、外から妻を連れて戻ってきた。だから母や祖母が手慰みに織る反物の奏《かな》でる音は、生まれながらの島の人間が奏でる音とは微妙に違った。音に変な甘さがあった。

叔母が島の反対側の村の旧家に嫁に行ったのは、旧暦の雛《ひなまつ》祭りの日だった。会社で扱っている織物は、紬《つむぎ》の類《たぐい》で、普通訪問着になるようなものではなかったが、叔母の嫁入り支度のために、当時特別に取り寄せられた金糸銀糸が使われたのを、紀久は今でも鮮明に覚えている。

与希子は、この町から電車で二時間ほどかかるS市という古い城下町の出身だ。紀久と同じ大学の、三回生になる。今は中近東の遊牧民が織るキリムと呼ばれる織物の図案に凝っている。

彼女の論文の骨子は、民族に固有の型や図案はその民族の世界観を現している、曼陀《まんだ》羅《ら》のようなものだというものだ。与希子はその地方の織りのリズムで、その世界観を体感したいと考えている。

西アジアで実際に遊牧している人々は今も地面に水平に置く素朴な水平機を使うことがあるが、大体は定住して業者の委託で機織を仕事にしている。彼らの使う織機は縦に長いので竪機《たてばた》と呼ばれる。キャンバスに向かって絵をかくように織り上げていく。

「私、そういうのが好きなの。キリムは経糸《たていと》と緯糸《よこいと》が必ずしも直角に交わらないで、緯糸がどこからでも自由に行き来して伸びのび絵を描いているような感じでしょ」

与希子は、何を織るかによってその機の構造を決定すべきだと考え自分で設計しようとしている。その説くところがあまりに壮大なので、蓉子はぼうっとして聞きながら与希子さんって天才じゃないかしらと素直に恐れ入ったのだが、紀久は、

「要するに、あれね、あなたどれだけ原始的な機でやれるかトライしたいのね」

と、微笑む。与希子は、

「まあ、そういう言い方もできるかもしれない」

といって、この下宿の軒が深いのを利用して、軒下に杭《くい》を打ち、水平機を固定するというアイディアを出した。紀久はあきれかえって、

「あのね、遊牧民がテントの前に造るあれを考えているのかもしれないけれど、あれはほとんど雨が降らない地域だからこそできることよ、雨が降ったらどうするの。経糸をとりつけたらもう途中から外せないわよ」

「あら、ビニールシートでもかけておくわよ」

与希子の声は少しパワーが落ちた。

「それでも湿気は避けられないわ。第一、地面を流れる雨水はどうするの。杭を打ってしまったら移動できないのよ」

「……ふむ」

与希子は考え込み、

「じゃあ竪機にする」

「どこにおくつもり。あなたの部屋はもう別の機は入らないでしょ」

与希子は黙って居間の続きの座敷を指さした。

「畳がぼろぼろになるわよ」

紀久はにべもない。蓉子は恐る恐る、

「畳の上にベニヤ板か何か敷いたらどうかしら」

と提案した。与希子の顔がぱっと輝き、

「管理人の蓉子さんがそういってくれるんだったら」

と紀久の顔色を窺《うかが》った。紀久はおもむろに、

「管理人の蓉子さんがそういってくれるんだったら」

与希子の言葉を繰り返して、

「実は私も、もう一台機が置けたら、と思っていたの。実家の知合いの織り子さんが機織をやめるんで機がいらないかって言ってきて……。私も、学校の課題の他にただ毎日シンプルな織りだけの機が欲しいと思っていたんだけれど、言い出せなくて……」

「何よ、それ」

与希子があきれかえる。

「あら、そしたら、もう隣の座敷はそういうことにしましょう」

蓉子はにこにこしている。

この人の良さを利用してはいけないと紀久は自戒する。だが今回はありがたく受けよう。


与希子は日曜大工の店の相談コーナーにいって、その織機の構造を説明し、木材の裁断と大仕事なところは店でやってもらい、後は家で組み立てるだけにしたものを運んで貰《もら》うことにした。座敷の畳の上にコルク板が敷き詰められて機を迎える準備もできた。機の部材が運ばれると、与希子の指揮のもとにマーガレットまでかりだされて組立が始まった。が、いざ始まるとそのあまりのシンプルさに皆拍子抜けした。ほとんど何もない、ただの大きな木枠とそれを支える足下駄の部分だけだった。

「筬《おさ》もなければ千巻《ちまき》もない。一体どうやって織るつもり?」

紀久はあきれた。

「経糸さえ張れれば、そこに好きな緯糸をくぐらせていけるわ。これで幅一五〇、高さが二メートル近くある。これをキャンバスに見立てて、絵が描けるわ」

与希子は満足そうだった。

「でも巻取る装置もないわけだから、上の方はあなた、梯子《はしご》かなんか使わなきゃいけない。疲れるわよ」

「あら、かまわないわ」

与希子は歌うようにいった。

そのうち与希子の遊牧民族への傾倒は、図案だけでなく、食べ物にまで向い始めた。集中力が増すといってはチーズをかじりながら機に向かっている。隣で紬を織る紀久が気にして、

「羊毛を触りながらその同じ手でチーズなんか食べて、だいじょうぶ？」

「だいじょうぶ、だいじょうぶ。防水性が増して風合いが出る」

与希子は一向に気にしなかった。紀久は後で蓉子たちに、

「あんな毛羽だった手で食べたりして、私には真似《まね》できないわ」

と呟いた。

蓉子たちの住む町は車で三十分も走れば海に出るようなところにある。

木々の梢《こずえ》の隙間《すきま》から、遥《はる》かに水平線が見渡せる森の一角に、柏《かしわ》の木の群生があった。ここには、蓉子は子どもの頃家族でハイキングにきたことがある。あのときはりかさんも連れていた。

今日は、柚木と二人で柏の葉の採取にきた。

軍手をはめ、高枝切りばさみを使って、柏の枝先を切り落としていく。ばさっ、ばさっと音を立て、木々の枝の途中に引っかかったりしながら大きな柏の葉の塊が落ちてくる。根から水を吸い上げ、この枝葉の末端にまで行き届かせていた生命力が、その循環を断たれて切口から彷徨《さまよ》い出したかのように、辺りは匂《にお》い立つ緑の生気でいっぱいだ。見上げる葉むらの向こうに何かが潜んでいるような気がして、蓉子は、ふと作業の手を止めてしまう。

「どうかした?」

柚木が蓉子に声をかけた。

「あ、いえ……。あんまり緑がいっぱいで、息苦しいような……」

「この季節は、本当にそうね」

柚木はうなずく。

「この緑は、どこか暗いところがある。鉄媒染で黒褐色になるのを、何度も何度も繰り返して黒にするの。その糸で、喪服にする反物を織り上げる」

「え……。この柏の葉、喪服になるんですか」

「うーん、正式の喪服というより、法事とかで使われるものになるでしょうけれど。やっぱり、のっぺりした純粋の黒は植物染料ではむずかしいから。どうしたっていろんなものがざわざわ入ってくるから。せいぜい死者を悼《いた》む色ってとこかしら」

「死者を悼む色」

その言葉が蓉子の中でぐるぐると回り出す。

空を見上げると枝を落とされて隙間の開いたところから高い天が覗《のぞ》いている。

柚木の工房に帰るとすぐ採ってきた柏の葉を細かく切り、そのまますぐ大鍋にぐらぐら柏の葉の色素を煮出していく。こういうとき、蓉子はいつも、隠れている何かの素性を白状させるような気がして、後ろめたいような興奮を感じる。

鉄媒染では、しかし今回、柚木が思っていたような黒褐色にはならなかった。くすんだ栗色《くりいろ》の感じだ。かせになった絹糸の端の方ではだんだんに薄く茶色にぼける。これを何度も繰り返し、染めむらをなくす。

「おもしろいわね。季節が同じ頃に採っても、毎年同じ色を出すとは限らない。でも、これじゃ、注文通りの商品にはならないわ。しばらく寝かせて、明日、もう一度煮だしてみましょう」

「他の媒染も試していいですか」

「いいわよ、案外、アルミもおもしろいかも」

酢酸アルミの媒染液に、試験用の絹布を入れた途端、それがさっと思いもかけなかった明るい美しい色に変わった。

「あ……」

「まあ。朱の入ったピンク。珊瑚色《さんごいろ》だわ」

「こんな色も出るんですね」

絹独特の光沢でその色は一層華やいで見えた。しかしどこかしんとした落ち着きがあり、それが化学染料のピンクと違うところだった。

「あなたの分、持ち帰れるだけ麻袋に入れて。何だったら車で送りましょうか。ああ、そうだわ。買物もあるし、そうしましょう」

「すみません、お願いします」

蓉子は柚木に柏の葉といっしょに送り届けて貰った。

持ち帰った試し染めの珊瑚色の布を見て、与希子は狂喜した。

「この色よ、この色が欲しかったの、今度の織布のまん中に」

「淡いけれどもしっかりしている、いい色ね」

紀久も認めた。マーガレットは、

「コーラル・レッド。……昔懐《なつ》かしい色」

「あら、これ、今りかさんがしている帯揚げの色とおんなじ」

紀久がいった。皆、いっせいにテーブルにいるりかさんを見た。りかさんは少しうつむき加減でテーブルの上で手を組んでいる。その上の方に見えている帯揚げは確かにその色だ。

「ほんとだ。同じ染め方をしたんだろうか」

「さあ……。りかさんの帯揚げは、たぶん、祖母が若い頃こしらえた長襦袢《ながじゅばん》の余りでつくったんだと思うけれど」

あれも柏でないにしても、ブナ科の染材を使ったのかもしれない、媒染は焼きみょうばんだろう、と蓉子は見当をつけた。

「染めに出すばかりにしている羊毛があるの。ねえ、これで染めて貰えないかしら」

与希子は熱心に頼んだ。

「ええ、柏の葉をずいぶんもらってきたんで、明日やってみましょう。刻むの、手伝ってね」

「わかった」

与希子は子どものように張り切っている。

その晩蓉子は夢を見た。

大きな柏の木がある。葉が豊かに繁《しげ》っていて、葉陰の緑の濃淡が風に揺れる。

その中に、何かが潜んでいるような気がして目を凝らす。……鳥? いや、あれは……。りかさん、りかさんだ。りかさんが緑の中で小鳥のようにせわしく働いているのに気づく。ああ、なんだ、りかさんそこにいたのか、と安心する。りかさんは忙しそうだ。声をかけたら悪いと思う。

りかさんは人形だけれど、命がある。

かつて祖母は、体は命の「お旅所」だといった。神社のお祭りのとき、神様の御霊《みたま》を御神輿《おみこし》に乗せる。その場所を、御霊のお旅所、と呼ぶ。命は旅をしている。私たちの体は、たまたま命が宿をとった「お旅所」だ。それと同じようにりかさんの命は、人形のりかさんに宿をとった。

それが祖母の説明だった。りかさんの命はまだ働いている。

柏の木に近寄ろうとすると、りかさんは消えてしまったかのように、どこにも見えなくなる。柏の葉陰の、その跡には細かに銀の露のきらきら光る蜘蛛《くも》の巣のストールが架かっている。そうか、りかさんはカクレミノを織っている。りかさんのカクレミノは、微妙な光のニュアンスによって、様々に変化する。

そう思ったところで蓉子は目が覚めた。

……りかさんはカクレミノを織ってる……

柚木は、染物は草木の命を色に移し換えることだといっていた。

染物も、命の長い長い旅路の、ひとときのお旅所づくりなのかもしれない。

しかし次の日、その染めは成功しなかった。

染材をぐつぐつ煮だしているときから、蓉子はいやな予感がしていた。昨日とははっきりと出てくる色が違う。

けれど与希子の痛いほどの期待がわかっているので、何とかならないかと、先日より長い時間煮だしてみたのだが、ついに昨日と同じような色にはならなかった。

他の三人の同居人も次々に鍋《なべ》の中を覗きにくるが、皆はっとしたように黙り込み、それから、

「また、媒染がかかると違うのかも」

と、慰めたり、励ましたりした。しかし、酢酸アルミの媒染をかけても、泥の滲《にじ》んだ藁《わら》のような色にしかならなかった。

みんな、与希子が今回依頼した羊毛は、彼女が原毛から脱脂し、精練し、紡《つむ》いだものだと知っていた。

与希子は黙っていた。

その沈黙から、与希子の憤《いきどお》りや落胆が津波のように自分を包むのを感じて、蓉子はいたたまれなかった。

重苦しい空気が、家全体に流れた。

蓉子はりかさんを抱き、その帯揚げをそっと撫《な》でた。

……こうなっては、どうしたってあの染液からこの色はでないわね、りかさん。ならいっそ、鉄媒染で、そうね、木酢酸鉄で……

蓉子は立ち上がり、りかさんをおいて木酢酸鉄の入った容器を取り出し、溶液を作り始めた。

動き始めた蓉子を見て、紀久は、

「何？」

「鉄媒染しようと思うの」

蓉子は静かに答えた。

「鉄？　でも、鉄媒染だと、大概黒っぽくなるのではないの」

「ええ。でも、捨てるよりはましだと思って。折角《せっかく》の、柏の命だから」

スカーフ用の絹の布を何枚か水洗いし、染液で煮、媒染にかけた。やはり黒っぽい色だ。更に水洗いし染液で煮る。繰り返していくと、しん、と落ち着いた、紫の煙る黒色の、滅紫《けしむらさき》に上がった。

「あら」

と、紀久が珍しくうわずった声を出した。

「私、好きだわ、この色。いい色だわ、ほんと」

蓉子の表情が少し明るくなった。与希子が寄ってきた。皆、少し緊張した。与希子はしばらく黙ったままで、その染まったばかりの濡《ぬ》れた布を見ていた。それから、おもむろに口を開いた。

「いい色だわ。……これで、お願いします」

その一言で、蓉子の祖母の家は生き返ったようだった。

「私の紬《つむぎ》用にもお願い」

と紀久もほっとしたようににっこりして頼んだ。

蓉子はさやえんどうの筋をとっている。テーブルの上には山のようなさやえんどうがのっている。

外は晴天。開け放した窓から時折そよ風が吹いてきて、眠気を誘うようなうららかな午後だ。

コーヒーを入れに降りてきた与希子が、やかんを手にとり、蛇口をひねって水を入れ火にかけて、テーブルに腰掛ける。さやえんどうの山を見ながら、

「どうしたの、これ」

「紀久さんの実家から送ってくださったの」

「ふうん。きれいなきみどり。若くて、みずみずしい」

そういいながら、一つを手にとり、自分も筋をとり始める。

「どう、進み具合いは」

蓉子は論文のことをたずねる。

「だめ。こんなに眠くちゃ。眠気覚しにコーヒーを入れにきたの」

やかんがピーピーいいだしたので、立ち上がり、ガスを止め、フィルターと粉をセットしようとしている。

「飲む?」

「そうね、ええ、お願い」

蓉子もうなずく。与希子は粉を二人分入れる。庭の方からアブが一匹入ってきて、その羽音に一瞬二人とも身じろぎしたが、アブはそのまま素通りして台所の窓から出ていった。

部屋にはコーヒーのいいにおいが立ち始めた。

蓉子は手を止めて、カップを引き寄せる。与希子はりかさん用のカップにも少し注ぎ、

「ありがとう」

「はい」

「はい、りかさんも」

といって、勧める。りかさんは心なし首をかしげてお礼をいった風情《ふぜい》。

「もう、そろそろ網戸をしないと虫が入ってくる季節ね」

与希子は何気なく言った。

「あら」

蓉子はバツが悪そうに、

「この家、網戸ないのよ」

「え、そうだった？」

与希子は意外そうに言って、窓の点検に立つ。

「あ、ほんとだ。雨戸はあるけど網戸がない」

そこへ紀久が帰ってくる。

「ただいま。ごめんなさい。めんどうなこと、押し付けちゃって」

「ちっとも」

紀久は、そそくさと手を洗い、テーブルにつき、筋取りの仲間に加わった。

外の気配をいっぱいくっつけてる、と蓉子は思う。バスや大学の構内の喧騒《けんそう》が紀久の回りをとりまいているのを蓉子は感じる。

大体蓉子は人を見てまずその気配から何かをメッセージとして受け取るタイプだ。それが特異なことで、りかさんと長いこと一緒に暮らしてきた結果だとは本人は気づいてはいない。

「全く、こんなに一度に送ってきて、どういうつもりなんだろう」

紀久は申し訳なさそうに言った。与希子は、

「いいじゃない。私、さやえんどうのみずみずしいところ、油でぱっとソテーして、塩振って食べるの大好き。一度思いきり食べたかった」

「そういってくれるとありがたいけど。実は、さやえんどうといっしょに、母からの手紙も入っていて、近々島へ一度帰らなければならないみたいなの。墓を立ててるんですって」

「え、どなたか……」

皆一瞬手を止めて紀久を見る。紀久は慌《あわ》てて、

「違う、違う。古い墓をまとめて一つにするらしくて……」

といって、ためいきをついた。

「田舎の事だから、墓と一口にいってもずっと昔からのものが無数にあるわけ。きちん

と水を入れる場所とかセットになってる墓石だとすぐにわかるんだけど、百年ぐらい前に生まれてすぐ死んでしまった名前もないような子の石ころみたいな墓とかもごろごろあるの。親が生きていた昔はそれなりに花入れも備えてあったのかもしれないけれど、今はよくわからない。大体、その石の前の地面に蟬《せみ》の幼虫の抜けでた穴みたいなのがあるの。それ、微《かす》かにその子のことを覚えていた人が線香を立ててきた穴なのね。人為的に出来た線香のための穴なのか、そうでない、蟻《あり》の巣穴とか、なのかを見分けるのはけっこう難しい。百年前でも二百年前でも、大人の男の人ならちゃんと立派な墓を立てて貰《もら》えるのにね。でも、私、そういう、探さないとよく分からないような昔の子どもの墓が好きだった。春先に野原の隅でつくしを見つけたような気持ちになるから」

「なんか、いいわねえ、それ。牧歌的で。墓の持つ暗いイメージがなくて。私、墓参りなんて、しんきくさいものって思ってた」

与希子はうらやましそうに言う。紀久は、遠くを見るような目付きで、

「あら、私の墓参りのイメージは、かんかんと日の照りつける旧盆の午後よ。ツクツクホウシが鳴いて、干涸《ひか》らびた固い地面よ。それでも所々草が生えてるから、その穴はよく探さないと見落としちゃうの。今度、その墓を全部まとめて、いわゆる先祖代々の墓っていうのにするんですって。それで、その除幕式？　そういうの？」

「さあ。建立式《こんりゅうしき》？」

「まあ、いいけど。それに出ないといけないみたいなの。いやだわ。あの風化しつつあったちっちゃい墓のいっぱいあったところがきれいに整地されて、きっと、私の好きな名前も分からないような慎《つつ》ましいのは、どんどん省かれちゃうんだ、そして馬鹿《ばか》でかい醜い、これ見よがしの墓がどーんと立つのよ」

蓉子は何故《なぜ》かそこで、紀久の両親の肩をもたなければならない気がして、

「醜いかどうか、見ないと分からないじゃない」

「いや、そういうものは、おきくさんの言うとおり醜いに決ってる」

与希子は断言する。

「やめてよ、そのおきくさんていうの」

紀久は気味悪そうに言う。

「ごめん。墓、醜い、きく、と聞いたら、つい」

「醜いのはお岩さんでしょ。番町皿屋敷と四谷怪談がごっちゃになってない？」

「あ、そうか。要するに、怪談のイメージで」

「怪談は、これから先、いいかもしれない。この家、冷房がないから」

蓉子がさりげなく言う。

「冷房どころか、網戸もないのよ、さっき発見したの、私。きっと、虫が大変よ」

と、与希子が諦《あきら》めた口調でいうと、

「私、蛾《が》だけはきらい。蛇よりもむかでよりも」

珍しく強い語気で、紀久が言い切った。その勢いに、一瞬皆たじろいだ。それから与希子が、

「そりゃ、好きだっていう人は少ないと思うけど」

「私、だめなの。生理的に受け付けない」

「でも、あなたの出身の島にだって、蛾ぐらいいたでしょうに」

「いたわよ。だから出てきたのよ」

紀久はいつもの穏やかな語調に戻った。一同あっけにとられる。

そこへ、マーガレットが帰ってきた。いつものように一つにくくったダークブラウンの髪から、日向《ひなた》の匂《にお》いがこぼれる。

「ただいま」

「おかえり」

と皆声をそろえる。

「どうしたんですか、みんな熱心に」

「この家には冷房がなくって、網戸がなくって、紀久さんが蛾がきらいで、それで島抜けをしたって話」

与希子がかいつまんでいうのを無視して、蓉子は紀久に向かい、

「蛾ぐらい、この辺にだっているわよ。夏の夜、公園の誘蛾灯を見たことがある？」

「それでも、町中ははるかにましよ。田舎の蛾のすさまじさといったら……ああ、もう鳥肌が立ってきた。昔、祖母の部屋は——祖母は十年ほど前に亡《な》くなって、さっきの墓地に埋葬されているんだけど——離れになっていて、渡り廊下で母屋《おもや》とつながっていたの。で、ある日祖母を呼びにいこうとして、その渡り廊下の欄干の所に見たこともない大きな蛾がぺたんと張り付くようにしてとまっているのに気づいたの。こんな大きなのよ」

紀久には珍しく眉間《みけん》にしわを寄せ、両手の指を使って円をつくり、思い出すのもたまらない、という表情をつくった。

「心臓が凍り付いたかと思った。一瞬動けなかった。そのまま、少しずつ後ずさりして、ものすごい悲鳴をあげて母屋に逃げ帰った。それから、二度とその廊下を渡れなかった」

紀久はもうこの話はおしまい、というように目をつぶり、口をきっと閉じた。

「蝶《ちょう》はどうなの。あれもいや？」

「蛾ほどじゃないけど……。鱗粉《りんぷん》がいやなの。小さい頃から触われない。でも、見るのは平気」

「でも、紀久さんのやっている紬も、結局蛾の繭《まゆ》の産物でしょ。蛾の幼虫が出た後の穴の開いた繭なんかを集めて、真綿をつくってそれから糸を紡いでつくるんでしょ」

「それよ」

紀久はため息をついた。

「人生って矛盾してる」

しみじみ述懐する、という感じだったので、紀久もそのことには葛藤《かっとう》があったのだろう。

蓉子はすまなさそうに、

「ここね、確かに町中ではあるけれど……ほら、庭がわりと広いじゃない、木も結構生えてるし……」

「ジャングルみたいよね」

与希子が茶化す。

「だから、虫はかなり多い。蛾も……。そんな大きなのは出ないけど」

後の方は、慰めるようにいった。紀久は、大きく息をして、

「そう願いたいわ」

「やっぱり、網戸がいるわよ」

与希子が同情して口を出す。

「お金がないのよ。網戸って結構高いの」

蓉子がすまなさそうにいう。隣の座敷にコルク板を敷き詰めたのも、実はけっこう高くついた。

「食費を少しずつ削って」

マーガレットが提案する。

今のところ、食費は皆、決まった額だけ出し合って、缶に入れている。買物はその缶から出した金で順番でいき、使った分のレシートとおつりを缶に戻す。出先から、思いがけない目玉商品を見つけて買ってきたときは、やはりレシートを入れ、要した金額だけとる。レシートには一応それぞれの名前を書いておく。

「誰かがとんでもないチーズなんか買わないようにして」

与希子が買物の番の時には、正直みんな閉口していたのだ。だが、皆それなりに食に対する好奇心もあったので今まではそれほどシリアスな問題にはならなかった。だが、お金が必要となると別だ。

「そうだ、この庭のジャングルのような膨大な雑草を、駆除をかねて食べてしまえばいい」

自分でもチーズのことでは後ろめたいものがあったせいか、与希子は突然突飛なことを言い出した。

「また極端なことを」

紀久は話題が蛾を離れると冷静だ。

「だって、一挙両得じゃない。虫の住処《すみか》である藪《やぶ》はきれいになるし、食費は——ある程度は——浮くし」

「でもね、草にだって食べ頃があるのよ。春先ならともかく」

「いや」

思いもかけず、マーガレットは乗り気なそぶりを見せた。

「与希子のいうことは合理的です。草はそれは春先が一番柔らかくて食べ易《やす》いが、他の季節だって食べられないことはない。工夫次第です。例えばまとめてゆでて細かく刻んでパンケーキに混ぜ込む、とか」

この場合のマーガレットのいうパンケーキとは、お焼きのことである、と、皆承知していた。

「そうね、体にもいいかもしれない……」

蓉子だって、そんなのは大好きだ。結局皆が賛成した。

もちろん、そんなことで、容易にたまるような額ではなかったが、庭の草を食する、というロビンソン・クルーソーのような行為や、「やりくり」とか「つましさ」という言葉のもつままごとめいた楽しさに、四人とも心惹《ひ》かれたのだった。

「紀久救済網戸基金」

与希子が厳かに宣言し、紀久は、

「おそれいります」

と頭を下げた。


当面は網戸無しの生活が続いた。

が、雨上がりに開け放した窓から入ってくる湿気を含んだ草いきれや、樹間を渡ってきた風がダイレクトに茶の間に入ってくるのは、それはそれで心地よいものだった。

最初はなかなか要領を得なかった野草のアクのとりかたや料理法なども次第にコツがわかってきた。

タンポポ、ノゲシ、ヨメナなど、キク科の植物は、食用とされていないものでも、他の物に混ぜるとわからなくなり食べ易い。小松菜などのかさを増すのに、四分の一強ぐらい入れると何が何だか分からなくなり、多分キク科と見当がつくだけの名も知らぬ雑草でも、平気で食べてしまう。

けれど、ハコベは春の七草でも有名でありながら、どんなに洗ってもほこりっぽく、少量でも入っていると食べづらい。与希子などは、口に含んですぐにそれとわかり、

「あ、今、ハコベが入った」とコメントする。けれどさっと湯通ししたときの冴《さ》えた若緑が美しく、その彩《いろど》りに免じて食べてしまう。

カラスノエンドウ、スズメノエンドウなどのマメ科の植物も割合に食べ易い。つるの先をちょいと摘《つ》んでいって、あえ物にでも油いためにでも使う。菜飯《なめし》にもする。てんぷらは一番おいしいけれど、結局その野草の持つ風味が薄くなってしまって最初の頃は皆好んだが、次第に面白味がなくなった。それに野草を揚げたあとの油はアクですっかり疲れてしまい、次には使いものにならなくなる。だから、野草をてんぷらにするときは、充分使い回した後の油で、どうにも我慢できない個性の野草を使う。

食べ慣れるころには、庭も次第に蓬生《よもぎう》の風情《ふぜい》がなくなり、

「全部摘んじゃうのは、惜しいくらいね。根っこごとひっこぬく、なんて蛮行はできないわ」

という声もあったが、さすがに野草園にしておくつもりもない。蓉子も植えてみたい植物があり、それは多かれ少なかれ他のメンバーもいっしょだったので、きれいになった庭を四等分してそれぞれの管轄《かんかつ》にした。

蓉子は、藍草《あい》を育てたいのだが、まだ力不足のようにも思われる。いつか、藍瓶《あいがめ》を持ち、藍建てをするのが夢だ。

今は茜草《あかね》を植えようと思う。

街路樹のえんじゅが、白い花房をつけはじめた。

「えんじゅは新緑も、花も素敵。バス停から家まで歩くのが楽しいわ」

帰ってきた紀久がいった。

「街路樹のえんじゅもいいけど、近くの運動公園の奥に大木があるわ。枝を四方に広げて、花房が何百となく鈴なりに咲くの」

蓉子は、小さい頃、暗くなってからりかさんと運動公園を抜けて帰るとき、数え切れないろうそくのようにぼうっとえんじゅの花が白く浮き上がったのを見たことがある。それは風に揺れるたび、しゃんしゃんしゃんしゃん、と鈴の音のように遠く近く響いた。

あれも、りかさんがいたからこその不思議だったのだろうか。

「えんじゅの花も食べられるのよね」

紀久は蓉子のもの思いを破るように無粋なことをいい、テーブルの上の『食べられる野草』を手にとってぱらぱらとめくった。

この本は、ここのところ、蓉子たちの一番の愛読書であった。が、彼女らは食べられる、食べられないにこだわらず、果敢に挑戦した。この本はもっぱら毒草かそうでないかを確認するのに役立ったのだった。

「そう。でも、ちょっと高いところだから、ねえ、道具建てがないととりにくい」

「人目もあるし」

蓉子は流しに向かって、露草の若芽を洗っていた。

まだ根を張り切らない、芽吹いたばかりの露草は、地面から引っ張ると根っこごと採れるので、洗うときに爪《つめ》の先で一つずつ土のついた根を切り落とす。

露草は祖母の好きな花だったので、季節になると庭中薄青の花でいっぱいになったものだ。

祖母への若干の敬意の分を残したとしても、有り余るほどの露草の芽が庭中に出てきた。

「祖母は、草むしりの時も露草だけは甘やかして抜かずにおいたものだから」

と蓉子は、誰に言うともなく呟《つぶや》いて、ボウルの中で露草の若緑を洗い、ざるに入れて水を切り、白い皿に盛っておいた。

皿の白に、芽吹いたばかりの露草の文字どおり露をまとった若緑が映《は》えて鮮やかだ。

流しの向こうは木の桟の窓になっていて、そこから金木犀《きんもくせい》の若葉が湿気を帯びてつやつやしているのが見える。外は薄曇りで、今日は少し湿度が高いようだ。

「それ、何にする?」

与希子が目で露草をさした。

「白和《しらあ》え。のつもり。味噌汁《みそしる》の実にしてもいいと思う」

「そうか……。私、今日はコンパだから夕食食べられない」

「じゃあ、夜食にでも少し残しておくわね」

蓉子はそういってタオルで手を拭《ふ》き、媒染の様子を見に広縁の方へ行った。

そこへマーガレットが帰ってき、

「土手でカラスノエンドウ、摘《つ》んできました」

と、最近ではいつも持ち歩いている紙袋をテーブルの上においた。

「カラスノエンドウはもう遅いんじゃない」

与希子は遠慮なくいって、覗《のぞ》こうとした。

「大丈夫、蔓《つる》の先の柔らかいところだけ」

マーガレットはそのまま二階へ荷物をおきにいった。与希子は袋からカラスノエンドウの蔓を一つ摘《つま》み、指先でくるくる回して見つめていた。向い側ではりかさんがちょこんと専用の椅子《いす》に座っていた。

しばらくして蓉子が台所に戻ると、テーブルに白いクロスがかけてあった。誰もいない。

クロスの上には、テーブルの円周の縁に沿ってぐるりとカラスノエンドウの蔓が、外向き内向きと交互に置かれていた。合間あいまに露草の葉、小さなヘビイチゴの実、それからハルジョオンの小さな雛菊《ひなぎく》のような花がぽんぽんとおかれ、白と淡い紅、それぞれ明度の違う緑、ハルジョオンの花芯《かしん》の淡いレモンイエローの配置が思わず息を呑《の》むほど美しかった。

蓉子が驚きの余り声も出せずうっとり見とれていると、紀久が外出先から戻ってきた。ただいま、と言いかけ、紀久の目もテーブルに釘付《くぎづ》けになった。

「……ずっと唐草模様のことを考えながら歩いてたのよ。驚いたわ。まるで唐草模様」

「でも、モリスのデザインみたい」

「あれも植物が基調だから……。あれ、これ蓉子さんがやったのではないの？」

蓉子は慌《あわ》てて首を横に振った。降りてきたマーガレットにきいても、確かにカラスノエンドウを摘んできたのは自分だが、その後のことは知らないという。

「じゃあ、きっと与希子さんだ、そうでしょう、りかさん、見てたんでしょう」

紀久は冗談ぽく、りかさんにきいた。もちろんりかさんは答えないけれど、美しいものを見せられ、それが自分の心を占めていた唐草のデザインだったものだから紀久は上機嫌だった。

「与希子さんは？」

マーガレットがきいた。

「あ、私途中で会ったわ。今日はこれからコンパですって」

「そうそう、そういってた」

草花の輪舞のような円環のデコレーションを、崩すのは惜しかったが、結局それはその夜の文字どおりお菜になった。

桜の季節を過ぎて、野山を歩くと、思いがけないところに藤《ふじ》の花のカーテンを目にしたが、それもまた過ぎると、抜きんでて高いところに桐《きり》の木の花を見かけるようになった。藤色を少し濃くした紫で、藤が地面に向かって下がっているのに、桐の花は天を向いている。

「桐の花の紫はいいわねえ。品があるわあ」

紀久は今見てきたらしく、感動の余韻が伝わるような言い方をした。

「ああ、出たところの四つ辻《つじ》の手前のお宅でしょ。あれ、隣の松で目立たなかったけど、桐だったのよね。毎年のように、そうか、と思うんだけど」

「あの色は出せない？　花紫っていうの？」

「そうねえ。紺系の藤色だわね。藍で染めた上に紅花をかけるんだと思うけど……」

「藍か……。じゃ、少し難しいわね」

「そうなの」

　藍を染めるためには、藍瓶を持たないとならない。柚木は、郊外に住む知合いのところで藍を染める。

「でも、昔の人ってすごいわよねえ。どうしてあんなこと思い付くんだろう、発酵させたり酸化させたりって」

「今でこそそういう化学変化の名称でみんな呼んでるけれど、昔はもっと身近な名前でいってたんじゃないかなあ。それで、そういう状態にすれば多分こんなふうなことが起こるんじゃないかって、いろいろやってみたんでしょう、きっと」

「そういえばぜんまいの、出たばかりのくるんとまるまったところね」

「ええ」

「あそこ、ふわふわした綿にくるまれているでしょう」

「ええ、ええ」

ぜんまいでかわいらしいのは何といってもあのふわふわである、と蓉子は思いながら返事した。

「あれを集めてね、半分ぐらい真綿を足して、糸を紡《つむ》ぐの。それを緯糸《よこいと》に、絹糸を経糸《たていと》にして織ったのがぜんまい紬《つむぎ》」

「じゃあ、たくさんたくさん集めるのね」

蓉子は熱心にいった。ぜんまい一個分の綿なんて、綿棒の先の半分にも満たない。

「そう、沢山沢山。……私も実際見たことがないからよくわからないけれど」

「でも、なぜぜんまいなの。あのふわふわを実用化するなんて、なんて素敵、と思うけれど、きっと気の遠くなるような作業だと思うわ」

「昔、日本の農村はとても貧しかったのよ。少しでもかさを増やすために始まったことだろうけれど、実際、ぜんまいの綿には防水の役目もあって、保温にはとてもよかったんですって」

「ふうん」

蓉子は、にこにこと聞いている。紀久は、ふとそれに気づいて、

「どうかした？」

「いや、そういう話になると、紀久さん、夢中になるなあって」

紀久は少し赤くなった。

「好きなのね、そういう手仕事みたいなのが」

「私たち、みんなそうね」

蓉子はあいづちを打った。この四人に共通しているのは、本当に手仕事だった。

「ぜんまい紬みたいな、貴重な技術がなくならないうちに、何とかその現場へ行って、リアルタイムでそれを見聞きしたいと思うのよ。日本には、そういう地域限定みたいな織物がいっぱいあるわ」

紀久の言葉には熱がこもっていた。早晩、この人はそういう旅を実行するだろう、と蓉子は思った。

同じ織物でも、紀久の興味は紬に向かい、与希子のそれはキリムに向かう。紀久は実家の影響があったかもしれないけれど、与希子は何でなんだろう。

そのことを、蓉子は何の気なしにあるとき与希子に聞いた。紀久は向こうで機《はた》を織っていた。与希子はしばらく考えてから、

「そうね。……自分の中での『西』の位置づけの象徴みたいなところなのかもしれない。ヨーロッパは西洋といっても今の日本からはそんなに隔たっているように思えない。シルクロードの西の果て、は諸説あるだろうけれど私には中近東の辺りなのよね。シルクロードって、地球の上を旅しているみたいな気になるでしょう。東の果てにいながら西

の果てのことを思うのは、何か地球半分抱きかかえているような感じで」

与希子は胸の前で抱き抱えるポーズをつくった。

「いいのよねえ」

なぜ西にこだわるの。

「さあ。マーガレットが東を探そうとしているのと似ているかも。マーガレットも、自分の中の極東を探そうとしているのかも」

いつのまにか紀久が機の手を止めて、

「そうね、人は何かを探すために生まれてきたのかも。そう考えたら、死ぬまでにその捜し物を見つけ出したいわね」

でも、本当にそうだろうか。それなら死ぬまでに捜し物が見つからなかった人々はどうなるのだろう。例えば、祖母の捜し物は何で、祖母はそれを捜し当てたのだろうか。

……私が探しているのは、隠れているりかさんなのだろうか。その死の実感が、未《いま》だ湧《わ》かぬ祖母なのだろうか。それとも、草木の、まだ見ぬ本当の色なのだろうか。

りかさんを見ながら蓉子は言葉にせずにそういうことを思った。

……でも、これは探してるっていうのとは、ちょっと違う……

しばらく続いた菜種梅雨がようやく上がり、木々やその回りの空気が、洗い上がりのつやつやとした輝きを放っていた午後、蓉子たちの家を訪ねてきた客があった。

玄関で声がしたので、蓉子が出てみると、頭がきれいにはげている、背広姿の初老の男が立っていた。三和土《たたき》に立って、なんとなく、全体に影が薄い。話す時もしょぼしょぼとうつむき加減で話す。奥さんはご在宅か、ときくので、祖母なら亡《な》くなりました、と応《こた》えると、一瞬目を宙に浮かせて明らかにうろたえた。絶句しているので、

「まだ、一年も経《た》たないのですが」

と続けると、ようやく、

「それは、存じませんで、ご愁傷様です」

と、ためいきをもらすように小さな声で言った。また、改めてご霊前にごあいさつにまいります、と去ろうとする気配なのを、

「あの、何か、祖母に御用でもあったのでは。よろしかったら、中でお茶でも」

と、蓉子はひきとめた。祖母のことを知っている人に会うのは、妙に懐《なつ》かしい思いがする。男は、ためらったが、腕時計にちらりと目を遣《や》り、「ではちょっと失礼します」と靴を脱いだ。蓉子は座敷に案内する。座敷には、ちょうどりかさんが着替えの最中で放って置かれたままだった。

「散らかしていて……」

と、蓉子が慌ててりかさんを抱き上げようとすると、

「ああ、これは……」

と、初めて男は力強い声を出した。

「どれ、ちと拝借」

と、手を伸ばすので、蓉子は一瞬迷ったが、祖母の知合いということもあり、思い切ってりかさんを手渡した。男はまるでこわれ物の貴重品でも扱うように、りかさんの面や手足を子細にみていたが、

「なるほど、澄月《ちょうげつ》の作ですなあ」

と嬉《うれ》しそうに言った。

「はあ?」

蓉子はわけが分からない。

「いや、ここの奥様には、ずっと、澄月の人形を探すように言われておりまして、それでもずいぶん集めさせていただきましたが、何しろ澄月はほら、能面の面打ちから、途中で人形の方に変わりましたから、数がそれほど多くない。ここの奥様も澄月のものばかり集めておいでだったが、肝心要《かなめ》の探しておいでのものは、なかなか見つからなかったようで、それでも澄月のものが出たら、何でもいいからもってくるようにいいつかっていたんです。それが、ようやく見つかりそうだ、とご報告にきたわけだったのですが……」

言葉に段々元気がなくなる。改めてりかさんを見て、

「これが、その、聞いていた、コレクションのそもそもの始まりの人形、なんですなあ」

「あの、りかさんは――この人形の名前なんですけど、その、澄月という人が作ったんですか。私、それ、初めて聞きました」

「別に今回も、澄月の人形が出てきたわけではなくて、澄月の親族の子孫の居所がわかったんです。だから、連絡してみれば人形も何体か伝わっているかもしれない、とご報告にきたわけなんですが……」

この人にしてみれば、いろいろ心にかけてきたことが、祖母の死で全部徒労に終わったわけだから、気落ちするのも無理はない、と蓉子は思った。けれど、りかさんに関するこの話は初耳だった。

男は帰り際《ぎわ》思い出したように徳家と名乗った。

「その人形師っていう人は、元々は能面を彫る人だったようよ。彼の面をつけて舞う人は、面が吸いついて、自分を勝手に動かしていくようだっていってたんですって。舞手だけではなくて、その面を飾っておくだけでも、なんだか見る人は恐ろしくなったんですって」

四人そろった夕飯の後で、蓉子は昼間の客の話題を持ちだした。最近、誰かがアルバ

イト等で抜けることが多く、四人そろって食卓を囲むのは珍しくなった。

「漠然としてよくわからない。恐ろしいって、どういうことだろう」

マーガレットがきく。与希子が、

「迫力ある面ってこと？」

「そうじゃないと思う」

蓉子は小さく、呟《つぶや》くように言った。幼い頃、祖母の部屋でふうっと人形たちに連れていかれた世界を思いだした。山奥の湖の、鏡面のように静かで刃《やいば》のように冷たい、血の通う生きものの温かさを水に浮かんだ油滴のように弾《はじ》き出してしまうような……あの世界から帰ってくるときの、寝込んでしまいそうな疲労感。体ごと、急速に下降していくように引き込まれる、あの感覚は、同じ人がつくったという人形たちの世界にまだ残っていた。おそらく、ああいう質の面だったのだろう。

「その人形師の名は？」

紀久が聞いた。

「澄月。澄んだ、月」

祖母はただいたずらに人形を集めていたのではなかった。全部、この人形師の手による物を集めていたのだった。

「好きだったのね」

「その人が？」

「個人的に知っていたとは思えないから、多分その作風が。そうじゃない？」

「祖母は、りかさんは箪笥《たんす》問屋のかよちゃんからもらったっていってた。そのときはそれをつくった人形師のことは知らなかったと思う」

「そのかよちゃんって、なぜおばあさんにりかさんを預けたわけ？」

「かよちゃんは死ぬ病気だったの。それでりかさんに、私が死んだ後、誰の所へ行きたいかってきいたら、りかさんが麻子さんがいいって……」

「それ、かよちゃんが生きてるときに麻子さんに言ったわけではないんでしょ」

「かよちゃんは、私が死んだら形見にりかさんをもらってねって言っただけ。そのときは祖母はまだりかさんが話するなんて聞いてなかったと思うけど」

「なぜ、りかさんはかよちゃんの死んだときはお浄土送りしなかったんだろう。おばあさんが亡くなったら、こんなに丁寧に送ってあげているのに」

「え」

「おばあさんは、かよちゃんが生きていたときは、つまりりかさんがかよちゃんのものだったときには、りかさんと話したことなかったんだよね」

「なかったと思う」

「もしかして、りかさんが麻子さんのところへいきたいっていったっていうのが、作り話だったとしたら……かよちゃんは、死んだときにお浄土に行かずに人形のりかさんの中に入ってしまったのだとしたら……」

冷たい風が、すうっと吹いてきた。皆互いに見つめあった。

「だとしたら、りかさんが話をする特殊な人形だというのもよく分かる。そして、おばあさんやその血を引くあなたがそういうものに感応する能力があると仮定できる」

「かよちゃんは一人でお浄土に行くのが寂しくて、りかさんに入って麻子さんが死ぬのをずっと待っていたのかもしれない。だって、りかさんは帰ってくるっていわなかったんでしょ？」

蓉子の沈黙が肯定を意味していた。ややあって、

「それは、つまり、私がりかさんだと思っていた人形は、つまり、かよちゃんだったってこと？」

「待って」

マーガレットが頭を押えながら苦しそうにいった。

「ごめんなさい、私、これ以上ついていけない」

マーガレットには確かに苦しい話だっただろう。それを与希子が、

「あなたも、はしなくも東洋の神秘を学びに日本にきたのなら、我慢してきいてなさい」

と居丈高にいったものだから、滅多に声を荒げないマーガレットもむきになって、

「霊の話は、何も東洋だけにあるのではありません。そんなものが東洋の神秘だなんて私は思っていません」

と、席を立って二階へ行ってしまった。

途端に憑《つ》きものが落ちたように、残されたのはただの人形とおしゃべり好きの三人の娘たちになってしまった。

媒染次第で、簡単に色は変わる。植物そのものは全く同じなのに。人間の集まりにも似たところがある。


紀久が墓の件で島へ帰ったのは、梅雨に入って間もない頃だった。

薄暗い家の中から、庭の隅に立葵《たちあおい》が何本かすうっと丈高く立って、上の方までつぼみをつけているのが見える。そのてっぺんの花が開く頃、梅雨が終わる。今ようやく一番

下の花が開いたぐらいだから、まだだいぶかかりそうだ、と蓉子は染材を切りながらぼんやり思う。

一人欠けただけで、簡単に家というものはがらんとする。

「あ、りかさん、あじさいの紗《しゃ》を着ている」

降りてきた与希子が、りかさんの着物の柄に目を止めて声をあげた。与希子も最近では気軽にりかさんに声をかける。セイタカアワダチソウを刻んでいた蓉子も、向いの椅《い》子《す》にいるりかさんに目を遣りながら、

「一応季節に合わせて、帯揚げも帯も長襦袢《ながじゅばん》も、替えてあるのよ」

少し自慢げにいう。

「ほんと、りかさんは衣裳《いしょう》持ちね。私なんかより、よっぽど。一度ワードローブ見せてね」

与希子は小首を傾《かし》げてりかさんに頼んだ。蓉子は、

「祖母が増やしたようだけど、もともとは一枚しかもってなかったみたい」

「もともとって？」

「りかさんが、祖母のところに来る前」

「ああ」

与希子は冷蔵庫から麦茶を取り出して、コップに注いだ。

「おばあさんも、りかさんとはコミュニケーションできたんでしょ」

「そう」

「例のかよちゃんも？」

「たぶん。よく知らないけど。もう七十年近く前のことよねえ」

「そしたら、そのかよちゃんのところからもってきた着物って、七十年以上前のもの？」

「そういうことになるわね」

「へえ……。その頃だと、錦紗《きんしゃ》とか一越《ひとこし》、御召《おめし》……」

「さすがによくご存じ。でも、そんないいちりめんでもないいみたい。ただ、柄が変わっていて……。見る？」

「見たい。ちょうど、論文で日本の織物に触れるところが出てくるの」

蓉子は隣の部屋からたとう紙の包を二つ、もってきた。

「へえ、たとう紙まで人形サイズなのね」

「昔の人って、徹底的に凝るのね」

そういいながら、たとう紙のこより紐《ひも》を解く。

「ずいぶん年代ものね」

与希子は目を丸くする。

「これは、蝶《ちょう》をデザインしたものなんだけど……」

蝶というには胴が太く、目玉のような紋も不気味に見えるが、時代のセンスは、その時代の人でなければわからないものがあるのだろう。

「こっちは、何というか……」

蓉子はもう一つのたとう紙を解く。

紅地に染め出されていたのは、菊の花と楽器の琴、それによく分からない模様のようなものがあった。

「これ、こづちか何か？」

「たぶん。もしかして、琴とあわせて楽器づくしのつもりで撥《ばち》かもしれない。祖母は何か説明してくれたんだけど、忘れちゃった。古いせいもあってかなんとなく気持ち悪くてほとんど着せたことがなくて」

「ふうん」

与希子はしみじみ見つめている。

「何か、ストーリー性のありそうな模様ね」

それからりかさんに向かって、

「りかさん、きっといろんな思い出があるんでしょうね。私もあなたと話がしたかった」

りかさんは端正に座っていた。与希子はりかさんの手をとって撫《な》でながら、

「父がね、今度手術するんですって」

と、唐突に言った。

「え」

蓉子は驚いて与希子の顔を見る。

「母に電話したときそういっていた」

「じゃあ、帰らなくてもいいの」

「帰ったって……。別にすることはないし。母も兄もいるし。手術が終わったら一度ぐらい見舞ってもいいかな、と思うけど」

与希子の実家は、ここから電車を乗り継いで二時間ほどかかる古い城下町にある。維新前後の城主が能好きで、城内には今も立派な能舞台があるので有名だ。与希子の父は、その町の高校の美術教師で、与希子にいわせれば変わり者だ。

「絵だけで食べていけなかったんだよね、教育者ってタイプじゃなかったのに」

与希子はため息をつく。

「家族が自分の思うとおりにならなければ機嫌が悪くなる。子どもみたいなものよ。そのくせちょっとでも自分が馬鹿《ばか》にされたと感じると、すぐ暴力に訴える。職場でよほど我慢してんだか……」

与希子はそういうが、以前、与希子の両親が挨拶《あいさつ》にみえたときは、皆、まったく反対の印象を持った。芸術家らしく一見無造作だが、服のセンスもよかった。

「素敵な方だと思うけど……。優しそうで……」

蓉子は、こういうときはつい両親の肩をもってしまう。一応管理人という立場が無意識のうちにそういう態度をとらせるのだろうか。

「外向き外向き。今となってはわかるけど、内面にすごいいらいらしたものを抱えてたんだろうね。やりたいことがやれない、っていう。美大に入ってからはそういうタイプいっぱい目にしたけど。表現しないと、内側でどんどん毒を流していくようなものを抱えているの。大変だよね。父のこと、鬼のようだって小さい頃思ってた。だから、普通の人が穏やかに暮らしていた跡は、気持ちが落ち着く」

与希子は庭を見つめながらいった。

「普通の人って、うちの祖母のこと？」

蓉子がびっくりしたような声を出す。

「違う？」

「いや……私、祖母が普通の人だって思ったことなかった」

「気を悪くした？」

「いや……。意外で……。私にとって、祖母は祖母以外の人ではありえなかったから」

「そういえば、普通の人は人形と交信なんかしないのかな。私のいうふつうっていうのは、尊敬の気持ちが入ってるんだけど、でも普通、っていう括《くく》り上げ方はおおざっぱすぎたかも」

「それで、竹田君は、普通なの」

竹田君、というのは、与希子が授業でときどき一緒になる、登山部の学生である。ぼうっとして、熊《くま》のようなところがいいのだそうだ。与希子は、毎日のように、学食で竹田君にあった、ライスに塩のビンを振ろうとしてつまようじのビンを振っていた、とか、近くの古城の石壁をロッククライミングしていて警備員から注意されたそうだとかいう情報を仕入れてきては報告していたので、竹田君はこの家ではすっかり有名人になってしまった。

与希子は途端にわざとらしいうっとりした顔つきになって、

「洗練された普通っていうか」

といったので、蓉子は吹き出した。

「今までの話からはとても洗練された、っていうイメージはもてないわよ」

「そうお」

与希子は尻上《しりあ》がりにいって、とぼけた顔でまた二階へ上がっていき、やがて機《はた》の音が響いてきた。

庭は、今ではすっかり手入れが行き届いた風情《ふぜい》となり、とうにそれぞれが好きなものを植えることになっていたが、日当りのいい場所とそうでない場所があるので、結局なかなか公平に分けられない。早いもの順で、好きな場所に好きなものを植えている。ネジバナなどは、ここの庭だからこそ、雑草とされずに生き残っているのだと皆恩きせがましい。只一人《ただひとり》マーガレットだけが庭の片隅を自分の場所として、小石で囲っている。そのマーガレットの管轄《かんかつ》の場所だけ、何にも植えていない。マーガレットは、今土作りに凝っている。落葉や生ゴミを集めたり、酵素をつくってすきこんだりしている。そこまでやって、何を植えるのかと聞いても、さあ……と困ったような顔をする。「何か植えると、なかなか土を掘り返せないでしょう」

要するに、自分の思う完璧《かんぺき》な土をつくるのが、彼女の喜びで、それ以上のことは、「考えられない」らしいのだ。時折、蓉子らに手づかみした土をぱらぱら落としてみせて、「ほら、ずいぶん黒くなって、もくもくして保水も水はけもバランスよくなった」と自慢する。ペーハーを測ってみたりもする。

何か植えると、なかなか土壌を改善できないばかりか、植物が養分を吸い取っていくので土が痩《や》せていく、それが嫌なのだそうだ。

だが、与希子たちから、土をくれ、といわれると喜んでくれる。のみならず、すすんでくれたがる様子も見える。自分の作った土で、作物がよく育つのを確認するのは嬉《うれ》しいことらしい。

実際的なことを重んずるマーガレットが、土作りだけに熱を上げ、珍しい草花にでも熱中しそうな与希子が、野菜作りに精を出すというのは、おもしろいことである、と蓉子と紀久は話し合った。

網戸はまだ当分付きそうにない。蛾《が》はともかくとして、蚊が凄《すご》い。

「ちょっと恥ずかしくて」

与希子はあちこち赤く膨れ上がった手足を見せた。

「ひどい。与希子さんは色が白いから余計目立つのかしら」

「ううん、それだけじゃなくて、私、昔から夏になるとこんなふうになるのよ。普通の人だとちょっとぷくんとはれるぐらいのところが、私、赤く固くなって、膿《うみ》をもっちゃうの」

それでも与希子は辛抱し、蚊が避けるという蚊蓮草《カレンソウ》を窓辺に下げたり、蚊取り線香を一部屋に一つは置くようにしてなんとかしのいだ。蛾の方は、飛び込んでくるなり常備の虫取り網で、おもに与希子がすばやく処理する。

庭の草や木を見ながら与希子はつくづくと呟《つぶや》いた。

「生きて命があるって、異常事態なのよねえ」

与希子の言葉は、いつもその前の長い長い迷走のような思考過程を省いて出てくるので、唐突で意味が分からないことが多い。蓉子たちも最近は慣れて、そういうときは受け流すことが多くなった。このときも蓉子は微笑《ほほえ》んだだけで買物に出かけた。

帰ってくると、

「さっき、おきくさんから電話があって」

与希子の顔つきが少し変だ。

「どうだって?」

「それが……」

「ええ」

蓉子は買物籠《かご》から豆腐や葱《ねぎ》をとりだしながら先を促す。

「お骨をいっしょにするために、墓を暴《あば》いたんだって」

「暴いた……」

また不穏なもの云《い》いをする。

「あっちの島では、まだ土葬なんだって。大きな樽《たる》みたいな棺桶《かんおけ》に、遺体を座る形で入れるんだって」

「ああ、座棺」

「それそれ。それで、一つずつ墓を暴いてそれぞれのお骨を改めて骨壺《こつつぼ》に入れて、それを一ヶ所に納骨する」

「ふんふん」

「それが十年前に亡《な》くなった紀久さんのおばあさんの棺桶からは……」

与希子の気配に、蓉子は思わず手を止める。

「おばあさんの骨と、人形が出てきたんですって。それも、りかさんそっくりの」

その晩蓉子は不思議な夢を見た。

蓉子の知らないところで祖母の葬式が終わってしまっている。マイクロバスのようなもので、両親と親戚《しんせき》が帰ってくる。ひどいじゃないか、あんまりじゃないか、なぜ祖母の葬式のことを知らせてくれないんだ、と母の胸を打とうとするが、途中から涙声になって、言いたいことがはっきりいえない。隣に父がいたので、同じように訴えようとするが、どうしても涙声になって、言いたいこともはっきり言えないし、思うように手も動かせなくて、両親を打てない。言葉が発せられないのならせめてこの無念を体で訴えたいがそれもできない。

胸がいっぱいになって、どうしようもなくなっているところで、先の方でりかさんが手招きしているのに気づく。りかさんは、大きな大きな竹が、根元からスパッと切れて下を向いて倒れているものの入口というか、切口のところにいる。二人でその竹の中を覗《のぞ》くと、雪洞《ぼんぼり》のように明るい。節々のところを中心として、綿に似た柔らかい竹の繊維が多少詰まっているが、これを掘り進めば、まるでトンネルのような滑り台だ。これは充分遊べる。しかも隠れ家としてもいうことがない。竹の内側の清冽《せいれつ》な香りがたちこめて、ますます聖域らしい。

すっかり嬉しくなる。

……繊維って、まん中が真空なんだ。まん中が真空だからこそ染まりもする。りかさんがいるところは、この空《くう》なんだ。この家の、この家族のまん中の空におばあさんといっしょにいるんだ。

そう思って目が覚めた。明らかに紀久の電話が影響していた。

紀久の祖母の棺《ひつぎ》は、昨年の大雨が原因か、底に水が溜《た》まっていた。入っていた人形もその半身は水に浸《つ》かっていたらしい。開けられるのをずっと待っていたのか、ほっとした風情だった、と紀久は言ったが、改めて他のお骨と共に埋められたので、他の三人は見る機会がなかった。だから、紀久が帰ってきてから、その人形はりかさんとそっくりだったのだといくら主張しても、特にマーガレットなどは全く信じようとしなかった。

「私も日本人形はみんなりかさんに見えます」

与希子はそれよりは少しわけ知り顔で、

「少なくとも市松人形ではあったのね」

最初はむきになっていた紀久も、そういわれると、だんだんに自信がなくなり、

「本当によく似ていたのよ」

と、不満そうに呟くだけになった。

ただ一人、蓉子だけは、りかさんは他の人形とは全然違う、いくら相手が同じ市松人形だったとしても、仮にもりかさんと日常を共にした紀久が、第一印象でりかさんと似ていると思ったとしたら、それはきっとりかさんと何か関係があるに違いないと思った。すぐにも紀久の島へ行って確かめたいが、お骨と一緒に安んじている人形をもう一度出してくれとは言いにくい。

浮かぬ顔をしていると、紀久が慰めるように、

「私が専門に染織を選んだので、叔母がその人形の衣裳《いしょう》箱を私に譲ってくれるっていってくれたの。昔の染め織りだから、参考になればって。うちにはちょうどりかさんもいるし」

「へえ」

蓉子はもちろん、与希子まで嬉しそうだった。着せかえ遊びの記憶を刺激したのだろ

う。もっとも、マーガレットは平然としていた。

「叔母から話を聞いたのだけれど……」

紀久は島で久しぶりに叔母が昔語りをしてくれた話をした。

叔母の弥生曰《よいわ》く、

「私の母方の祖母、つまり、あなたの曾祖母《そうそぼ》に当たる人だけれど、気性が激しくて、それがまた内にこもるタイプの人だったらしい。自分の旦那《だんな》様に、若いお妾《めかけ》さんができたのを知ったときは、表面立って騒ぐことはなかったけれど、見て、これ」

弥生はつづら一杯の人形用の衣裳の数々を見せた。一番上のたとう紙を開けると棲《つま》にうっすら綿の入った衣裳が、愛情深い手で仕立てられた雰囲気を漂わせていた。

「祖父は仕事で町に出たときに、自分の娘のために、当時有名な人形師の市松人形を求めたの。それはいいんだけど、ついでに自分の妾の娘にも同じものを与えたの。さすがにそのことを知ったときは、祖母は怒り心頭に発したようで、母は、きりきりと嚙《か》んだ祖母の唇から、つーっと真っ赤な血が一筋」

弥生はそこで息を継いだ。

「流れたのを、なんてきれい、とぼんやり見上げたっていってたわ。祖母はその人形の着物をはさみで引き裂き、本体も火に投げ入れようとしたのだけれど、子どもだった母が泣いてすがったのでそれはできなくなった。代わりに、この辺が私、よくわからないんだけれど、これでもか、これでもかというぐらいにその人形を着飾らせたの。呉服屋の出入りのあるときは必ず人形の分も着物をこしらえたそうよ。それがこの結果」

弥生はつづらに目を遣《や》り一口お茶を飲むと、ため息をついた。

「妾の子の物とは格が違うんだ、ってことかしら。なんか、哀れよねえ」


「内に籠《こも》る、だって。お紀久さんもお気を付けあそばせ」

一通り聞いた後、与希子がにやりと笑って冗談ぽくいった。

「何を」

「わかってるくせに」

紀久は与希子の言葉には頓着せずに、

「そうそう、それから、しばらく旅行に出ます」

突然に宣言した。

「え、どこへ。帰ってきたばかりなのに」

「実家でね、昔の紬《つむぎ》がどんどん廃《すた》れていくって話を聞いたの。着物の需要があまりなくなったし、すごい勢いで消えかかっているって。それで、今のうちに現地で見聞きしてこようかと思って。父親に組合を通じて地元の織り元を紹介して貰《もら》ったの。そこで織り子のいる村まで案内して貰うことにした」

与希子が目を見開く。

「お嬢様はすごい」

「そんなんじゃないのよ。バスすら一日一往復、しかもバス停から山道を上り下りして一時間近くかかるようなところもあるらしいの。たまたま向こうの人が、ついでがあるから乗せていってくれるって話になって」

「私も行きたい」

与希子がだだをこねるような口調で言った。

「あら、行く?」

「私が行きたいのは中近東よ。キリムのお里」

「それは今、急には無理ね」

与希子はため息をついた。

「言ってみただけよ」

それから二、三日して、紀久は日本海に面した地方の山深い村々に伝わる紬の調査に旅立った。

「紀久さんから手紙がきているわよ」

ポストを見てきた蓉子が、郵便物を確かめながらいった。

「誰宛《あ》て?」

「皆様ってなってる」

「開けて開けて」


まだ昨日旅に出たばかりだというのに、この山間《やまあい》の民宿では、とっぷりと日が暮れるともう何もすることがなくて、手紙を書くことにしました。

今日訪ねたところは、昔から繊細で細やかなことで有名な紬の産地です。

今では隣接する町の織物工場でその需要の大半を賄《まかな》うので、手織の技術を持っている人は少なくなりましたが、今日訪ねた村では、昔から雪に閉ざされた冬の仕事として、今でもその少ない世帯のほとんどに、機《はた》が置いてあります。

昔からこういう村では、嫁の条件に何よりいい「手」の娘を求めてきたそうです。たとえ容姿や性格が少しぐらい悪くても、いい技術をもっていることの方が嫁としてははるかに付加価値が高いのです。この辺りのお嫁さんたちは、昔は、冬中、朝暗いうちから起きて食事をとる間も惜しんで機に向かい、深夜遅くまで働いていたといいます。そうやって精根傾けて血の滲《にじ》むような思いで織り上げた反物に傷をつけられ、発狂してしまった人もいたということです。

今日行ったところでも、陽の当たらない、寒々とした一番粗末な納戸《なんど》のような作業場で、まだ若いお嫁さんが青白い顔をして機に向かっているのを見ました。

胸が詰まりました。

その機に架かっているのは、おそらく彼女自身は一生着ることもない、優美な柄のおしゃれな着物に仕立てられる反物なのです。

この村は、特別、地域性の強い、紬に熱心な産地なので、昔から機織にまつわる哀話が数多く残っています。

私の故郷の島では、ここまで苛酷《かこく》なことはありませんでした。機織を、現金収入の扶《たす》けとするようになったのは、最近のことで、昔は家族の着るものだけの、ごく、内輪の手仕事だったのです。

それでも、女たちは、今のここの女性たちと同じように、一日の家事や野良《のら》仕事が終わった後、機に向かったのですから、心躍る楽しいことのあった日、切ない、悲しいことのあった日、怒りのこみ上げて止《や》まない日、機の音は違っていたでしょうし、反物はそういうものに織りあがっていったのです。

女たちは機を織る。

反物という一つの作品に並行して、彼女たちは自分の思いのたけも織り上げていったのです。

古今東西、機の織り手がほとんど女だというのには、それが適性であった以前に、女にはそういう営みが必要だったからなのではないでしょうか。誰にも言えない、口に出していったら、世界を破滅させてしまうような、マグマのような思いを、とんとんからり、となだめなだめ、静かな日常に紡《つむ》いでいくような、そういう営みが。私の曾祖母も、機を織ることを知っていたら、少しは楽だったかもしれません。

私には、そう思えてなりません。

変な手紙ですね。私は、あなたがたと暮らして、ずいぶんしゃべるようになっていましたから、誰かに話したいという癖がついてしまったのでしょう。きっと、今、家が恋しいのだと思います。実の家ではなく、あなたがたのいる、そして実際にはいない、りかさんとおばあさんを中心とした、あの家が。

網戸のない家に住む、皆様へ

紀久

「じんとくるじゃないか」

読み終わった後、与希子はわざと冗談めかしてから、

「そういえば、紀久さんは、大学で会った最初の頃、すごく無口な人だった」

と、思い出したようにいった。

「何だか神秘的なところがあって。蛾《が》ぐらいで大騒ぎする人には見えなかったなあ」

「紀久さんは確かに落ち着いている。蛾が出たとき以外は」

それから、二人で顔を見合わせて笑った。与希子はふと、

「あれ、今、玄関で音がしなかった？」

「マーガレットかしら」

そうではないみたい、といっているうちに玄関から、

「蓉子、いないの」

と声がした。蓉子は慌《あわ》てて、

「いるわ、どうぞ」

と伸び上がりながらいった。

「母だわ」

「あら」

と与希子はテーブルの上を簡単に片付けた。

「坂を上がると息が切れて……。もう年ね」

と、汗を拭《ふ》きながら蓉子の母の待子が入ってきた。

「おばさんは、いつまでも若いわ」

「あら、与希子さん、私、正直な人好きよ」

待子は、気持ち良さそうに笑った。

「ついでがあったから……。アイスクリーム買ってきたけど、マーガレットと紀久さんは？　お出かけ？」

「マーガレットはね。今日は遅くなるって。紀久さんは旅行」

「あらあら。じゃあ、今夜は寂しくなるわね」

といって、椅子《いす》に座ったりかさんに目を止め、懐《なつ》かしい友人にあったように優しく微笑《ほほえ》んだ。

「りかさん、お久しぶり。相変わらず若くてきれいね」

「どこが」

と、代わりに蓉子が無愛想に返事した。蓉子には珍しい態度だったので、与希子は意外だった。

蓉子は母親の「相変わらず」という言葉に気分を害したのだった。蓉子にとっては昔のりかさんと今のりかさんは、天と地ほども違う。それなのに昔のりかさんを知る母が

——母はりかさんの不思議は知らなかったので、当然といえば当然なのだが——その違いを全く認めないのであれば、本当に、昔のりかさんは蓉子の妄想の産物ということになってしまう。「あれ、りかさん、感じが変わったわね」ぐらい言って欲しかった。待子の方は、蓉子はきっと「きれいね」という言葉に反応したのだろうと考えていた。蓉子自身は、整ってはいたが地味な顔立ちで、昔からきれいなどといわれたことはなかったのを待子は知っている。

——けれど、こういうひがんだような物言いをする子ではなかった。きっと年頃の娘さんたちといっしょに住んで、いろいろと焦《あせ》りもするのだろう。いつまでも人形遊びの年ではないし、この子にはいい刺激だ。

「もうすぐ、りかさんに新しい衣裳が届くんですよ」

与希子が気をきかせていった。

「あら、どこから」

「紀久さんのおばあさんの人形の持ち物だったみたいで。今度、紀久さんがいただくことになったんです」

「まあ、いいわね。私も拝見したいわ」

そう言いながら、広縁の向こうの軒先に、ずらりとかけてある染めあげて糊《のり》をかけたばかりの金糸雀色《カナリアいろ》に輝く絹糸の束に目を止めた。

「あれ、いい色ね。何で染めたの」

「クララ」

「知らないわ。どんな植物？」

「来て」

　蓉子は母を促して、縁先に連れていき、クララの残りを見せた。待子にとっては何の変哲もないしおれた草に見えた。

「へえ、これがねえ。まあ、すごいわねえ。で、この糸はどうするの」

「これは紀久さんのリクエストなの。紀久さん、整経の途中で、どうしても金色の草原のような色が欲しくなったんだって。それでたのまれたの」

「そう」

　待子はちょっと真顔で考えてから、

「ねえ、あなたがた、三人展を開かない？」

　与希子と蓉子は思わず顔を見合わせた。

「それは……。でも、場所は……。あ、まさか」

　蓉子は大声をあげた。

「そう、お父さんの画廊よ」

　待子はにっこりとうなずいた。

それはいきなりで、まだ作品もそろっていないし……と、蓉子はしどろもどろになり、与希子は顔を紅潮させて、でも、いつか必ず、と目を輝かせた。

待子が帰ってしまってから、与希子は、

「蓉子さん、いつもはすごく老成した感じなのに、おかあさんがくると全然違う。すっかり娘になってた」

「そうお」

老成って、とんでもない、と蓉子はびっくりする。

「蓉子さんのおとうさん、画廊を経営していたのね、忘れてたわ。だから、こういうことも、理解があるんだ」

「こういうことって」

「金にならない芸術活動」

ええっ、と、蓉子は心底驚き、自分の染めを芸術活動なんて呼ばれるのはぴんとこないな、でもうまくこの感じが言えない、紀久ならなんていうだろうとぼんやり考えていると、

「母親と娘って、やっぱりどこかつながってるのね」

と、与希子がしみじみいった。蓉子は、また「ええっ」と、今度はいかにも心外であ

るという表情でいった。

「似てないわよう」

「表面の似てる、似てないじゃなくて……。やっぱり、織物の経糸《たていと》のように、受け継いでいく何かがあるのよ。蓉子さんの、おっとりした感じは、おかあさんから受け継いでいる。それは、私なんかがいくらいいなあと思っても、付け焼き刃じゃどうしても身に付かないものよ。きっと、それは母から娘へ、代々目に見えない遺産として渡されてきたものなんだわ」

「よくわからないけど……。与希子さんだって、素敵な理知的なおかあさまがいらっしゃるじゃない」

「自分のことになるとよくわからないな、それは。それに、私、両親、離婚してるから」

与希子がさりげなく言った。蓉子は驚いて、

「え？　だって、この間、お二人でいらしたじゃない」

「しょっちゅう、行き来はしているの。私が小学生の頃、母は離婚して出ていったけど、近くに住んでたから、私も兄もあっち行ったり、こっち行ったり。父と母は職場結婚で、母も教師をしてたのね。二人とも仕事があって……。私は兄に育てられたようなもの」

「でも、おかあさんにはついていかなかったんだ」

「ああ、それは単に、母のアパートが手狭だというだけで……。別に父を選んだってわけじゃないの。父はきっと、誰ともうまくいかないわ。そういう質《たち》の人なの。それに二人とも途中で子どもたちの姓を変えるのもどうかと思ったらしい。母もしょっちゅうやってきては必要な世話はやいていたし。それまでと変わったのは、母がうちでは寝なくなったことと、朝いないってことだけ」

けれどそれでかえってかなえと与希子は互いに話をするようになったのかもしれない。お互いにつながっているという感じを確かめるために。与希子は他の三人の中では一番頻繁に母親と電話で話をしていた。たわいのない日常的な会話だったが、蓉子にはこういう親子もいるのだと新鮮だった。だが理由がわかるとそれもかえって切ない。

蓉子はちょっとかけることばが見つからず、ただ、

「ふうん」

とだけいったが、それは我ながらいかにも間が抜けて聞こえた。

「父と母は、他人になったので、少しぎこちなく話すようになった。お互いの間にかってなかった遠慮というものが生まれて、それが二人の関係を今までになく良好なものにしている。父が癌《がん》の手術をすることになっても、もくもくと献身的に看病が出来る」

与希子は感情をまじえない例のしゃべり方で朗々と詠《うた》い上げるように続けた。

「なまじ血のつながりがじゃまをして、父と娘とはそういうわけにはいかない」

そこで、ちょっと黙ったので、蓉子は何か言わねば、とあせったが、

「うーん」

という唸《うな》り声のようなものしか出ず、やはりそれは間が抜けて聞こえた。

与希子は蓉子の気遣いなどには頓着せず、独り言のように呟《つぶや》いた。

「もしかすると家の中の全員他人の方が、理想的な家族ができるのかもしれない」

そういうこともなかろう、だって、家族って、子どもがいて、それを育《はぐく》む役割があって、父性を担《にな》うものと母性を担うものがいて……と蓉子がいい、与希子は、それでは子どものいない夫婦の場合はどうなるのか、と逆襲して、その話はそれで終わった。後あと、蓉子はそのときのことを、与希子はつまり、自分たちの共同体を家族に擬していたのだ、そして自分にはそれが少し、重荷だったのだ、と思い出すのだった。

暗い梅雨の日。

雨は止んでいるが今にも降り出しそうだ。空気は湿気を限度いっぱい抱えて、絞れば水が出るよう。道路から玄関までの小道のガクアジサイが、重たげに咲いている。

廊下や柱はしっとりとした照りが出ていた。生前、祖母が慈《いつく》しむように糠《ぬか》やおからを入れた袋で磨いていたので、玄関の上がりかまちも、柱も、縁側や障子、敷居も、すべて角が取れて、柔らかく濡《ぬ》れたように光っている。雨で湿度が高く、外が小暗いときは、特にその光が強いようだ。

座敷を改造した工房から紀久の機《はた》の音がリズミカルに響いている。隣の居間に、マーガレットや与希子が、それぞれ本を持って集っている。

こういう習慣が付いたのは、以前、マーガレットが、紀久の機の脇《わき》では気持ちが落ち着く、と言い出してからだ。職人らしい確かな無心さがあるという。反対に与希子の機はシャトルを使わない分がさがさと音に規則性がないので、落ち着かないのだとはっきりいう。与希子は、自分の織りは芸術性が高いのだと反論したが、確かに紀久の機の音には、人を憩《いこ》わせる日常性のようなものがあるとも認めた。それから、紀久が機を織り始めると、家にいるものは皆、その側《そば》に寄ってそれぞれの仕事をするのだった。

「雨の日は、この家は底光りがしているみたい」

与希子が呟く。

「ソコビカリ？」

マーガレットが弱々しく問い返す。マーガレットは、自分の知らない単語に出くわすと、途端に自信を失ったような心細そうな表情になる。

「底光りっていうのは……」

与希子は言葉を選びながら、しばらく、目を宙に浮かせていたが、

「紀久さん、タッチ」

と、紀久の方を振り向いた。紀久は予感していたらしく、機の手を止めて苦笑しながらも、

「そうね、この場合の底っていうのは、鍋底《なべぞこ》とかで使う具体的なものじゃなくて、何かのずっと奥の方、そのものの中心みたいなところを意味するの。だから、底光りって、太陽みたいな発光体からの反射で光っているのではなく、そのものの内側から洩《も》れでてくる光りのようなものよ」

「内側からの光り――inner light」

マーガレットが物思いに沈んだように繰り返した。

「ちょっと、inner lightって、別の意味じゃないの」

与希子が紀久にささやいた。マーガレットは、はっと気づいたように、

「あ、わかります、違っていることは」

それからまた物思いに沈んだ。よほどその言葉に思い出があったのだろうか。マーガレットには皆の理解の及ばないところがあり過ぎた。

一瞬の沈黙の後、それから、

「そのものの、本質から照射される色ってどんなんだろう」

と、蓉子が誰にともなくいった。

「色って、結局、物がそのとき受けている光のどれを反射したり吸収したりするかで決まるわけでしょ」

透過ってのもあるわよ、と与希子が口を出した。試験でこれを書き忘れたことがあったので覚えていたのだ。蓉子はそれを無視して、

「そのものの色ってほんとは何なんだろう。逆に媒染次第で変わる色って何なんだろう」

「色は移ろうものよ。花の色は移りにけりな、いたずらに、っていうじゃない。変わっていくことが色の本質であり、本質とは色である」

与希子がまた軽く結論を出して、紀久は、

「気にしなくていいのよ」

と、蓉子とマーガレットを慰めるように言った。

入院していた与希子の父が、病院の許可を取って、一日だけ家に帰ると連絡があった。付添いが必要だが、生憎《あいにく》母親は用事があるので与希子が行くことになった。紀久のときもそうだったが、与希子は普段がにぎやかなだけにいないとなると家の中が急にがらんと寂しくなった。

それで二日後の夕方、玄関で与希子の声がしたときは蓉子は心底嬉《うれ》しく小走りで出迎えた。

帰ってきて、与希子は興奮している。

「すごいことがあったの。みんなのいるところで話すわ」

それから程なく紀久とマーガレットが同じバスで帰ってくると、

「すごいんだから、とにかく」と鳴り物入りで皆を座らせた。

みやげの落雁《らくがん》に蓉子がお茶を入れて、皆で謹聴したところによると、与希子の父親はどうやら最悪のことを覚悟して身辺の整理をつけるつもりだったらしく、預金通帳や印鑑の在処《ありか》に始まり、葬式の体裁にいたる諸事雑多について彼女に指示を出した。それが終わると、書類や書籍の、処分すべきもの、残しておくものの選抜が始まった。与希子に言わせると、それは大変な作業で、「もうすぐ死ぬかもしれない人」であるから我慢できたようなものの、尋常ではとても耐えられない拷問《ごうもん》のような時間だった。(そこでマーガレットが、真面目《まじめ》な顔で、「全《すべ》ての人間は『もうすぐ死ぬかもしれない人』です」

といい、自らの言葉に触発されたらしく少し上気して話を一期《いちご》一会《いちえ》の思想に移そうとしたので、紀久は慌《あわ》てて、マーガレットの考え方はとても東洋的である、と持ち上げてそちらの収まりをつけ、与希子に話を続けるよう促した）

父親は、途中までは、ほとんどのものについて威勢よく処分の断を下していったのだが、ある段ボールについては大分思いを巡らしている様子であった。不審に思って、与希子がそれは何なのかときくと、開けてみろ、という。

開けてびっくり玉手箱よ、と与希子が目を丸くしていい、段ボールじゃなかったんですか、とマーガレットが真面目な顔でまた問うのを、まあまあ、と抑えながら、紀久は、

「まさか、人形が、っていうんじゃないんでしょうね」

と念を押した。

「それがそのまさかなの」

「まさか」

紀久にしては疳《かん》高い声をあげた。蓉子も恐る恐る、

「まさかまた、りかさんそっくりの、なんていうんじゃ……」

「そうじゃないの、似てるけれど、違うの。でも、四、五体はあったかしら。びっくりして、これ、どうしたの、ってきくと、父は、実は曾々《そうそう》祖父の兄に当たる人が高名な人形師で、前の家を取り壊す際、蔵にしまってあったのを持ち出したんだっていうの。曰《いわ》

く、この人形師については、自分も昔、いろいろ調べたことがあったけれど、最近ではすっかり忘れていた。それを、わざわざこの人形師の親族ということで病院まで訪ねてきた業者がいる。そのときははっきりと手元にこれこれの人形があるとはいっていないが、おまえたちが興味ないのなら、この人形はその業者に譲り渡そうかとも思っている、とまあ、こういうわけなの」

「その人形師って、まさか」

「まあ、聞いて。実は、母の大伯母っていう人が、母の若い頃、同居していて、結婚の挨拶《あいさつ》に出向いた、当時まだ若かった父にも会ってるんですって」

「ええ？　何、今度はあなたのおかあさんの実家の話なのね」

話がややこしくなりそうなので、紀久はポイントを整理しにかかる姿勢だ。

「ええ、そう。そのとき、何かの話から――多分、田舎のことだからそれとなく氏素性を確かめるために先祖の話になったんでしょうね――父が、自分は絵描きであるが、もともと、そういう美術工芸ということに興味を持つ血があるようで、先祖も能面を彫っていたらしい。けれど途中で人形づくりに転向して、っていう話をしたのね。そうしたら、大伯母の顔色が少し変わって、もしかして、それは明治の初めの頃に、ってきいてきたんですって。父はびっくりして、よくご存じですね、っていうと、それじゃ、あの、お蔦《つた》騒動の……っていうなり、口ごもり、昔、人形をね、っていったきり、黙ってしまったんですって。別にそこで追及するようなことでもないので、それはそれでおしまいになったんだけれど、父は、そのお蔦っていう名前にはっとしたの。それというのも、昔から親戚《しんせき》が寄り集まると時々そのお蔦って名前が出て、しかも必ず皆ひそひそ声になるので、ずっと気になっていたんですって」

「お蔦騒動？」

「知ってる？」

「さあ」

　誰も知らなかった。

「ともかく、父があとから母に聞いたところによると、大伯母は父が帰った後、これは宿世《すくせ》の縁だから、あんたも苦労するだろうけど、っていったんですって。そのときは母も、まあ嫁いでいく娘に対して昔気質《むかしかたぎ》のお年寄りが型どおりのことをいっているように捉《とら》えていたらしいんだけど、どうももっと違うニュアンスがあった、って若かった二人は、後で話し合ったのね。その後、改めて問い質《ただ》す機会もないまま大伯母は亡《な》くなったんだけれど、父と母は、その、自分たちを結び付けた宿世の縁、っていうのに興味をもって、調べ始めたんですって。若かったから、って父は苦笑していたけど。まあ、そのときは仲がよかったのよね」

「宿世の縁っていうのがまたすごいわね」

「何ですか、それ」

マーガレットがいぶかしげに聞く。

「前世からの、因縁——生まれる前から、何かの係わりをもっていたっていうこと」

「輪廻《りんね》思想ですか」

「そうそう」

マーガレットは少し眉《まゆ》をしかめる。マーガレットにはそういうものはいっさい信じられない。そのくせ、いつでもそういうものの只中《ただなか》に入っていってしまう。今だって『チベットの死者の書』をすごい形相で読んでいるところだった。

何とか工夫を重ねて、自分なりにそういう思想を理解しようとするが、理解と信仰は別物だと最初から割り切っている。

「まるでリバーシブルの織物ですね」

「え」

「亡くなった先祖の流れが経糸《たていと》で、現在の人間関係が緯糸《よこいと》、その裏にはしっかり模様が入っている」

「宿世の縁で裏打ちされた現象世界、ってわけ」

「ああ、ややこしい。聞いてよ、続きを。これからが佳境に入るんだから」

与希子の言葉に、皆少し神妙な顔をつくった。

「その、お蔦騒動、っていうのがどうも怪しいとにらんだ二人は」

与希子はそこで息を継ぎ、端から蓉子がおっとりと、

「与希子さん、講談調ね」

と、呟いたが、

「しっ」

と、紀久にたしなめられ、与希子にじろりと一べつされ、慌てて口を押さえた。

「父の親戚の年寄り連中を一人一人あたってみた、けれどそれが微妙なところで少しずつ話が違う。けれど共通していることは、どうも、うちの先祖の彫った能面が関係して、奥御殿で刃傷沙汰《にんじようざた》が起こったらしいってこと。お蔦っていう奥女中が、その能面を被《かぶ》って、かねて仲の悪かった別の女中を殺したんだとか、お蔦は、そのとき殿様の子どもを身ごもっていた側室に切りかかったんだけれど、その側室付きの女中ともみ合いになったんだとか、いや、実は能面を被って側室を殺そうとしたのは本妻自身で、お蔦は身代りになったんだとか。その前に、うちの先祖自身がその側室と以前婚約していた仲で、裏切られた恨みで面に呪《のろ》いを込めたんだとか」

「また生臭い話ね」

紀久が合いの手を打つように呟き、蓉子は、なるほどこの呼吸か、と密《ひそ》かに納得した。

与希子は適度な緊張感を保ったまま続ける。

「親戚のコメントもまちまちで、藩は、このことが表沙汰になって、不始末の結果として最悪の場合、お家お取り潰《つぶ》し、そこまでいかなくても何らかの叱責《しっせき》を受けることを恐れて、能面の魔力、ってことにしたんだとか、いや、実際、あの能面にはとんでもない妖《あや》しげな力があったとか、いろいろだったらしいの。もうすでに親戚の間でもお蔦騒動は物語になっていて、事実から一人歩きしていたわけよ。で、もっと詳しいことが知りたくなった父は、お城の資料館に足を運び、そこの学芸員の人に、お蔦騒動に関する昔の記録が残っていないかどうか、調べて貰《もら》ったのね。それで、そのときの父の写し書きがまだあったの」

与希子はペン書きの黄色くなった紙束を取り出した。

「すごい」

与希子はそれをちらちら見ながら、マーガレットにもわかりいいように、説明していく。

「問題の面というのは曲見《しゃくみ》という、女性の面で、これ自体はそんなおどろおどろしい役回りの面ではないらしい。面打ち師の号は赤光《しゃっこう》。代々、芸事に関心が深くて自らも舞台に立った藩主のお抱えの面打ちで、仕事に熱中するあまり、少し奇矯な振舞いもあった、って記録には残っている。さて、肝心の騒動に関する記述だけれど」

皆の目付きが真剣になった。マーガレットは山ほどの質問を抱えてこらえている。

「夜回りの奥女中二人が、内蔵の前の廊下を通りかかったとき——お城には外の蔵の他に屋内にも蔵があったのね——女中の内の一人、お蔦が、何だか蔵の中がおかしい、って言い出したの。もう一人は怖気《おじけ》づいて、当番の侍たちを呼ぼう、と蔦の袖《そで》を引っ張ったんだけれど、蔦はかまわずに持っていた鍵束《かぎたば》の一つで蔵の鍵を開けようとした、開けた、入った、しばらく間があって、もう一人が外から声をかけようとしたそのとき」

皆瞬《まばた》きもせずに聞き入っている。

「出てきたのは白装束に面を付けた女、外にいた女中は声も立てられずに腰を抜かし、その脇《わき》を滑るようにその女は奥へ向かって去っていった。ようやく這《は》うようにして、女中が詰所の方へ向かうと、途中、奥ですさまじい悲鳴がきこえた。皆が駆けつけたときは身重の側室が血だるまになって死んでいた。

大騒ぎになり、駆けつけた近習の一人が蔵の前で面を付けたまま倒れているお蔦を見つけた。我に返ったお蔦曰く、蔵の中で何かが騒いでいるような音がし、どうにも覗《のぞ》いてみたくなり、開けて入ると、面の入った箱から、面が落ちており、さあ、付けろ付けろ、という声がする。そのまま自分の体ではないように腕が勝手に動き、その面を手に取った、それから先は何も覚えていないとのこと」

面倒くさくなったのか、与希子は最後の部分をそのまま読み上げた。

「かねてより腕に覚えがあるばかり、心修羅なる面打ちの手になるものなれば、かくのごときことも起こるらん、さてもおぞましきことよと、その面打ち、主命により て寺預《てらあずかり》、その後、発心いたし、許されて人形などつくりぬ」

ほうっと、皆ため息をつき、互いに顔を見合った。

「これは公式の記録だから、何か隠ぺいしてあるのよ」

与希子は断言した。

「にしても、ぞっとしたわ」

紀久は二の腕をさすりながらいう。

「で、そのお蔦はそれからどうなったの」

「それがおかしいのよ。何も書いてないの。蔦のその後については」

「それは変ね、おかしいわ。だって被害者が身重の側室っていうことは、藩主の子ども も犠牲になったわけでしょ。犯人の処罰について何も記述がないなんて」

「うーん、何かあるわね」

「でしょ」

与希子は興奮気味に念を押した。

「仮に、面がそうさせたとしても、まさか、下手人をおかまいなしっていうわけじゃないでしょう。それとも、当時の司法の常識ってそういうのだったのかしら」

「あの」

蓉子がりかさんを膝《ひざ》に抱きながら、

「その面打ち師が澄月だって、何かに書いてある？」

「それもないの。ただ、父の病院を訪ねてきた、っていう業者の人って、多分、この家にきて、澄月のことを教えてくれた人と同一人物だと思うの」

与希子はここぞとばかりに、ゆっくりと力を込めて言ったのだが、紀久は、

「それは、すぐ考えたけれど、おとうさんからその業者の名前、聞いた？」

「あ、忘れた」

「呆《あき》れた」

紀久は本当に呆れたらしく、ぽかんと開けた口を閉じようともしない。

「だって、もう間違いないって思ったんだもの」

与希子はすねるような顔をした。

「あの人、何て名前だっけ？　あの、業者の人」

「確か、徳家さんとか……。でも、まあ、いいじゃない。無理にこじつけることもないし、否定することもない。私たちが知るべき事実だったら、そのうち教えてくれるでしょう」

蓉子は穏やかに言った。みんな、一瞬それで収まりがついたかのように黙ったが、マ

ーガレットは不思議そうに、

「誰が？」

とさいた。

ここで皆、どういうわけか一様にりかさんを見たのだった。りかさんはいつものように口元に涼しげな笑みを浮かべていた。


午後から暑くなりそうな、晴れ上がった朝だった。

早朝なので比較的ひんやりとしているが、はかないシャーベットを思わせる清涼さだ。

与希子は庭の北西にある、自分の場所でころんと横になって丸まっていた。

そこはライラックの木の一番下の枝の葉陰で、やっと座れるくらいの高さ、回りは木立に囲まれ、下は野生の高麗芝《こうらいしば》が地面を覆《おお》っている半畳位のスペースだ。木陰なので涼しく、風通しがいい。

与希子が、ここを「自分の場所」にすると宣言してから、マーガレットも、自分は松の木の下にする、と言い出した。そこに座り、松の木を背にして瞑想《めいそう》すると、いいエネルギーが松から伝わってくるのだそうだ。

与希子は父や澄月のことで何となくすっきりしない上、卒業制作のタペストリーの図案起こしがうまくいかなくてここで丸まっている。近くで、蓉子が刈り取ったばかりのクサノオウをザブザブ洗う音がしている。

上の方の空で、鳶《とんび》が鳴いている。

家の中では、遅く起きたマーガレットが、寝ぼけ眼《まなこ》で鍋《なべ》に残してあった味噌汁《みそしる》をついでいる。

玄関の方で誰か呼ぶ声がした。

「あ、マーガレット、出てくれない」

蓉子はクサノオウの束を水からあげながら家の中のマーガレットに声をかけた。マーガレットは一瞬ためらったあと、のろのろ玄関に進む。この町ではまだ異国の人間を見慣れてない人の方が圧倒的に多いので、いきなり応対に出て、ぎょっとした顔をされるのが嫌なのだ。

しばらくして、マーガレットはばたばたと駆け戻ってきた。すっかり目が覚めたらしく、顔が心持ち上気している。縁側から身を乗り出すようにして蓉子に声をかけた。

「与希子さんのお客。だれだと思う?」

その声が、丸まっていた与希子にも聞こえたらしく、蓉子が返事をするより先に飛び起きて、玄関の方へ走った。外された柴折戸《しおりど》が揺れている。

蓉子は呆然《ぼうぜん》としてその後を見送っていたが、すぐにもの問いたげな顔をして、マーガレットを振り返った。

「竹田君」

マーガレットは、なぜか得意そうに答えた。

蓉子は、本当に、と玄関に廻りそうになって、いかにもゴシップ好きの感じがして少し葛藤《かっとう》した。

まあ、落ち着いて、とマーガレットにはいい、自分も作業の続きをしようとしたところで、与希子が戻ってきた。

「あれ、もういいの」

「うん」

与希子は浮かぬ顔だった。

マーガレットと蓉子のいつになく熱い視線に気づいて、

「違うの。私が彼の友達から借りたノートを、彼も必要としていて、とりにきたの。いずれ竹田にも回してやってくれ、とはいわれてたんだけど。レポート提出がもうすぐだから、急いでたらしい」

「それだけ」

「いや」

おっ、という顔つきでマーガレットと蓉子は与希子に注目した。

「大学の先輩のグループ展に誘われた」

「おおっ」

「でも断わった」

思わず、二人から小さな気の抜けたようなため息がもれた。

「何故《なぜ》」

「だって、それ、紀久さんといく約束にしてたもの」

「そんな。紀久さんだってわかってくれるわよ。あなたがあんなに憧《あこが》れていた竹田君の誘いなんだもの」

「そう、私がそうやって、彼のことをぎゃーぎゃーいってるから、それを知ってる別の友達が、どうやら、彼に何かいったらしい」

紀久がいたら、有難いことじゃないの、といったに違いないが、この二人は、黙って目を丸くしていた。与希子はそのまま自分の「場所」に戻り、またマルムシになった。

夕方、帰ってきた紀久は、その話をきくなり、

「何でえ」

と眉を上げげた。与希子はふくれっつらをして、上目遣いに紀久をみた。

「そういうと思った」

「あんなに熱を上げてたくせに」

与希子はため息をついた。

「あのさ、いざ誘われたら、自分でも何だか急にめんどうくさくなって……」

紀久は眉間《みけん》にしわを寄せた。

「何も結婚してくれとか、つきあってくれとかいわれたわけでもないじゃないの。何よ、それくらい」

与希子はちょっと視線をずらして、

「自分でも、何で、って考えたんだけれど、結局、私、遠いところでぎゃーぎゃー好きだ好きだっていってるのが好きなんであって、生身の竹田君には興味がないんだということがわかったの」

「何よそれ」

紀久はあきれた。

「子どもじゃあるまいし。第一、竹田君に失礼だわ。人の道に外れている」

「そこまで言うことはないでしょう。でも、もしそうだとしたら外れるのは血のせいよ」

与希子はなんとなくしゅんとして見えた。

マーガレットが買ってきた風鈴が、時折ちりんと余韻をひいて小さく鳴る。

与希子は庭に定めた自分の場所に陽が射《さ》してきたので、座敷に移動して寝そべっている。

マーガレットが出先から帰ってきて、

「与希子さん、私が出かけるときと同じかっこうして寝ている」

と、呆れた。

「スランプなの」

与希子は寝言のように呟《つぶや》いた。

「それにマーガレットが出かけたときは私、庭にいました。同じじゃありません」

と、寝返りをうって視線を合わせた。

「与希子さん、どうした？」

その顔を見たマーガレットが大声を出す。

「え」

「ほっぺた」

「ああ」

蓉子が奥から顔を覗かせて、

「畳の目のあとよ」

「タタミノメ？」

「こういうの、一つ一つの単位。編目とか、縫目とか。経糸《たていと》と緯糸《よこいと》が交差するところでもある。それにしても、きつくついたわね」

赤くなって、汗ばんで、髪の毛までつけている。蓉子はちょっと戻り、冷たい水でタオルを絞って渡した。

「ありがと」

与希子は気持ち良さそうにタオルで顔を拭《ふ》く。

「時間と空間が交差するとか、過去と未来が交差することも目っていいますか」

マーガレットが真顔できいた。

「それはあまりきかない。でも、そういうのもおもしろいわね」

蓉子が請け合った。マーガレットは満足したような顔になり、それから、

「与希子さん、私、すごいと思ったの、一日何にもしないでいられるなんて」

蓉子が吹きだし、与希子はきょとんとしたが、マーガレットが真面目《まじめ》な顔で言ってい

るので、急に偉そうになって、

「そうよ、大体マーガレットはいつも何か動いているでしょう、何か得ようとして。それって、焦《あせ》りすぎ。私なんか、何日だって、このままでいられるのよ」

と、胸を張る。マーガレットは、目を丸くして、

「すごい」

と賛嘆する。蓉子は、ただ笑っている。

確かにマーガレットは努力家だ。寸暇を惜しまず何かを学ぼうとしている。自分の炊事当番の時も、蛇口の向こう側に本立てをつけて、本を読みながら茶碗《ちゃわん》を洗ったり米を研いだりしている。

いつも何か張り詰めているようで、時に理由もなくいらいらしている。誰も口に出しては言わないが、少なくとも蓉子にはいつもそう感じられる。感情を理性でコントロールしようとして、とてつもないエネルギーを払っているのが、蓉子にはわかるのだ。

マーガレットは、今、アーユルヴェーダに凝っていて、その哲学に基づく独特の食《しょく》餌《じ》療法を行っている。だから、彼女の当番の時は、みんな少し構える。

アーユルヴェーダの前はチベット神秘学だった。このときは、生野菜のサラダを食べるとき、彼女の分だけは少量の水と共に鍋に入れ、くたっと火を通してから出すように

した。

彼女自身は狂信的なタイプというわけでもなく、むしろ、ときどき自分のつくる料理にうんざりした表情さえ見せる。

「まず、受け容《い》れなければならない」

そういうとき彼女は、師と仰ぐ東洋医学者の言葉を、自分自身に言い聞かせるように呟く。

「そして経験値を高める」

彼女の師というのは、高田という日本人だが、若い頃世界を放浪していたこともあって、語学に堪能《たんのう》だ。その高田を囲む外国人の勉強会があり、マーガレットもそのグループの一人である。

マーガレットが食事当番の時、彼女はメンバー一人一人のタイプを考え、食物一つ一つのもつ属性を計算し、その組合せの複雑さに、いつもむずかしい顔をして、キッチンテーブルで頭を抱えていた。が、最終的には妥協して、カレーに似たスープ風のごった煮になり、それを一人一人につぎ分けるとき具の中身を微妙に違えるという方法に落ち着いた。厳密にはこれではいけないのだそうだが、この形に落ち着くまで、皆、マーガレットが当番の時は戦々恐々としたものだ。

「マーガレット、今朝も起きるの遅かったでしょ」

与希子がからかうようにマーガレットに声をかける。

「そうなんです」

マーガレットが肩を落とす。

「アーユルヴェーダの実践って夜明け前に起きてヨガみたいなことするんじゃなかったっけ」

「そうなんです」

マーガレットは更に小さくなる。

「何もかも、そんな理想通りにはいかないわよね」

蓉子がマーガレットをかばう。

「与希子さんだって、竹田君のこと」

「おう」

与希子は小さく叫んで胸を押さえる。紀久が横から、

「マーガレット、そういえば、神崎さんが、高田先生のワークショップに参加したがっていたわよ」

与希子と蓉子はこっそり目を合わせる。

神崎は、紀久や与希子の大学の先輩に当たり、研究室に籍をおきながら、作家活動をしている人である。どうやら今紀久がつきあっているらしい。夜遅く、玄関先で送って

きたらしい神崎と小声で話しているのを、二人は何度も目撃した。

「神崎さんは、ほら、去年ブータンとか回って現地の染織を調べてきたでしょう」

紀久がもっともらしくいう。

「それが何か」

与希子は突っ放したようにいう。

「ええ……」

紀久の言葉に勢いがない。いつもの紀久らしくない。与希子は敏感にそれを察して、不愉快になっている。自分でもなぜだかわからないが、おもしろくない。紀久は後ろめたいものがある人のように、

「織物の文様が、その民族の世界観を現している気がするんですって」

「あったりまえじゃない」

与希子は軽蔑《けいべつ》したようにいう。

「何も今更言挙げせずとも」

与希子はいつもそれをキリムの文様に感じてきたのだ。同じキリムでも、地方によって様々なバリエーションがある。それはその地方の神話伝説や宗教の違いにも微妙に絡《から》んでくる気がしている。そのことは、与希子にとっては未《いま》だ言語化できないでいる、膨大なジャングルのようなところだ。いずれはきちんと分け入る決心をつけなければなら

ないとは思っている。それだけに、一口で、「織物の文様はその民族の世界観を現している」などと簡単に言われると、いらいらする。

「ワークショップ、誰にでもオープンですから」

さすがのマーガレットも、この場の雰囲気にぎこちないものを感じたらしく、とりなすように口をはさんだ。

「ありがとう。伝えとく」

紀久はそういって、横の椅子《いす》に座っているりかさんを抱き上げた。珍しく頬ずりした。

「りかさんのほっぺた、ひんやりして、いい気持ち。能面みたい」

誰も口に出しては言わなかったが、皆、そのとき澄月のことを考えた。


マーガレットの通っている鍼灸《しんきゅう》大学は、電車で五十分くらいかかる、山を切り開いてできたひなびたY町にある。その大学の周りは、染料になる植物の宝庫だ。その辺りに土地勘のあるマーガレットがいなければ、蓉子もそんなところへ足を伸ばそうとは思わなかっただろう。

蓉子は車の免許をとるために、教習所に通い始めた。いつまでも柚木の車に便乗させて貰《もら》うのも遠慮があるし、日曜日のたびに父親を動員するのも気が重い。車は親の物を借りるにしても、運転ぐらいは自分でやりたい。

「無理しなくても、私が運転してあげるのに」

紀久は大学に入った年の夏休みに免許を取っている。

「一生お世話になるわけにもいかないでしょ」

マーガレットは車を嫌っている。車に限らずマーガレットはエネルギーを大量に消費するものにはほとんど憎悪《ぞうお》といっていいようなあからさまな嫌悪感を見せる。それでも、蓉子が紀久の運転でY町に植物採集に行くときは、ついでに自分の大学まで乗せてもらう。この辺が彼女の変に合理的なところで、どうせ同じ程度の燃料を消費し大気を汚さねばならないのなら、一人でも多くの人間を利したほうが罪が少ないと言うのだ。

紀久も今度の織りに使う糸のために、イメージの色を出す染材が必要なので、三人連れは何度か続いた。ときどき羊毛を紡《つむ》ぐのにあきた与希子もついていった。

その日も紀久が蓉子の家から車を借りてきて、玄関先で三人を乗せようとしていたら、坂を上ってきた誰かが声をかけた。与希子が気づいて、

「あら、母だわ」

与希子の母親の岬かなえだった。近くで職員研修があったので寄ったのだという。

「出かけるところだったんですか。お引き留めしてごめんなさい」

と他の三人に気を遣うので、

「私は残るから。別に私は用事はないのよ、ただのひやかしだから」

与希子はそういって、紀久に、

「安全運転でね」

と手を振った。三人はかなえに「ごゆっくりしていってください」と声をかけ出発していった。

「本当によかったの？」

台所のテーブルに座り、かなえが聞いた。

「だいじょうぶ。お茶入れようか。麦茶でもいい？」

「ああ、麦茶がいいわ。坂を上がると年を感じるわ」

与希子が吹きだした。

「どうしたの？」

「だって、蓉子さんのおかあさんと同じことというんだもの」

「あなただってそのうち言うときがくるわよ。それより、この間は父さんのこと、ありがとう」

「ああ……。ううん、私も大事なことが聞けてよかった」

「大事なこと？」

「そう、お蔦《つた》騒動のこと。おかあさん、あのこと、私に全然教えてくれなかったのね」

「……お蔦騒動……ああ、またなんて昔のこと……」

かなえはため息をついた。

「この家の亡《な》くなったおばあさんという人が、澄月という人形師の人形を集めていたみたいなの」

「澄月？……赤光のことね」

母の瞳《ひとみ》が光ったように思った。

「ああ、やっぱり同一人物なのね。それで、向こうで整理しているときに人形の入った段ボール箱を見つけてねえ」

「父さんが説明したのね」

「そう。びっくりしちゃった。おかあさんたち、若い頃資料館とか調べて回ってたんですってね」

「ああ……そういう頃もあったわね」

かなえは小さく呟いた。

「で、資料館で貰った写し、貰ってきたの」

「そんなもの貰ったって……。祐筆《ゆうひつ》の日記があるのに……」

「祐……なに、それ」

「え？　じゃあ、与希子はその祐筆の書いた方の日記を知らないの」

かなえは片方の眉《まゆ》を上げた。与希子は心もとなげにうなずいた。かなえはためいきをつき、あの人も、しようがないわね、と小声で呟いてから、

「夜中に面が騒いで、付けろ、付けろといったのはそれにも書いてあるの。ただ、奥方付きの祐筆の日記では、その面を付けたのは奥方なの」

「え？」

与希子はうろたえた。

「じゃあ、お蔦っていう人は」

「そんな人はいないの。少なくとも祐筆の方を信じるなら。奥方は、世継ぎを上げてから病弱で、普段から、植物の蔓《つる》が伸びて蛇のように自分をからめとるみたいな妄想に悩まされていて、だいぶ神経も衰弱していたのね。だからそのときの、面の声——付けろ、付けろっていう——も幻聴だったんでしょう。或《あるい》はその面に彼女の内部からそういう声を引き出すだけの力があったのかもしれない。とにかくその声の命じるまま面を付け、別人のように早足で駆け出すと、寝ている側室を襲った後、外の蔵まで裸足《はだし》で走ったところで面がとんと落ちた。しばらくその面を手にしたまま呆然《ぼうぜん》としていた奥方は、はら

はらと涙を流し、蔵の壁に絡み合っていた、蔦の蔓を剝《は》がして握りしめ、面ごと高だかと上げ、『下手人は、蔦なりけり』といった、とあるのよ。けれど、そのときはいくら正室でも、側室と藩主の子を同時に殺したわけだから、内々でご乱心扱いになり、座敷牢《ろう》に近いような部屋で、事実上の軟禁生活を強いられていたみたい。この人が結構長生きしてその後、出家して寺に入ったってきいたけど」

かなえはふっと一息ついた。

「でも、あなたの父さんの方の先祖の話はわかったけど、結局母さんとどう関係あるのか、何が『宿世《すくせ》の縁』なのか、とうとうわからなかった。わからないまま、あなたの父さんの、破滅的な生き方に、だんだんその面打ち師の面影を重ねるようになって……」

「父さん、才能なんか全くないほうがよっぽど幸せなんだ、中途半端《はんぱ》な才能ほど始末に困るものはない、って言ってたわ」

与希子がつらそうなかなえの話題を変えるようにそう言うと、かなえは少し疲れたように微笑《ほほえ》んだ。寂しそうにも見えた。

「でも、その面打ち師の赤光は、鬼神にも例えられたほど、天才的な人だったの。人の心の闇《やみ》を浮き上がらせてしまうような面をつくっていたそうよ。でも、そういう事件もあったりして、自分の面の業《ごう》の深さがつくづくいやになったのね、人の心の裏を暴《あば》き立てるだけ。後の始末もできず。で、今度は人の心を受け容れる人形をつくろう、と決心したというわけらしい」

「それで澄月かあ」

与希子は嘆息した。そしてこれまでのいきさつをかいつまんで話した。蓉子のりかさんのこと、そのおばあさんのこと、そして、紀久の実家の墓から出てきたりかさんそっくりだという水に浸かっていた人形のこと。

母親は、にやりとして、

「そりゃ、宿世の縁だわ」

といった。

「マーガレット、おすましに散らす、みつば、庭の柿《かき》の木の下からとってきてくれる?」

柿の木の下はあまり陽が射《さ》さず、いつのまにかみつばが群生しているのを、この間与希子が発見した。そのときおひたしに大量に使ったのでずいぶん少なくなったが、最近また勢いを盛り返してきていた。売られているみつばと違い、茎がしっかりとして歯ごたえがあり、何より香りが清冽《せいれつ》だ。

柿の木は柴折戸《しおりど》の近くにある。

マーガレットが、腰を屈《かが》めてその下に広がるみつばを摘んでいると玄関の方で足音がした。

顔をあげると、浅黒く、頰の痩《こ》けた若い男が立っていた。マーガレットには気づいていない。男は、手にしていた書類を持ち直すと、玄関に向かって声をかけようとしたが、ふと、木戸の桟の部分の年輪の浮き出た線に指をおいてしげしげと見始めた。それから、手のひらをおき、何度もそこで滑らすようにした。慈《いつく》しむような動作だった。

「あの」

マーガレットは、声をかけた。

「何か御用ですか」

男はびっくりしたように振り向いて、マーガレットを見た。

「ああ、すみません、紀久さんはいますか」

心の準備なく異国の顔立ちをしたマーガレットを見たはずなのに、こんなに自然な反応で返されるのは、珍しいことだった。

「ええ、ちょっと待ってて」

マーガレットはみつばを手にしたまま、広縁に上がり台所へ急いだ。

「青年」

マーガレットは少し息を切らして、紀久に告げた。

「え」

紀久はよく聞き取れず、問い直した。

「青年。玄関に来てます」

「ああ」

紀久は思い当たり、鍋《なべ》の火を止めて、玄関に向かった。

それから、長いこと玄関で話しているので、蓉子はためらいながらも、紀久に上がって貰ったら、と声をかけた。男は神崎だった。

紀久は神崎を居間に連れてきて、改めて皆に紹介した。それから、神崎にも初対面の蓉子とマーガレットを紹介した。

「マギーって呼んでいいの？」

神崎は気軽にマーガレットに声をかけた。マーガレットはにこりともしなかった。言葉が通じないようにしばらく黙っていたかと思うと、

「私はマーガレットで、マギーではありません。未だかつて誰も私をマギーなんて呼んだことはありませんし、そう考えたこともなかったでしょう」

と、宣言するようにはっきりといって口を結んだ。神崎は、

「ああ、僕は、マーガレットという名の女性は皆マギーって呼ばれるんだと思ってたんだ。たまたま、何人かそういう人を知っていたから」

「私はそういうマーガレットではないのです」

マーガレットはいつになく冷ややかに言った。

こんなこと、どうでもいいように思うけれど、人が拘泥《こだわ》るところって外からはわからないものだ、と蓉子はこの会話を聞いていて思った。

「よくわかった」

神崎は真面目《まじめ》な顔でうなずいた。

マーガレットもようやく微笑んだ。

紀久は、

「ええと、私、食事の準備してたんだけれど、ちょっとここで待っててくれる」

「ああ、いいわよ。お客の時は準備なんか後回しで」

いつのまにか下に降りていた与希子は、慌《あわ》てて紀久を制した。神崎が上がってきたことにもいい気持ちはしないのに、この上食事までいっしょにするはめになってはかなわない、と思ったのだった。

「それより、何か急な用事だったの」

与希子の言葉はどこかつっけんどんだった。

「そう……そのこと」

紀久はちょっとためらったが、実は、と打ち明けるような口調で皆に切り出した。

「ある出版社が、あまり人に知られていない地方独特の紬《つむぎ》を紹介する本をかかないかっていっているの。神崎さんの紹介なんだけれど」

「いいじゃない」

与希子は真っ先に嬉《うれ》しそうに言った。こういうところが与希子のいいとこだ、と蓉子は好ましく思った。

「僕にやらないかって、最初いってきたんだけど、忙しいし、ちょっと僕の仕事じゃないな、って思って」

神崎は紀久に微笑んだ。

「うってつけの人だよね」

「ほんと」

紀久の紬好きを知っているだけに、蓉子も思わず呟《つぶや》いた。

「僕は、今、外国の染織技法に気持ちが向いていて……」

「ブータンに行ってたのよね、何か変わったことがあった？」

「うーん、そうだねえ……。例えば、一見刺繡《ししゆう》のように見えるティマと呼ばれる技術は、模様を織り込んでいくんだけれど、裏に糸が全く出てこないんだ」

「片面縫い取り織ね」

「何だか、信用できない、そんなの」

与希子がそっけなくいった。蓉子はちらっと神崎を見てからさりげなく、

「何で」

ときいた。

「うわっつらだけ、って感じで」

与希子の挑戦するような声の響きに一同一瞬緊張したが、神崎はそんなことには頓着なさそうに、

「ティマもごく限られた人たちの、高級な装飾品だから。確かに生活に根ざした感じではないよね」

と呟いた。

「そういえば」

マーガレットが考え込むように、

「私の家にも、古いタピスリーがありました。……ああ、それ、思いだした」

急に目を輝かせて、

「やはり、刺繍のように表に模様が浮き出して、裏と全然違う……。両親は、それ、先祖のキリムだって、いってた」

「え」

キリムときいて、与希子の覚醒《かくせい》値が急に上がったようだった。

「だって、マーガレットはアメリカ人……」

「母はポーランド系ユダヤ人、祖母はもともとルーマニアの山岳地帯の出身です。母方は、祖父母の代で亡命してきたのです」

「キリムって中近東のものじゃなかったの？」

紀久が不思議そうな顔で聞いた。

「キリムって、パイルなしの、平織りの織物のことなの。産地は中近東が主だけれども、あそこらへんから、北上して、東ヨーロッパの一部まで広がっているの。でも、私はまだ、東欧のキリムは見たことない」

与希子はすっかりいつもの与希子に戻り、興奮してマーガレットに頼み込んだ。

「マーガレット、お願い、私、それ見たい。いつになるかわからないけれどアメリカへ行くから」

マーガレットは、しかしどこまでも合理的だった。

「東欧のキリムだけのことなら、東欧に行った方がよろしい。それに、人間が行くより、キリムの方に来て貰《もら》った方が運賃が安上がりです。絨毯《じゅうたん》のような大きいものでもないから、母に連絡して、送ってもらいましょうか。与希子さんがお金貯《た》めるのを待つより、その方が早い」

与希子はすっかり上気していた。

「本当？　そうしてくれる？　東欧に行ったって、そんなにあっと驚くような物が見られるとは、本当は思わないの。今、ちらっと聞いた、裏と表で別の柄が出ているっていうのが、すごく私のアンテナにひっかかったのよ。普通、キリムは平織りだから裏といっても表とそう変わらないんだけれど、キリムって、とても個人的な作品だから、そういうものも存在してもおかしくない」

「やっぱり、ウールなの？」

蓉子は、相変わらず間の抜けたような話の継ぎ方をする。

「うーん、ウール、だと思います。でも、少しラフ」

マーガレットは少し眉間《みけん》にしわを寄せて、思い出すようにいった。

「山羊《やぎ》の毛が混じっているのかもしれない。少なくとも、シルクではない」

「ブータンではシルクもできる？」

紀久が神崎に声をかける。

「ブータンはチベット仏教の国だから、自分たちではほとんど養蚕はしないんだ」

「え？」

マーガレットはチベット仏教という言葉に関心を持ったが、それが養蚕とどう関係あ

るのかちょっと見当がつかなかった。紀久はすぐにぴんときたらしく、

「繭《まゆ》から、絹糸をとる過程で、中にいる蚕のさなぎを煮殺してしまうからなのよ」

と、早口で事務的に説明した。マーガレットは顔をしかめた。

「それは、糸をとるのにどうしても必要なこと？」

「もちろん、さなぎが成長して脱皮した後の穴の開いた繭を使うこともある。私がやっているのは、そういう、いわば二級の繭を集めて紡《つむ》いだ、紬なんだけれど」

「どうして、みんなそうしないんですか」

「そうすると、長い一本の、切れ目のない糸がとれないからなの。どんなに上手に紡いでも、紬には、糸を継いだ跡が残るから。それが風情《ふぜい》があって、私は好きなんだけれど」

「つまり、殺生《せっしょう》するわけですね」

「だけど、ブータンも絹織物自体は、盛んなんだよ」

「紬？」

「いや、それもちょっとはあるだろうけど、大体は近隣の国から絹を輸入するんだ」

「じゃあ、結果的には殺生に手を貸しているわけなんだ」

与希子がいった。

「その辺はどういう意識なのか、よくわからないけれど」

神崎は軽く流して、

「シルクロードの流れに沿って旅したいと思ってるんだ、ちょっとずつ外れたりして。一度には無理だけれどね。国内は、紀久さんに任せた」

と冗談めかしていった。蓉子は、

「紀久さん、もうどのくらい回ったの？　この家に来る前から、結構あちらこちら旅行してたでしょ」

「ええ、でもそのときは、取り立てて織物、っていうわけではなかったの。でも、名所旧跡よりも、その土地の手仕事に関する資料館みたいなところが多かったわね。結果的に紬関係の見学が多くなったけど、それは偶然よ。まあ、専攻が専攻だから」

「やっぱり、変わってる」

「そう？　私はそこの土地で採れる作物のような、そこの土から湧《わ》いてきたような織物が好きなの。取り立てて、作り手が自分を主張することのない、その土地の紬ってことでくくられてしまう、でも、見る人が見れば、ああ、これはだれだれの作品、っていうようにわかってしまう、出そうとしなくても、どうしても出てしまう個性、みたいなのが好きなの。自分を、はなっから念頭にいれず、それでもどうしてもこぼれ落ちる、個性のようなものが、私には尊い」

紀久のその発言は、聞きようによっては、個性とその表現に全《すべ》てをかけているといってもいい、染織作家たちに対する反発のようにもとれた。

「何もないところにでっちあげる、奇をてらった個性ではなくてね」

自嘲《じちよう》気味に呟いた神崎は、当然のことあまり愉快そうではなかった。

蓉子は急に不安になった。

この二人は、一見寄り添っているけれど、どこか本質的な部分であまりにも違いすぎる。蓉子はそう明確に意識したわけではなかったが、二人の精神性の質的なアンバランスが、蓉子を不安定な気分にさせるのだった。

が、紀久の言葉に正面から反論したのは与希子だった。

「けれど、存在するために、どうしても表現ということが必要な人たちだっているんだわ」

与希子は、澄月や、自分の父、そして自分自身のことについていっているのだと、神崎をのぞく皆はわかった。けれど、紀久もこれは自分の存在にかかわるような見解なので、ごまかしや妥協はしたくなかった。それが与希子にとってもそうならなおのことだ。

紀久は言葉を慎重に選んだ。

「そういう人たちが自己表現をして生きていくことを、私は否定しない。ただ、平凡な、例えば植物の蔓《つる》の連続模様が、世界中でいろんなパターンに落ち着きながら無名の女性たちに営々と染められ続けてたりするのをみると、ときどき、個人を越えた普遍性とか、永遠のようなものを、彼女らは自分では気づかずに目指してたんじゃないかと思うのよ」

「ギリシャのぶどう蔓とか、唐草とか、蔦《つた》なんかね。確かにあの柄は世界中にあるね」

神崎はうなずいた。

「……蔦、ね」

与希子がぼんやりと繰り返した。

「あの連続模様はね、元々は、蛇をモチーフにしたものじゃないかと思うんだ」

「蛇？」

神崎の言葉に与希子が眉《まゆ》をしかめた。与希子は蛇がきらいだ。蛇をペットにしている人の話を聞くと気絶しそうになる、とかねがね言っているほどだ。

「うん。後輩の竹田が、古ヨーロッパ芸術が好きで、前に紀元前四、五百年ぐらいの壺《つぼ》の写真集を見せてくれたことがある。その壺にはみんな、まあ、少しずつバリエーションはあるけれど、素朴な縄文様のような、唐草文様の原形のような文様があってね、もともとは、二匹の蛇が絡《から》まっている図柄なんだそうだ」

庭の暗闇《くらやみ》がざわざわと音を立てたかと思うと、嵐《あらし》の前のような湿った不穏な風がひゅうっと入ってきた。

神崎がそう言っても、誰も相づちも打たず、反論もなく、珍しく皆ぼんやりとしたように手元を見つめたり、りかさんの手を取って撫《な》でてみたり、ティーカップをいじったりしていた。

　何だろう、このぼんやりとした感じは、と蓉子は思った。まるで今までそこにあることにも気づかなかった闇の前に、突然連れてこられたような、次にどう動いていいのか見当がつけられずに突っ立っているようなぼうっとした……。それとも、聞いたこともない言語を耳にして、どう興味を持てばいいのかも分からない状態といえばいいのだろうか。他のみんなはどう思っているのだろう……と、言葉の応酬の前線から、いつも少し引いた形でいる蓉子は考えていた。

　その気配に気づいているのかいないのか、神崎の言葉だけが再び響いた。

「なるほど、昔の時代の人にも、蛇というのは、インパクト強かっただろうと思う。理屈ではない、原初的な感情を揺り動かすからね」

　蛇、という言葉は、このとき初めてこの家で意識されたのだった。

　風は、先ほどのを皮切りに、やがて間断なく押し寄せてきた。梅の木が、ライラックが、金木犀《きんもくせい》が、蓬《よもぎ》が、何かを伝えあっているように次から次へとざわめきを渡していく。

「窓、閉めた方が良くない？」

「閉めたら暑いわよ。降り出すまではこのままで」

　娘たちが、内輪の会話のようにひそひそと取り決めするのを、神崎は無視するように

して、

「蛇がとぐろを巻いている意匠が、やがて渦巻になる。渦巻は、ケルトを初めとして、古ヨーロッパ文明に特徴的なモチーフだ。ギリシャのオルペウス教の讃歌《さんか》に、『もともと天と地は単一なるもの、宇宙卵であった』というのがある。ケルトのドルイド教には、宇宙卵は蛇が生むということになっている」

と、それが癖なのか、抑揚もなく、レジュメでも読み上げるようにして一気にしゃべった。

紀久は、ぽつりと、

「繭って、蛇の卵みたいだと思ったことがあるわ。よく似てる」

与希子は紀久に鋭い視線を投げかけたあと、

「もう蛇の話はやめましょうよ」

蓉子はその言葉で、思わずりかさんを手に取り腕に抱いた。自分でもなぜだかわからなかった。

それは蓉子が滅多に人前では、ことに来訪者があるときは絶対にしない動作であることに、神崎をのぞく娘たちは皆気づいていた。

神崎は、それからマーガレットたちの東洋研究グループに積極的に参加するようになった。マーガレットはその最初の様子を皆に報告した。

「私たち、いつも始めのとき、円座になって互いに手をつなぎ、気を流すんです。ぐるぐると。彼が入ると、その、気が滞る。それが、みんなにわかったんです。今までずっと同じメンバーだったから、気づかなかった。そんなこと、今まで起こらなかったから。異質の気を持っている人がいるって、本当に分かったので、皆興奮した。何度かやっているうちに、彼自身の気が変わっていくのがわかった。変圧計みたいな、不思議な力」

「ああ」

紀久は考え込み、

「彼自身が周りに溶け込んでいくの？　周りが彼になじんでいくの？」

「両方。両方の感じ。彼は意識しないで自分をカメレオンみたいに変化させていける。でも、気づいたら私たちが彼の方へ近づいていってる感じ」

マーガレットも、思い出し、考え込みながら慎重に言葉を選んだ。

「……そう」

紀久は少し目を閉じ物思いにふけった。紀久が何を考えているのか、蓉子にはよくわからなかった。

マーガレットは広縁でイチイの幹を削っていた蓉子を向いて、

「神崎さんの近所の植物園で、桂《かつら》の大木が切り倒されることになったらしいです。いらないかといってます」

　と、聞いてきた。

「桂——。以前、鉄媒染できれいな紫黒色を出したことがあるわ。今、柚木先生から任されている帯揚げにちょうどいいかもしれない」

　と、蓉子は嬉《うれ》しそうにいった。

「場所をいって下さればとりに行きます、と伝えてくれる？」

　マーガレットは、うなずいたが、次の日、神崎と二人、青々とした桂の枝葉を車で運んできた。

「まあ、まあ」

　蓉子は驚き、かつ喜んだ。

「取りに行ったのに」

「今朝、切り倒されたんで、新鮮なうちがいいと思って。マーガレットに手伝って貰って、枝葉を払って車に詰め込んできたんだ」

　神崎はこともなげにいったが、結構大変な作業だったはずだ。蓉子は恐縮した。

「本当になんて言ったらいいか」

「いや、植物園には知合いがいて、剪定《せんてい》の時期がきたらいつも知らせてもらっているんだ。今回は、たまたま、僕の方の予定がなかったんで……。それより、早く準備した方がいいよ」

「ああ、そうそう」

蓉子は枝葉をざっと洗い、細かく切り刻む準備にかかった。マーガレットも神崎も手伝ってくれたので、割合に早く事が進み、大鍋《おおなべ》に煮出すところまでいった。

「三人だと早いわ」

「おもしろいですね、結構」

マーガレットは相変わらず真面目《まじめ》だ。蓉子は沸騰《ふっとう》したステンレスの大鍋の様子を見、染め棒でかきまわす。

神崎は、まっすぐそれを見ながら隣に立っているマーガレットに小声で話しかけた。

「なぜ――」

蓉子にはその先は聞こえなかった。が、マーガレットは顔色を変え、唇をかんだ。

その様子が少し気にはなったが、とりあえず、今は染材と染液を分けるちょうどいいタイミングだ。蓉子は火から鍋を降ろし、ざるにあけた。漉《こ》した染液に、糸束を浸《つ》け、ゆらゆらと染め棒で染《し》み込ませる。

マーガレットが、何か英語で答えている。低い声だ。

蓉子は媒染液を用意する。鉄媒染で、多分、紫黒色。

マーガレットの呟《つぶや》くような声はまだ続いている。ときどき、神崎が同じように英語で低く答える。やがて、マーガレットは黙ってきびすを返して家の中へ入っていった。蓉子は布を媒染液に浸け、引き上げる。

「ああ、どうも、これは……」

蓉子の声が落胆している。

「古代紫だね」

代わりに神崎がいう。紫黒というよりは、闇に近い、迷妄のような紫だった。

「おかしいわ、前、桂でやったときは……。これだから植物は」

あてにならない、と続けようとしたその言葉尻《じり》を神崎はすかさず捉《とら》えて、

「こたえられないね」

と、括《くく》り上げた。

木立の方から涼しい風がさあっと吹いた。蓉子は、にっと笑って神崎を見た。

「ところで、マーガレットは？」

「ああ、ちょっと……」

神崎は言葉を濁してマーガレットの入って行った先をぼんやりと見た。

紀久の叔母の弥生から、人形の衣裳《いしょう》箱が届いた。開けると、つんとかびの臭《にお》いがした。

「長いこと放ったらかしにしてあったんだわ。とりあえず、陰干ししないと」

ちょうどここ四、五日は雨も降らず、空気も乾燥していた。

皆で部屋の一方の長押《なげし》にロープを結わえつけ、その端から次々に着物の袖《そで》を通していった。

萌黄《もえぎ》に桜。濃紫に麻の葉。藤色《ふじいろ》にくす玉。桔梗《ききょう》にすすき、萩《はぎ》、紅葉。小菊に松に竹に梅。牡丹《ぼたん》に菖蒲《しょうぶ》。肩上げが付いて、褄《つま》に綿の入った人形用の着物は小さく愛らしかった。

取り出すたびに、蓉子と紀久、与希子の三人からためいきが出た。

「それにしても凝ってるわよねえ。人形用の反物よ、きっと。柄の縮尺からして」

「ちりめんが多いわね。お好きだったのね。ほら、これ、錦紗《きんしゃ》よ、きっと」

与希子は薄手の生地の手触りを楽しむようにしていった。

「これがそうなの？　話にはよく聞いていたけれど、ずいぶん軽いのね」

「でも、赤はほとんど化学染料ね」

「当時は、もてはやされたのね。こんなどぎつい赤は、植物染料ではまず出ないから」

「いまでもこんなに鮮やか。やっぱり化学染料は堅牢《けんろう》度が全然違うわね」

皆、ああだ、こうだと言い合いながら、うっとりと着物に触り続けた。

「あら、これ」

蓉子が、一枚の布切れを見つけた。黒い縫いがある。

「半襟？」

「蛇？」

それぞれ一斉に驚いて声を上げた。それは確かに半襟——人形のものではない——で、細い小蛇がくねりながら進んでいる様子が黒く刺繡《ししゅう》してある。

「あ、もしかして、これ、大正ごろに一部で流行《はや》ったっていう半襟じゃないかしら……」

「斬新《ざんしん》な柄ね。さすがに大正モダニズムね」

この間の夜の神崎の話以来、皆の心に蛇のことがまだ何となく残っていたせいだろうか。紀久と蓉子はしげしげと見つめながらも、広げて畳の上においたきり、誰も親しく手に取ってみようとはしなかった。

「何でそれがここに入っているの？」

「さあ。何かに紛れていたんでしょう」

蛇嫌いの与希子は一目見たなり目を背け、

「もういいでしょう。ぞくっとするわ。早く見えないようにしてちょうだい」

というので、蓉子は先に積んだ衣裳の下に入れ、

「はい、もうしまいました」

と、少しからかうような、それでもどこか優しくいたわるような口調で与希子に声をかけた。

それから衣裳調べは前のように続き、とうとう一番最後の着物にたどり着いたとき、

「あら、これ」

と、与希子が大声を上げて蓉子を見た。

「ね？　そうでしょ」

「ええ、そう……だと思う」

「あら、絶対よ」

二人の会話に、紀久は、

「何、何のこといってるの？」

「蓉子さん、もってきて紀久さんに見せてあげて」

与希子にいわれて、蓉子は立ち上がり、隣室からりかさんの古い着物を取り出してきた。

「あ、同じ」

それは、りかさんのと同じ、菊の花と、楽器の琴、意匠化された小づちの図柄だった。柄の出ている場所が違うが、そのほかは全く同じである。

「やっぱり」

与希子は蓉子に、ほらね、という表情でうなずいてみせた。

「何故《なぜ》？」

紀久が呟き、一瞬皆沈黙したが、

「まあ、人形用の布地なんて、そんなに多くつくられたとも思えないから、たまたま同じものになったのかも」

と、紀久は自分自身に言い聞かせるようにいった。

「ああ、そうね、多分」

与希子はそれで納得したが、蓉子は黙り込んだままだった。紀久も、

「この化学染料の紅地縮緬《ちりめん》というのがまた時代物っぽいわね。でも、ちょっと変わった柄ね。祖母の好みではないようだけど。他のものは、草花ばっかりよね。動物柄とか全くない。それは彼女らしいんだけれど」

与希子は考え込んでいる蓉子の顔をのぞきこむようにして、

「今まで、りかさんに着せたことあるの」

「ううん。柄が柄だし……古いからずいぶん傷《いた》んでるでしょう。こんなものを着せなくても、いろいろ着せたいものはあったからね。りかさんは洋服も似合ったし……」

外でクマゼミがシャンシャンシャンと鳴き出した。広縁の向こうの庭は、真夏の陽差しが、ハレーションを起こしているかのようにまぶしい。この古い日本家屋は外が明るければ明るいほど中はどっしりと昏《くら》くなる。

「燃え上がりそうな、紅ね」

紀久は両手でその着物を持ち上げ、外の陽に透かすようにした。

それから何日も経《た》たないうちに今度はマーガレットの実家からキリムが届いた。

そのキリムにはなるほどブータンのティマのように片面だけ縫い取るように模様が施されていた。与希子は感嘆しながら、

「これは、ソマックという技法なの。見て、こんなに細かく精緻《せいち》に……。でも、この模様は……」

黒い菱形《ひしがた》から何本も手足のようなものが出ていて、その先がそれぞれ昆虫の触角のように微《かす》かに曲がっている。

「私は目だと思ってましたけど……」

「そうね、目のようにも見える。こんなにいっぱいの、目……。おばあさまはルーマニアで、これを?」

「あ、いえ、これは父の方の祖母の……」

そういってマーガレットは言葉を濁した。

マーガレットの父方というのは、母方の出身とはまた違うのだろうか。

そのとき周りにいた紀久も不思議に思ったが、キリムの産地であることにはまちがいがないのだから、どうせその周囲だろうと皆思ってそれ以上は聞かなかった。

しつこく聞いていればこれから先の展開が違ったものになっていただろうか。

いや、それでももうあの流れは止めようがなかっただろうと蓉子は後に思い返した。

キリムはしばらく元座敷の作業場にかけられていた。

考えてみれば、このキリムが到着したときからりかさんの雰囲気はどんどん変わっていったのだった。


外が急に暗くなり、湿気を含んだ風が息を吹きかけるように体をかすめたと思ったら、ぽつぽつという雨垂れの音が始まり、あっというまに激しい夕立になった。

蓉子は大慌《おおあわ》てで外に出て、干していた糸束をしまい込んでいると、二階にいた紀久も降りてきて加勢にかかった。

「干してあるの、もうこれだけ？」

紀久は雨音に負けないように声を張り上げる。

「そう。ありがとう」

蓉子も叫ぶように礼をいうと、庭履《にわばき》を蹴《け》り散らすように家に入り、常時広縁の天井に渡してある竿《さお》に、再度糸束を掛け始めた。紀久はその後からついて入り、硝子《ガラス》戸を大急ぎで閉めていった。

「だいじょうぶかしら」

紀久は心配そうに声をかける。

「今のところ。この雨はそれほど酸性度はきつくないみたい」

酸性度のきつい雨に当たると、媒染をかけたのと同じ影響を与えてしまう。蓉子は柚木のところで、以前そういう目にあっていた。そのときは、その染めむらのような効果がおもしろいとひきとってくれた業者があったので助かったのだが。

「すっかり暗くなっちゃった」

紀久は洗面所の棚からバスタオルをもってきて、一枚を蓉子に渡しながらぼそっといった。

「ほんと。ありがとう、紀久さん、助かったわ」

「すごい雨」

スコールのような雨の音に気圧《けお》されたように二人ともしばらく呆然《ぼうぜん》と立っていた。家の中にいても細かなしぶきがかかる錯覚さえする。それともこの家には目に見えない穴がいっぱいあって、本当にかかっていたのかもしれない。

「あ、紀久さん、ごめんね、二階で何かしてたんでしょ」

蓉子は思いだしたように気遣った。

「ええ、でも、いいのよ、ちょっとぼうっとしていたところだったの。この間行った村の織り子さんの話をまとめてたんだけれど……。ああいう職人さんたちは、手の方の技術があまりすごいから、それを言語化するのがおっくうなのか、あきらめているのか、あまり話してくれないの。聞き出すのに苦労したわ。それをまた文章にするとなると、思ってもいなかったところで考え込むことが多くて……。もう一回訪ねようかしら、って悩んでたところなの」

「大変ね。でも、本にまとめるのは、そこだけじゃないいんでしょ。そんないちいち再度訪問なんてことしてたら……」

「そうなの。でも、おもしろいわ」

それを聞いて、蓉子はにっこりと微笑《ほほえ》んだ。紀久の紬《つむぎ》への真摯《しんし》な姿勢とエネルギーは、蓉子にまで心地よい充実感として伝わってきた。まるで自分もその仕事にかかわっているかのようだ。

雨は降りだしたときと同じように、あれよあれよという間に小止《こや》みになり、やがてあの激しさが嘘《うそ》のように晴れあがった。庭の草木が濡《ぬ》れて光っているのがかろうじて雨があったことを物語る。

表で誰かがばたばたと勢いよく入ってきたかと思うと、

「ああ、もうひどい目にあった、バスから降りたらいきなりなんだもの」

濡れ鼠《ねずみ》のようになった与希子だった。

「おかげで涼しくはなったけど」

あらら、と蓉子の同情した顔に迎えられると、そう言いおいて風呂場《ふろば》へ向かった。しばらくして、バスタオルで頭を拭《ふ》きながら戻ってきた。

「紀久さんは？」

「さっき、降りてきて、糸束を取り込むのを手伝ってくれたんだけど、また上に上がったわ。例の仕事」

「え？　彼女、昨夜ほとんど眠ってないはずよ。襖《ふすま》からずっと光りが洩《も》れていたもの」

「まあ」

二人は顔を見合わせた。

「紀久さん、のめりこんでる。でも、体に悪いかな」

「体力は人それぞれだから」

「そうね。まあ、倒れたら介抱して上げよう」

そこへ階段の方から、

「倒れたりはしないわよ、お生憎《あいにく》さま」

と声がして、紀久がまた降りてきた。

「あ、びっくりした。上に行ったと思ったのに」

「行ったんだけれどやっぱり書けなくて……」

そこへいつの間にか帰ってきていたらしいマーガレットが、庭から声をかけた。

「ちょっと、来てみて」

珍しいことなので、何事かと皆で慌てて庭に出る。マーガレットは庭の物干し竿を指している。竿と柿《かき》の木の枝の間に、見事なクモの巣がかかっていて、それに先ほどの夕立の雨粒が真珠のように散りばめられ、きらきら輝いている。

「えー。朝はなかったわよ」

「なかった、なかった」

と、マーガレットはまるで自分の手柄のようににこにこしている。

「すごいわねえ」

「きれいねえ」

クモは、少し大きめの、縞《しま》のあるジョロウグモタイプで、女の子には嫌がられそうなものなのに、そこに揃《そろ》った女性たちは皆感嘆するばかりで一向に嫌がる気配はなかった。

「ほら、いい気持ちの風がくる」

与希子が目を細めた。雨上がりの緑の中を、ひんやり涼しい風が通り、クモの巣を揺らした。巣と一緒に、クモもおとなしく揺れていた。

「いい場所に巣を造ったわね」

「そうね、ここは虫の通り道だわ」

「模様、すごい」

マーガレットはしげしげと見ている。

「そういえば、あのキリムの文様、クモみたいでもある」

「ああ……なるほどねえ」

「クモねえ……」

蓉子はふと、辺りを見渡し、

「与希子さんのきゅうり、さっきの雨で大きくなったみたい」

「でも、草もまた伸びたようよ。またせっせと食べなくちゃ」

皆、にやにやと困ったような表情になる。紀久が、最近それほど網戸のない暮しを嫌がってないのを、皆うすうす感づいているので、紀久の網戸基金への熱意は急速に萎《な》えてきている。目的意識が薄らいだまま、マーガレットのいうところの「雑草イーター」

という習慣だけが残ってしまった。

「草喰いは、もうわが家の家風だわね」

「ボロギクはおいしい。公園で見かけても、つい目が釘付《くぎづ》けになる」

「あら、私も。でも、除草剤とか、かかっていそうで」

「もったいないとおもうわ」

皆、縁側に腰をかけ、ゆらゆら揺れるクモの巣を賞《め》でながら、しばらく涼んだ。

「あ」

与希子が急に声を出した。

「ねえ、このクモの巣、もしかしてちょっと網戸の代わりになるかも。蚊とか、蛾《が》とか、つかまえてくれるかも」

紀久は思わず拝むようにして、

「頑張ってね」

蓉子は思わず吹きだして、

「じゃあ、もう少し大きく巣を張ってもらわなきゃね」

クモがいるので、物干し竿を使うときは気を遣った。大抵ぐるぐる巻になったりしている
気が付くと、朝に夕に、結構虫がかかっている。

ので、何がかかったかははっきりとわからないことが多い。

それから一週間ほどした夕方、クモの巣はきれいさっぱりなくなっていた。どうやら神崎が庭先から回り、気をきかしたつもりで、クモの巣を払ってしまったらしい。大きなクモの巣があった、廃屋のようだったと、冗談半分で紀久に話し、がっかりさせた。皆落胆したが、与希子は憤慨した。

「あの人のやりそうなことだわ」

「まあ、良かれと思ってやったんだろうから」

蓉子はたしなめる。

「そんなこととは知らないで……」

神崎はすまなそうにいった。

「もういいわよ。また巣を張ってくれたから」

驚いたことに、その翌朝には、元通りに近いクモの巣が、また張られていたのである。クモの根性と技術に、皆涙ぐまんばかりに感動したのだった。

「まさか、君たちがクモにそんなに親和的だなんて思わなかったんだ。気持ち悪がって手がつけられないでいるのかと思った」

「そりゃ、クモ自体は気持ちいいとはいえないし、触れないわよ、決して。でも、蛾ほど生理的な嫌悪感《けんおかん》はないわ」

　与希子は、蛇ほど、と付け加えた。

「やっぱり、クモは織り子の象徴だからかな」

　神崎が呟《つぶや》き、

「あら、そうなの」

　紀久の目がおもしろそうに輝いた。

「糸で織りあげるわけだろ。どこかの昔話に水蜘蛛《みずぐも》っていうのがあってさ、水辺に人がくると、糸を引っかけて水中に引きずり込んでしまうんだ」

「やだ。それのどこが織り子なのよ」

「水中には竜宮があって、竜神に仕える巫女《みこ》が機《はた》を織ってるんだよ。竜神に捧《ささ》げられた機織姫だな。日がな一日機を織ってるから、たまにはあきるんだろう。竜神は地上に出ると蛇の姿になり、機織姫はクモになるんじゃないかなあ」

「それ、あなたのファンタジー?」

「どっからどこまでがどこの昔話なのかよくわかんない。ミックスしてあるのは確かだけど。水底の神殿では機を織ってるらしいよ。ほら、ドイツのローレライなんかは、岩の上で髪を梳《す》いてるっていうだろう、あれは機織の意味があるんだって」

「それで船乗りを水底に引っ張り込むの?」

「そうそう、水蜘蛛と同じパターン」

「それが何か私たちと関係あるの」

神崎は自分を指さして、

「引っ張り込まれてるだろう」

その言葉に皆一斉に眉《まゆ》をしかめた。

「失礼ね。私はあなたをここに招いた覚えは一度もないわよ」

「私だって、無理やり上がって貰《もら》った覚えはないです」

「それに、実際機を織っているのは二人だけよ」

神崎は笑いながら、

「ごめん、ごめん、冗談のつもりだったんだけど、でも、機織って、昔は祈りの意味や、気を招くって意味合いもあったらしいよ。ハタめくっていうのは、気が移動してくる様子をいってたらしい。だから、マーガレットがそういうものに興味を持ったり、蓉子さんがりかさんに仕えていたりするのも、一種の『機織』の行為なんじゃないかなあ」

蓉子は、「りかさんに仕える」という言葉がひっかかったが、なるほど、機を織るという営みは、「祈り」の動作に似ているかもしれない。

「だからさ、ここは『機織姫の神殿』には違いないんだよ」

ずいぶんとうらぶれた神殿もあったものだ。

管理人である蓉子の手前、誰も口に出さなかったが、与希子のいたずらっぽく輝いた目がそう言っていた。

それから神崎は、中近東へ行き、イスタンブールから東欧へ渡るという計画を話して帰っていった。

「この時期、中近東は暑いんじゃない?」

神崎の帰った後、くつろいで夕食の高野豆腐の残りをつつきながら与希子が呟いた。

意識していなくても、訪問者があると皆どこか緊張しているらしい。

「まだ先でしょう、出発は」

紀久がさりげなくマーガレットにきいた。最近紀久は例の仕事が忙しく、こうして神崎がときどき訪ねる以外、会って話をすることもない。むしろ、外のワークショップで会う機会の多いマーガレットの方が、神崎のことは詳しく知っていた。

「半年ぐらい、先の話。でも、流動的らしいです。シルクロード染織の旅、なんだそうです」

「ああ、去年は東アジアだったものね」

「そういえば、竹田君もヨーロッパ行くんですって」

与希子は、以前竹田のことを話していたときと同じ、ちょっとおどけた表情でいった。

「与希子さんはまだ秘《ひそ》かに竹田君の情報を収集しているとみえる」

紀久がからかうようにいった。

「あら、ファンであることは変わらないのよ」

「でも、何しに。あの人とヨーロッパって結び付かないわ」

「山へ登りに、とイタリアの大学の夏期講座を受けに行くんだって。古美術だか何かの修復技術の講座」

「詳しい。何でそんなによく知ってるの。話でもしたの」

「ふっふっふ。蛇《じゃ》の道は蛇《へび》」

与希子はそういってから、気が付いたように、

「蛇の道は、龍《りゅう》、らしいわね、神崎さんによると」

「別に神崎さんによらなくても、蛇と龍が古代で同一視されているのは常識よ。中国では、蛇の年季の入ったのが龍に成るっていわれているし」

「それは、紀久さんの常識。私の常識には蛇は顔を出さないの」

「最近そうでもないじゃないの。ほら、唐草の原形が……って話」

「ああ……」

考え込むような顔をした与希子に、

「あの話、竹田君が詳しいっていってたわ、神崎さんが。与希子さん、思い切って聞いてみたら」

とすすめたのは、蓉子だった。与希子が心のどこかでずっと、例の「お蔦騒動」や澄月のことにこだわっていることを、蓉子は知っていた。それは他の三人にも興味のあることだったが、与希子には直接先祖がかかわるだけ、どこか自分の存在をかけたところで必死になっていた。

「うん……」

与希子はあまり気乗りはしない様子だったが、明確な拒絶もしなかった。

紀久が、庭の一画で、珍しく汗をかきながら何かを掘り起こしていた。蓉子が声をかけると、

「ギボウシを移植しようと思って……」

「ああ、ご実家からもってきた苗の……。そういえば、あまり勢いがなかったわね」

ギボウシは、すうっと茎を伸ばし、清楚《せいそ》な白い花をつける。紀久の好きな花だ。もってきたときは、四枚ほどの葉をつけた小さな苗だったが、とても大きな株になるといって日当りのいい一角に植えたのだった。

「ギボウシは、日向《ひなた》でも日陰でもいいってことだったけれど、結局日向じゃ、全然駄目だった。四ヶ月間、一枚の葉っぱも出てこないし、いまある葉も陽に焼ける一方で……。現状維持が精一杯で、とても次の葉を出すゆとりなんかありそうもなかったし……」

「何かに耐えてるっていう風情《ふぜい》だったわね」

「そうそう。きっと苛酷《かこく》な環境だったのよ」

「あら、大抵の植物なら大喜びの場所なのにね」

「そうかしら。ぎらぎら太陽の照りつける場所って、案外植物は苦手なのかもしれないわよ」

何気なくその会話を聞いていたマーガレットが、突然声を上げた。

「あ、シュウカイドウ」

それから大慌《おおあわ》てで玄関の横の柴折戸《しおりど》のところへ走り、申し訳なさそうな顔をして植物らしきものをもってきた。

「蓉子さん、前、シュウカイドウのことを話していたから……。けど、うっかり忘れて……」

あまり陽の射《さ》さない玄関脇《わき》の、佗助椿《わびすけつばき》の下にシュウカイドウが欲しいと以前に祖母が言っていたのを思いだし、何かの折りに蓉子は何気なくそのことをマーガレットに話したことがあった。その聞き慣れない花の名の響きをマーガレットは心に留めておいたらしい。東洋医学の師匠のうちで、奥さんが、シュウカイドウがどんどん増えて困っている、といっているのを小耳に挟むと、思わずもらってきたのだ。そこまではよかったのだが、その日、帰ると誰もおらず、鍵《かぎ》を持って出なかったマーガレットは戸袋の内側に手を入れてかねてからそういうときのために隠してあった合鍵を探した。そのとき、肝心のシュウカイドウは横に置いたまま、すっかり忘れていたのだ。三日ほどがたつ。どういうものだか、誰もその袋に気が付かなかった。

シュウカイドウはさすがにだらりと力なく、蓉子があわてて、簡易ポットから根を引き抜いた。手にとると、乾いたひげ根がぱさぱさと音を立てるようだった。

蓉子は急いでバケツに水を入れ、ひげ根の間から乾いて小石の粒のようになった土を丁寧に落し、根っこ全体を両手のひらで包むようにして、水につけた。

小さな泡が無数に上がり、やがて静まると、干からびる寸前だった根が、ほうっとため息をつき、それから思いきり手足を伸ばすような気配を、蓉子は感じ取った。

「まだ間に合ったようよ」

蓉子が振り向きながら呟くと、マーガレットは、「よかった」といったが、どういうわけか、疲れ、傷ついたような表情だった。

蓉子ははっとしたが、何と言っていいのか分からなかった。マーガレットはそのまま二階へ上がった。

「紀久さん、私、マーガレットを責めるようなことといったかしら」

「何も。ちっとも」

紀久は怪訝《けげん》そうに応《こた》えた。

「でも、マーガレット、何か傷ついたみたい」

「気のせいよ。それより、そのシュウカイドウ、やっぱり佗助の下に植える？　ギボウシもその近くに植え替えていい？」

「それはもちろん。混殖したほうがおもしろいし……。でも、先に植えて。シュウカイドウはしばらく水の中で回復させるわ。一昼夜ぐらいはつけておいた方がいいかも」

そういいながらも、蓉子は手のひらで根を包んだまま、放そうとしなかった。

「不思議ね。蓉子さんがそうやっていると、手当してるって感じがする。瀕死《ひんし》の病人が明らかに快方に向かいつつある、って感じがするわ」

紀久にそういわれても、蓉子は意識せずにやっていたことなので、戸惑ったように微笑《ほほえ》むしかなかった。

それよりマーガレットのことが気になる。

マーガレットは夕方から、例の勉強会に出ていき、夜遅く神崎に送られて帰ってきた。

何となく居間にいた三人が出迎える形になり、マーガレットは弱々しく微笑むと、その

まま二階へ上がった。蓉子はおずおずと神崎に、

「あの、マーガレット、何か言ってませんでしたか。……英語で」

神崎は語学に堪能《たんのう》なので、マーガレットが何か打ち明けていないかと思ったのである。

「うん、ちょっと」

「何を」

神崎はためらったが、

「蓉子さんは、自分では気づかずに、いろいろな命を育《はぐく》んだり、慈《いつく》しんだりしている。自分が懸命に学ぼうとしていることを、蓉子さんはいとも簡単に生活に織り込んでいる。結局、蓉子さんには温かい家庭があり、おばあさんがいた。自分にはそれが欠損していた。慈しむってことは、思い立って学べるもんじゃない。受け継がれていく伝統だ。それにしてもまあ、何ということ、自分は一生、その欠けた部分を追い求めていかなきゃならないのか、とまあ、こんな意味のこと」

蓉子はあっけにとられた。

「何とまあ、たいそうな」

「ああ、でも、私、マーガレットの気持ち何となく分かるな」

「私も」

紀久と与希子はうなずきあった。

「私、最初、蓉子さんにとってのりかさんって、極端な少女性っていうか、ままごとの延長みたいなのかな、って思ってたの。でも、一緒に暮らしてて、蓉子さんって、もしかしてすごい人かもって思うことがあるの。慈しむとか、大切にするとか、尊ぶとか、そういうことが、観念でなく、出てくるのよ……。それは、りかさんにだけじゃないんだ。この家の一人一人に対して、草木に対してさえ、蓉子さんはいつもそうだった。庭に出て、いつもさりげなく、花がらを摘んだりするでしょ、そういうちょっとした思いのかけ方、っていうのかしら。私、かなわないって思うことしょっちゅうあった」

与希子が真顔でそういうと、蓉子は慌てた。

「よしてよ、もう。私なんか、全然向上心もなくて、あなたたちと違って、大学へさえいこうとも思わなかったし……」

「そんなこと……。あなたには必要のないことだったのよ」

紀久は、問題にならない、というふうに首を横に振り、そういった。

所在なげにしていた神崎は、そこで潮時を見つけたように、

「じゃあ、僕はこれで」

と、帰っていった。皆、労をねぎらうことばをかけ、見送ると、ほうっとして戸を閉めた。

紀久はどこかで寝ている。

実家の部屋か、今の下宿か、定かではない。古い日本家屋の一室だ。実家も下宿も、その点では共通しているので、それは決め手にはならない。実家や下宿より、もっと古いような気がする。そう思うと、辺りの気配がますます古めかしくなっていく。年季の入ったかびのにおいが漂っている。紬《つむぎ》の里の村々を訪ねたときの家の記憶だろうか。こういう家を、いくつも見たような気がする。

回りの、漆喰壁と柱や長押《なげし》の隙間《すきま》が、みしみしと僅《わず》かに震える気配をみせた。それは次第に大きくなり、やがて漆喰の一部がぱらぱらとこぼれ始める。それでも震動はとまらない。それがついに部屋全体までひろがったと思うと、四方八方に亀裂《きれつ》が走り始めた。強大な何かが、壁の向こうから襲ってくる。が、逃げ場がない。

突然、巨大な植物の蔓《つる》の先が漆喰壁の割れ目から現れた。するとあらゆる割れ目から似たようなものが現れ、まるで巻き付く先でも探しているように動いている。あちらこちらから蔓が伸びてくる。壁や天井はすでに蔓でみっしりと覆《おお》われている。あっというまに部屋中がジャングルのようになった。とりまかれる。ひきずりこまれる。太い太い蔓だ。

が、その先端だけが、センサーのように細かく震えている。見ていると、蛇の舌のようだ。

それに気づいてしまったら終わりだと、突然激しい絶望感に襲われる。しまったと思う。

そこで目が覚めた。気味の悪い夢だった。紀久は自分が汗をかいているのに気づく。

自分の夢のように思えない。

……でも。私の夢なんだ。

廊下に出て、向いの部屋にはマーガレットがいる。襖《ふすま》の向こうに与希子が寝ている。

夜中の三時だ。眠れそうもない。起きて、原稿の続きを書こうと思う。

蓉子が、いつもより早く起きて台所へいくと、珍しいことにもうマーガレットが起きてテーブルに座っていた。

「おはよう、早いのね、マーガレット」

マーガレットは眠らなかったのだろうか。うっすらと目の下に隈《くま》が出ている。それでも、蓉子に微笑んでみせて、

「おはよう」

といった。それから、

「りかさんは？」

ときいた。マーガレットが、自分からりかさんのことを話題にしたのは初めてだった。

「ええと、まだ寝てる」

小さい頃は、一緒のベッドに寝ていたが、何年か前に、祖母が古い縮緬《ちりめん》の着物をほどいてりかさんの布団《ふとん》を一組つくってくれた。祖母はそういう手仕事の好きな人だった。

そのことを話しそうになって、ぐっと詰まった。こういうことも、マーガレットを傷つけるのだろうか？

「……マーガレット、疲れてる？」

蓉子は心持ち小首をかしげて微笑んだ。

「……ええ。そう。疲れてるかも」

マーガレットは照れたように下を向いた。

少し痩《や》せたようだ。

「マーガレット、何か欲しいものある？　小さい頃、よく食べたものとか……」

マーガレットが憔悴《しょうすい》しているように見えて、蓉子はそういわずにはいられない。蓉子は小さかったとき、元気がないと母や祖母から果物を擂《す》ってもらった。今でもそういう

ものに特別の思い入れがある。マーガレットは下を向いたまま微笑んで、

「そうですねえ……」

といいながら顔を上げ、まだ硝子《ガラス》戸のしまっている縁側の向こうを見つめた。

「蓉子さんのおばあさん、きっと素晴らしい人だったんですね。私にも同居の祖母はいましたが、ほとんど口をきいたことはありませんでした。半地下の部屋の窓辺近くの椅《い》子《す》に座って、道行く人を見上げて一生を送った。別に啞《おし》というわけでもなかったのですが、イエス、ノウぐらいしかしゃべらない人で……。お腹《なか》すかせて学校から帰っても、別に温かく迎えてくれるわけでもなく……。かといって、私を憎んでいるわけでもなく、家族から厄介者扱いされているというわけでもなかったんですけど……。彼女は英語がうまくしゃべれないのだとわかったのは、私がずっと大きくなってからでした。何か料理してくれたという記憶もなく……。私の家の食事は、決まっていて、メインの料理が一皿、あとはトースト、インスタントスープ。デザートは果物。母親がわざわざ甘いものをつくるなんてことはなかったんです。ときどき友達の家にいくと、ランチにピーナッツバターとジェリーのサンドウィッチが出されるんです。私たちの地方では、そういうの、よくあったんです」

蓉子は目を丸くした。

「ピーナッツバターとジェリーのサンドウィッチ。日本にはあまりないよね」

「そう。そんな、栄養もあるのかないのかわからないような食べ物は、私の家では絶対に出なかった。でもそれが」

「おいしかったの？」

「そう」

「ピーナッツバターとジェリーのサンドウィッチ」

蓉子は繰り返して首をかしげた。

マーガレットは微笑んだまま、視線を手元に落とした。

「その甘さは、温かい家庭の甘さでした。何もかもスポイルしていって、溺《おぼ》れてしまいそうな甘さ。私は思いきり気むずかしい顔をしていたと思う。どんな顔をして食べていいかわからなかったから。私の好きだった友達のお母さんは、きっと、それでも私がそれが好きだってわかっててくれたんですね。しょっちゅう出してくれたの。ふっくらした、いつも笑みを絶やさない人だった。彼女は、私の家が地域から孤立していることも知っていたんだと思います。あるとき、家で私がとても理不尽な理由で——多分、私がうるさくしたとか何か、そういうことで——いきなり父に殴られて、唇を切って、血を流したんです。母は黙って水の入ったボウルを渡した。血を受けるために。外は雨が降っていた。私はそのまま外へ飛び出して、でも行くあてもないので、例の友達のところへ行ったんです。バルコニーのところから、そっと覗《のぞ》くと、おとうさんとおかあさんがソファに座っていて、その足元に寄りかかるようにして子どもたちがゲームをやっている。笑い声が外まできこえて、絵に描いたような団らんの風景だった。私は中に入っていけなかった。雨に濡《ぬ》れたまま、外に立ち尽くしていた。そのうち、そこの家のおかあさんが気が付いて、びっくりしてドアを開け、中に入りなさいっていってくれたんです。でも私は」

マーガレットは拳《こぶし》をつくったり、開いたりしながら話し続けた。

「ばかだから、いえ、いいんですって、いったの。いいんです、家で、みんなが待ってるからって。そしたら、そのお母さん、訝《いぶか》しそうにみていたけど、ちょっと待っててって、中に入って、包みをもってきたんです。私にウインクしながら。私はすぐにあのサンドウィッチだってわかった。思わず、いりませんって、その手を払いのけて、駆けて帰ってしまって……」

マーガレットは両てのひらをぱんっと音をさせて叩《たた》いて握りしめた。

「私、なんで、ありがとうって、もらえなかったんだろう、って今でもときどき思うんです……。でも、できなかったんですね。今だって、できるかどうか……」

そこでマーガレットは、初めて蓉子が静かに涙を流しているのに気づいた。慌《あわ》てて、

「そんなことじゃないんです、蓉子さん。それほどのことじゃないんです。ごめんなさい、私、こんな話するつもりじゃなかった。小さい頃好きだった食べものっていうので、

つい……」

それから、何か口の中でもごもごと、用事があるというような意味のことを言って、居間を出ていった。

確かにあの日のマーガレットは、いつものマーガレットではなかったと、蓉子はこれも後になって思うのだった。伏線はいつでもいくらでも張られているが、それがわかるのは思い出になってからだ。

紀久はまたあの夢を見て夜明け前に目を覚ました。

何かの植物の蔓に包囲されるのだが、自分を取り巻いていたものがいつか無数の蛇に変わるというパターンの夢だ。いやだ、いやだとほとんどパニックになっていつもは目が覚めるのだが、今日のは違っていた。蛇の藪《やぶ》のようになった中を、誰かがすっと紀久の手を取り引いていってくれるのだ。その人が進むと蛇が道を開ける。その人の背から、涼しい気配が漂ってくる。水に棲《す》む人なのだと思う。この人は、蛇のいやらしい感じとは遠く離れているけれど、蛇がこれだけ畏《おそ》れているからには、蛇の女王みたいな人なのかもしれない、という思いが意地悪くちらりとよぎる。すぐにそんなことを思って悪かった、何でもいい、救い出してくれたんだから、と思い直す。そのうちにその人を見失い、ああ、ずっと先に行っているんだ、水の世界に帰りついたんだ、追いつくだろうか、大変なことになった、と思うところで目が覚めた。


蛇の夢など見ていることを、皆に話すのは何故《なぜ》か憚《はば》かられる。

だから蛇のことが話題に上ってもそのことは黙っている。


その朝蓉子は虫干しもかねて、りかさんに長く着せていなかった蝶《ちょう》の着物を着せた。二度寝をしていつもより遅く起きてきた紀久は、一瞬ぎくっとした顔をした。

「りかさんの着物、今まで見たことのない柄ね」

「ええ、この着物はりかさんが最初から持っていたものの一つなの。蝶の図案だけど、あまりかわいいと思えなくて、なんとなく着せる気にならなくて」

「蝶？」

紀久は思わず大きな声で問い返した。

「これは蛾《が》よ。はっきりと、写実的な、まぎれもない蛾」

「あら、まあ」

蓉子は目を丸くした。

「でも、何で？」

紀久は、りかさんから離れて座敷机で頭を抱えた。

「だって、それ、私、見たんだもの。子どもの頃、祖母の部屋への渡り廊下の欄干にへばりついていた……」

「ああ、前に聞いたわね。それ以来、おばあさまの部屋に行けなくなったっていう、運命の蛾ね」

「そう、それ」

「まあ、ご縁ねえ」

蓉子はおっとりと驚き続けている。紀久は、りかさんを見ないようにしながら、

「悪いけど、他の着物に替えてくれない？」

「そういうことなら」

蓉子は素直にりかさんの着物を脱がしにかかった。

「実は私も、この柄、少し気持ち悪かったの。それで今まであまり着せる気にならなかった」

そういいながら、水色のワンピースを着せつけ、着物はりかさん用の衣桁《いこう》にかけた。

「でも、何でそんなものが……」

紀久は首をかしげる。蓉子は、

「でも、この柄は、以前にちりめんの図鑑か何かで見たことがあったの。多分、そのとき、説明に『意匠化された蝶の図案』って出てたんだと思う。それで、ああ、これはりかさんの着物と同じだ、当時流行《はや》ったんだなって思った記憶があるのよ」

「それは、その図鑑の著者がいいかげんだったのよ。変わった模様の蝶だ、ぐらいに早とちりしたんでしょう。きちんとした図鑑ではなかったのじゃない？」

図鑑に対して、きちんとした、きちんとしていない、という評価軸をもっていなかった蓉子はしばらく考え込んだが、

「言われてみれば、雑誌の特集、みたいな体裁だったような……」

紀久はうなずき、

「こんな派手な柄、普通だったらデフォルメされた蝶、ぐらいに思うでしょうね」

それぞれの翅《はね》に付いた眼状紋が、見開いた目のようだ。並んだ後ろ翅二枚の横線は、太く一直線で、真一文字に結んだ口のように見える。ユーモラスといえばユーモラスだ。

それにしてもあの紀久の激しい拒絶ぶりはどうだろう。普段の物言いが落ち着いているだけに蓉子は意外だった。

……よっぽど蛾がきらいだったんだわ……


夕方、高田のワークショップから帰ってきたマーガレットが、明日の午後、神崎が竹田を連れてやってくる、と皆に告げた。与希子は動揺した。

「何しに来るのよ、何しに」

「人形の衣裳《いしょう》を見にくるんです、蛇の半襟とか」

マーガレットは与希子の動揺を無視して事務的にいった。

「『蛇の半襟』はりかさんのものではなくて、人間用よ」

与希子はトーンの高い声で返した。人間用、という言葉に、蓉子は何か引っかかるものを感じた。紀久は、そういう蓉子の顔にちらと視線を走らせてから、やんわりと、

「サイズが違うだけよ」

と、与希子の言葉を訂正した。それから、

「私は例の仕事があるから、あまりつきあえないけれど、あなた方は大丈夫よね」

「私はだめです、明日は。でも、誰かいるだろうといってしまいました。だめなら連絡しますが」

マーガレットがいい、与希子も慌てて、

「私もだめ」

「嘘《うそ》おっしゃい。午後からは空いてるじゃない」

紀久は与希子をたしなめ、

「蛇のこと、聞いたらいいじゃない。気になるんでしょ」

「それはそうだけれど……」

与希子は真剣に困っている。

「だいじょうぶ、私もいるわ」

蓉子が励ました。

「りかさんもいるし」

与希子はため息をついた。

「わかったわ」


次の日の朝、久しぶりでつくつくほうしを聞いたような気がして、蓉子は庭にでた。九月の声を聞くようになると、狂ったように鳴いていたつくつくほうしも、さすが勢いがなくなり、敵意があるかのように容赦なく照りつけていた陽射《ひざ》しも少し和らいできた。つくつくほうしは、鳴き始めは落ち着いていても、最後は必ずリズムがとれなくなって、ごまかして終わりにする。鳥のほととぎすにもそういうところがある。でも最後まで崩れないつくつくほうしもほととぎすも聞いたことがないので、それが彼らの正調というものなのかもしれない。

今朝のつくつくも、途中で急に失速して終わった。

庭のあちらこちら、木々の間や野菜の合間に青じそが小さな木立のように繁《しげ》っている。わざわざ植えたものではないが、春先に芽が出たのをそのまま引き抜きもせずにいたら自然にこうなったのだ。この夏は料理の薬味に大活躍した。

穂が出てきたら、全部引き抜いて祖母がしていたようにしその実を採ろう。塩漬けにしたらきっと重宝する。漬物に混ぜてもいいし、お茶づけにもいい。冬にはぜんざいにもつけられる。実を採った後は根っこごとざぶざぶ洗い、軒下に逆さに吊《つる》しておこう。祖母はそれを乾燥させてしそ茶をつくっていた。そしたら春先にはそのこぼれ種からまた適当に芽が出るだろう。

蓉子はこういう暮しが好きだった。この暮しから、一歩もはみ出したくないように思う。

今日の朝ご飯は与希子の担当だ。多分、ご飯は硬めで、しかも多すぎるだろう。与希子が水加減して準備するといつもそうなる。

ふと、思い立って、青じその若い柔らかい葉の、虫喰いのないところを集めると、葱《ねぎ》とほんの少しのにんにく、しょうがを刻み、酢醤油《すじょうゆ》であわせて漬け汁をつくり、洗った青じそを漬けておいた。

案の定その朝のご飯は硬かった。しかも、竹田がくるというので与希子は動揺したのか、炊飯器から溢《あふ》れんばかりの量だった。蓋を開けたとき、湯気と共にぬうっと迫ってきた飯粒の集合体を目に、与希子は思わず絶句した。それから、

「晩ご飯を焼き飯にしたらいいよね」

と弁解がましく呟《つぶや》いた。

「だいじょうぶ、私、後で始末するから」

蓉子が頼もしく請け合い、与希子を励ました。

「何するの？」

与希子が好奇心に駆られて聞いてきた。

「あのね、おむすびにするの」

「は」

「ほら、お客がくるじゃない」

与希子は少し頬を赤らめて、

「でも、彼らがくるのはご飯時じゃないのよ、おむすびなんて」

もっと気のきいたお茶菓子はないのかといいたげだが、彼らが来るのに不満の意を表した手前、口に出して言えない。

「あら、小さくむすぶのよ。お茶受けのようにして。こんなふうな硬めのご飯がちょうどいいのよ」

与希子にはイメージがわかない。

蓉子は与希子にデモンストレーションしてみせた。

「ほら、こうやって」

と、左の手のひらに少なめのご飯をとり、右の手のひらで指一本ぐらいの厚さに伸《の》した。それから小さめの三角を形づくり、またその厚さに伸して、というのを手早く繰り返し、厚めの煎餅《せんべい》のようなものをこしらえた。

「あら、かわいいおもちみたい。でも、塩も何もつけないの？」

「今、青じその葉を漬けてるの。青じその使い納めに、柔らかそうなところを全部採ったの。味がしみたら、それを張り付けるのよ」

「へえ」

与希子の目が好奇心でいっぱいだ。

「食べてみたい」

「もう少し待ってね」

蓉子は歌うようにいって、リズミカルにおむすびをむすび続け、いつか与希子もつられて見様見真似《みまね》で手伝っていた。

神崎たちがきたのは二時を回ってからで、マーガレットは言葉通り朝のうちに出てしまっていたが、紀久は下に降りてきてくれていた。

「竹田、人形の着物が見たいんだって。それから変わった半襟も」

神崎は、そういって応対に出た蓉子に紹介した。竹田は照れくさそうに頭を下げた。与希子からの話では、もっと大きな男のように思っていたが、実際の竹田はそれほど目立った感じはなく、ただいかにも不器用そうな、朴訥《ぼくとつ》とした雰囲気は話のままだった。目が細く、顔が角張っている。神崎とは対照的な印象で、この二人が連れだって歩くのは少し奇異な感じだった。

「マーガレットから、きいていました。どうぞ」

蓉子が奥の方へ体を向けると、神崎は、

「この方の人形は、りかさんといってね、この家では一番偉いんだ」

そういいながら、竹田を促すように、蓉子の後について奥へ向かった。

「あら、与希子さんは？」

居間にいるはずの与希子がいない。紀久は蓉子に小声で、

「台所に逃げ込んだわ。止める間もあらばこそよ」

とささやき、しようがないわね、と目と目で言い交わした。

蓉子は衣裳箱を取りに奥へいった。りかさんのもともと持っていたものと偶然同じ模様の着物は、あまりにも古びていて見せるにはためらわれた。これぐらいおいておいて

も、まあ他のもので充分だろうと思い、その二つは置いて部屋を出た。

「これは紀久さんの叔母さんからのプレゼントなんです。八十年か、それ以上前のものだと思うんですけど」

「明治に入ってからのものには違いないのよ。化学染料の使われ具合いから」

紀久が補足した。

二人は、さすがに娘たちのような熱狂こそしなかったが、一挙に真面目《まじめ》な顔になった。

「博物館にでも保管しておいて貰《もら》った方がいいんじゃないか」

傷《いた》んだ縫箔《ぬいはく》の辺りを、惜しそうに見ながら神崎は、紀久を振り返った。

「喜んで引き取るでしょう」

竹田も食い入るように着物に顔を近づけたままで同意した。

「この、牡丹《ぼたん》と獅子《しし》は、能楽の『石橋《しゃっきょう》』からとったものですね。武家で好まれたものらしいけれど。でも、あの雲立涌《くもたちわき》に、菊や藤丸《ふじまる》は妙に公家《くげ》っぽい。いずれにしろ、ずいぶんと立派なものです。しかも人形サイズで」

紀久は、

「でも、手元においておきたいのよ。エゴのように聞こえるかもしれないけれど。こうやって、りかさんに着て貰って眺めているだけで、とても贅沢《ぜいたく》な気分になるの」

と少し甘えたような声でいった。

板戸の向こうでそれを聞きながら、与希子は嫌な気分になった。紀久らしくもない。与希子は女友達のこういう変化を見るとき、いつも不快になる。紀久の場合はそれほど露骨ではないが、紀久にはそうなってほしくないと思うだけ、厳しい見方をしているのかもしれない。

……何でだろう。そうだ、友達がどこか遠いところへ行ってしまうような気がするからだ、きっと。我ながら子どもっぽい反応だ。けれど、それだけではない。私は紀久さんに、普段の紀久さんでいてもらいたいんだ。そうだ、ああいうのは、紀久さんらしくないんだ。男の一人や二人で、紀久さんに自然体を崩して貰いたくないんだ。

それから、はたと、じゃあ、竹田を避けるようにして、ここにこうしている自分は何なんだ、と思い至り、与希子はよしっと気合いを入れて立ち上がった。

「あら、いらっしゃい」

と、与希子は準備していたお茶とおむすびを、鎌倉彫《かまくらぼり》の長い盆に載せて現れた。人数分お茶器を揃《そろ》えて、あら、いらっしゃい、もないものだと、後で紀久からさんざんからかわれた。

神崎は、やあ、とあいさつし、竹田は目をあげ、口の形だけで、どうも、といった。蓉子と紀久はおかしそうに見合った。

蓉子のおむすびは好評だった。

黒い大振りの焼物の皿に、白磁のようなおむすびがさわやかな緑の青じそを纏《まと》って並んでいるところは、それだけで絵になった。

「小さくて食べ易《やす》い。ティーサンドウィッチのようだわ」

紀久は客の手前を忘れてほめちぎった。

「たまたまよ。名残の青じそをなんとかしたいなあ、と思ったのと、ちょうど与希子さんが硬めのご飯をいっぱい炊《た》いてくれたのと」

ほめられたので、蓉子は恐縮して思わず正直に言った。

「何だ、僕らのためにわざわざ、と感激したのに」

神崎がにやにやしていったので、蓉子は慌《あわ》てた。

「あら、もちろん、それもあって……」

「冗談ですよ」

竹田が体を揺するようにして笑った。

そうそう、と、紀久が、

「蛇の半襟は、これ」

といって、手渡した。

ああ、これが、といって竹田は黙り込み、紅潮した顔で両手に取った。

「唐草の原形が、蛇だって、おっしゃったでしょう」

紀久が神崎に向かっていった。

「ああ、あれはこいつの受け売りなんだけど」

神崎が竹田を目で指した。

「与希子さんがね、今、蛇に興味があるのよ」

「ないない、蛇は大の苦手なの」

与希子は激しく首を横に振った。

「興味なんかじゃないの。ただ、ひっかかってることがあって……」

「人はそれを興味と呼ぶ」

竹田が真面目にコメントしたので、皆吹きだした。与希子の緊張も少し解けたようだった。

「アジアの龍《りゅう》は、蛇の変化したものなんだってきいて、なるほどヨーロッパの竜とアジアの龍は姿形もずいぶん違うなあって思ったの。アジアの龍は、形からして蛇の進化形よね。ヨーロッパの竜には羽がついてるし」

「でも、アジアの龍には羽こそないけれど、天を登りますよね。別にわざわざ羽なんか付けなくても、暗黙の約束ごととしてみんなそのことを了承しているんです。ヨーロッパは、その、暗黙の、ってやつが苦手だから、空を飛ぶものには、律儀《りちぎ》に羽をつけないわけにはいかなかったんじゃないかなあ。両方とも天と地を結ぶわけです。それから、両方のリュウとも、何かを守っている点でも共通しているし。水底の神殿とか、城館の宝物とか。それに、英国の民話にも、別の蛇を呑込《のみこ》んだ蛇が、竜になるっていうのがあるんです」

竹田の語り口は、流れるように、とはとてもいかなかったが、それだけに誠実さが感じられた。

「空想上の動物という点でも共通しているね」

神崎はそういうと、空想上の、というのは、響きの軽さから、単なるいたずら描きや落書きを思わせるが、本当は深山幽谷から湧《わ》き上がる霧が漂ううち、一つの形を成すように、心の深みから湧き上がる何かが形をとるということだ、だから、洋の東西を問わず同じものがイメージされたのは面白い、といつもの口調で続けた。

「やっぱり蛇からイメージされたんだと思う?」

与希子は真剣な顔つきできいた。

「うん」

思わず竹田も引き込まれて続けた。

「何か、ただならぬもの、っていう印象が、蛇にはあるでしょう」

「そうなのよね」

相づちをうった与希子の顔は、織りに一心不乱になっているときの顔といっしょだと蓉子は思った。

「実は」

と、与希子は澄月、お蔦騒動のことをかいつまんで話した。

「で、その奥方の妄想みたいなものが、蔦が蛇のように自分にからみつく、というものだったらしいの」

そう、蛇の夢だ、と紀久は心の中で呟いて黙っている。

「赤光って、聞いたことありますよ」

竹田はひどく真剣な顔だ。

「こいつ、能研究会にも入ってるんだ」

神崎が面白いものでも紹介するようにいった。

「へえ」

皆、意外そうな声を上げた。竹田はそれに頓着せず、

「確か、『竜女』っていう面で有名な面打ち師です」

紀久も与希子も蓉子も、一瞬黙り込んだ。

「龍っていえば、イスラム圏の織物にも、龍の文様があってさ」

その沈黙を破るようにして神崎がいった。

「あそこは、東からも西からもいろんな文化が流れてきているだろう。でも、大体二通りに分かれていて、一つはセルジューク系で、龍の胴体が必ず結び目をつくっているんだ。結び目にはいろんなバリエーションがあるけれど。でも、その尾のところが、また頭になって終わるんだ」

「へえ。ウロボロスの龍版ですか」

「いや、ウロボロスの場合は、円環になって、完結しているだろう。そうじゃなくて、尾は尾の位置にあるんだけど、そこがまた別の鳥獣の頭になってたりする、つまり連続模様を省略しているような……」

「それはキリム？」

与希子が尋ねた。

「いや、キリムではなかったと思うなあ。寺院に飾られてあったタペストリーだとは思うんだけれど」

「東の方の系列の龍もいるの？」

「ああ、モンゴル系の龍はね、中国の影響があると思うんだけれど、火炎をからめてあるんだ」

「火？」

「そう。拝火教の影響もあるのかなあ。火が、全《すべ》てを浄《きよ》めるというか、すごくポジティブに捉《とら》えられているんだよね。今度、また向こうへ行くから、機会があったら調べておくよ」

「そうそう、また行くらしいですね。いつですか」

竹田がきいた。

「もう少し先になると思うけど……」

神崎は言葉を濁した。

「その、連続模様の象徴として、他の鳥獣の頭で終わる、っていう説、面白いですね」

「そうね、単なる連続模様なら、同じ龍の頭をもってきてもいいはずね」

「そういうのもあると思うんだけど、たまたま僕が見たのがそうだったんだ」

「織りでも、連続模様だったら、同じパターンを繰り返している間は自然に流れていくけれど、途中からパターンが少しずつ変わる場合があるでしょう。あれの整経が難しいわね」

「糸の絡《から》みが複雑になるから傷みやすいしね」

「ああ、そうか」

神崎が急に大きな声を出したので、皆驚いて神崎を見た。

「あの龍はさ、続いていた流れが変わることの象徴なんじゃないかなあ。今まで自然に受け継がれてきたものを意志して変えるときが一番しんどいんだ。織物でいえば糸の絡みも複雑になって、一番危ない場所でもあるんだ。それをやりおおせるための、まじないみたいな意味があるんじゃないかなあ」

「つまり、革命、とか、そういうことですか」

「そうそう」

「セルジューク・トルコでしょ、内紛が絶えなかったのよね」

「そうだ、東と西の中継地点ということでも考えられるかもしれない。つまり、どちらかのパターンが変わっていくことのシンボルのような……」

神崎はすっかり興奮していた。

「その、『竜女』の面だけれど」

与希子が心持ち低い声で言い出した。さっきからずっと気になっていたらしかった。

「どこに行ったら見られるの」

「それが誰にも分からないんです、それが実在するのかどうかも」

竹田は怪談を語る人のようにじっと与希子を見て同じように低い声で言った。

「でもさっき」

与希子の声が一挙に高くなった。

「ええ、赤光は竜女の面で有名だといいました。でも、それは彼が誰かに宛《あ》てた手紙の中で竜女のことを解釈したくだりで有名になったんです」

「竜女を解釈？」

「ええ、詳しくは……忘れましたけど……。でも、調べればすぐわかりますよ。調べましょうか」

与希子と竹田の会話を全く無視して、

「流れが変わることの記号なんだ」

神崎は憑《つ》かれた人のように呟《つぶや》いた。

「流れが変わることの記号か、流れを変えることの記号か」

ヘビはいつかリュウになり、天と地の間を自在に駆け回る。

リュウに成れなかった無数のヘビを思い、気が重くなる。リュウに成ったヘビなどいたのだろうかと思う。

「いたわけがない」

何だか無性に腹立たしくなって、与希子は頭からふとんを被《かぶ》った。

それから一週間ほどしてふらりと竹田が立ち寄った。一人だった。

蓉子とマーガレットだけが家にいて、竹田は中には入らず、庭を見せていただけますか、と遠慮がちにいった。

「どうぞ。庭、なんてものじゃないんですけれど」

柿《かき》の実はまだ色づかないが、だいぶ大きくなっており、木々の葉は盛夏の頃の勢いをひそめ、落葉の準備に入っているかのようだった。

庭全体に、季節の静けさと落ち着きが漂っていた。

「ほんとに、神崎さんがいってた通りの家だなあ」

竹田は感嘆したようにいった。

「神崎さんはなんておっしゃってたんです?」

蓉子は気になって聞いた。

「結界が張られているような家だって、言ってました」

「ケッカイ?」

「世の中が凄《すご》い勢いで変わっていく、というより攪拌《かくはん》されていくようでめまいがとまらない、けれど、あの家はその渦から外れているようだ、何かに守られているようで、それがなんなのかよくわからないけれど、行けば僕のいってる意味が分かると思う、そういってました」

「……よくわかりません」

蓉子が難しそうな顔をしたので、竹田は笑い、

「あの、子どもが土いじりをした跡のような畑、いいですね」

「ほめられたんでしょうか」

「さあ」

といって、もう一度笑った。

「そうそう、この間言ってた竜女の解釈ですけれど……」

そういえば与希子との間でそんなことを話していた。

「竜女は般若《はんにゃ》の次だって、与希子さんに伝えて下さい」

「ハンニャノツギ？　ハンニャって、あの……」

「そう、般若です」

「はあ……」

蓉子はよくわからずそのままうなずいた。

与希子が帰ってから、一応告げるには告げたが、与希子にも般若という言葉がピンと

こなかったらしく、「ふうん」と言ったきり、興味が失《う》せたようだった。

竹田の郷里は有名な漁港の近くにあり、それから時々魚を持って現れるようになったが、その般若の話題は出てこなかった。与希子もほとんど忘れてしまっていた。


庭の隅のすすきの株から、穂が伸びてきた。

「秋めいてきて、本当に嬉《うれ》しい」

と、与希子はこのところ毎日浮かれたようにいっている。

「生き返ったようだわ。夏になると、毎年、息も絶えだえになる気がするの。そしてそのまま全てが焼き尽くされておしまいになるような気がするのだけれど、辛抱強く待っていれば、いつかは救われるときがくるのよね」

両手を握りしめ、芝居がかった満足そうな表情をつくった。

「確かに、夏の間ずっと、ごろごろと飽きもせず寝ていたわね」

紀久がうなずいた。蓉子は申し訳なさそうに、

「冷房が、なかったから、余計のこと」

「あら、それも必要な試練だったのよ、きっと」

空に、横に流れる秋の雲が現れるようになると、蓉子はマーガレットと刈安《かりやす》を刈りに

行った。

自動車の免許を取ってから初めてのドライブだった。

郊外へ入ると、あちらこちらに彼岸花が出始めていたが、いつもならしみじみと立ち止まって見るそういう変化も、今日の蓉子には楽しむゆとりはなかった。

「緊張で体中が凝っちゃった」

何とか無事に駐車場へ車を納めてから、蓉子は大きなため息をついた。

「力、入りましたねえ」

マーガレットは青ざめている。

「蓉子さん、私が赤だ、青だ、って言わなかったらどうする気だった？」

運転中、助手席のマーガレットの叫び声で、蓉子ははっとして急停止したり発進したりしたことが何度もあった。信号があるのはわかっているのだが、それが何色で、どう反応すべきかが即座にわからない。

「ほんとにねえ、マーガレットがいなかったらどうなっていたんだろう」

蓉子も心細そうな顔をする。マーガレットは、

「あまり考えないことにしよう。私、あと四十分ほど時間あるから、その間、お手伝いします」

「ありがとう。本当に助かるわ」

鍼灸《しんきゅう》大学の裏山へは、構内の自転車置き場のフェンス脇《わき》から出入りする。鎌《かま》やナイロンロープ、軍手などを準備して、二人は通い慣れた小道を登った。

刈安はススキに似るが、一回り小振りで葉も薄くしなやかだ。

蓉子は何度かこの山へ足を踏み入れるうち、北西の斜面に一面それが生い茂っているのを見つけた。そのときは嬉しくて帰るとすぐ柚木に連絡した。柚木は「よかったわね。穂が出る前に刈り取るのよ。今度藍《あい》を染めるとき、私も下染めに使わせてもらうわ。いい緑になる。刈安はね、煎《せん》じるとき、煮つめ気味にしたほうがいいわ」

それから、山は蛇に気をつけて、とアドバイスを受けた。

山は蛇に気をつけて、だなんて、今まで柚木は一度もいったことはない。何度も二人で山へ入ったりもしたのに。少し戸惑ったが、アドバイスとしてはおかしくないので聞き返しもしなかった。

そんなことを思いだしながら開けた山道を登った。傍らの葛《くず》の藪《やぶ》が、赤紫の花房をつけ始めていた。

「あとでこれを摘んで、ジャムにしましょう」

蓉子は歩きながらマーガレットに声をかけた。

「え？　この花？　花のジャム？」

マーガレットはいつもよりトーンの高い声で応じた。

「そう。うっすらと甘いの。葛は、日本では根っこが薬効のある貴重なでんぷんなの。その花もおいしいのよ。薔薇《ばら》のジャムだってあるでしょう」

「ええ。でも、私、そんなものわざわざジャムにしなくても、他にいくらでも果物はあるのに、といつも思うんです」

マーガレットらしい返事なので、蓉子は思わず笑った。秋の高い空に、笑い声が気持ちよく吸い込まれていく。

「マーガレット、私、食べ物は栄養のことだけでとるのではないと思うわ」

そんなことは、セミナーでも毎日のように聞かされている、とマーガレットは思った。

蓉子は、なんというか、山へ入ると急に自信に溢《あふ》れて大きく見える。子どもの天衣無縫さが現れてくるようだ。

刈安の生い茂った原に出てきた。

北西の斜面なので、まだ穂がちらほらとしか出ていなかった。何とか間に合った、と蓉子はほっとした。大きめの鎌と小さめの鎌を用意してきていたので、小さい方をマーガレットに渡した。

マーガレットに鎌の使い方を教えながら、

「あら」

と、蓉子は声を上げた。刈安の根元に、思いもかけないものを見つけたのだ。

「何、それ。変わった……花？」

マーガレットが、珍しそうにのぞきこんだ。

「ナンバンギセル」

蓉子はそう呟いて、しばらく手を留めて見つめた。

「どんな草花でも、出ていたときはみずみずしさがあるものなのに、この植物だけは、いつも、生まれたときからすでに老人のようで……」

ナンバンギセルは、寄生植物で葉緑素がないのでそういう印象をうけるのかもしれない。

「本当、摘んで花束をつくりたくなるような花ではないけれど、存在感、ありますね」

マーガレットはうなずいた。それから、

「神崎さんみたい」

と、ポツリと付け足した。

え？　と、口には出さなかったが、蓉子はここで急に神崎の名が出てきたことを意外に思った。

「こう、ですね」

マーガレットは傍らの刈安を一束、刈ってみせた。

「そうそう」

蓉子はうなずき、自分も作業にとりかかった。それからしばらく、二人とも黙ってその作業を続けた。

秋とはいえ、晴れた空の下で体を動かして働いていると汗ばんでくる。けれど時折吹く風が冷たくてしのぎやすい。

少し疲れたので、蓉子は腰を上げ、遠くの山々を見つめた。

空気は、その冷たさで透明な幾層かに分かれているようだった。その空気の層を薄く剝《は》いでいったら、りかさんのいる時空間が現れるような気がする。

蓉子は、手遊びをするように片手を上げて空気を探ってみた。

「蓉子さん」

突然マーガレットに呼ばれて、蓉子は慌《あわ》てて手を降ろした。だがマーガレットは蓉子の振舞いを見とがめたわけではないようだった。真面目《まじめ》な顔をして、

「私、今、神崎さんとつきあっています」

といったので、蓉子は思わず持っていた鎌を落としそうになった。聞き違えたのだろうか。マーガレットは時々日本語がおかしくなるから……。

「あの……」

蓉子が聞き返そうとすると、

「私にはそういうことは起こらないと思っていましたが、起こってしまったのです」

と、笑いもせず、説明した。

蓉子は紀久のことを思い出し、気が動転しそうだった。

……そうだ、マーガレットは紀久さんと神崎さんがつきあっていたことは知らなかった。紀久さんはそういうふうに私たちに神崎さんを紹介したことはなかったもの……。私と与希子さんは何となく察していたけれど、マーガレットはそういうことが苦手な人だった。でも、神崎さんはどういうつもりなんだろうか。そういえば、最近紀久さんもあの仕事にかかりきりで、神崎さんと二人きりで会っている気配はないし……

様々な思惑が一挙に頭を巡った。

「びっくりしましたか」

というマーガレットの問いに、蓉子はうなずくのが精一杯だった。マーガレットは、

「それでは、私は講義に出てきます。一時間半ほどしたら、またここへきます」

と言い残して山道を降りていった。

残された蓉子は、とりあえず鎌を構えて格好だけはとったが、先ほどとはスピードが段違いに落ちてしまった。

……このことを紀久さんに知らせるべきだろうか。いや、こういうことは私が口を出す筋合いのものではない。ええと……

マーガレットに神崎さんと紀久さんのことを知らせてあきらめさせようか。紀久さん

がこのことを知る前に。でも、マーガレットはきっと本気だ。あの人は軽々しくああいうことを言う人ではない。

いろいろな妄想が湧《わ》いてきて息苦しくなる。いやな、ねっとりした網にかかったような気分だ。

蓉子はたまらなくなり、手を止めて深呼吸した。

こんなとき、りかさんがいたら何と言っただろう。りかさんは……。

蓉子は胸に手をおいて、静かに何かが出て来るのを待った。

すると、布に色が染まるようにりかさんの言いそうなことばが出てきた。

……そうだ、りかさんは、「流れをただ見つめていたら、そのうち流されているものも落ち着くところに落ち着くわ。橋の上で見ていても、流れているものは、あっというまに見えなくなるから、それといっしょに流れていくのよ、そして目を開けて、それが沈まないように、手を放さないでいて。落ち着くまで」っていうだろう。

蓉子は目を開け、しばらくぼんやりした。

そして、また黙々と草刈を続けた。

マーガレットが戻ってきたときは、もう蓉子もだいぶ落ち着いていて、笑顔で迎えられた。マーガレットはその笑顔にまぶしそうに応じた。

「蓉子さん、葛の花のことなんですけど……」

「ええ」

「登ってくる道で、少し摘んでみたんですが、ジャスミンのような匂《にお》いがする」

「ああ、そうかも」

「それで、乾かしてお茶にしたらどうでしょう。ジャムは砂糖を使うので、お茶の方が安上がりです」

安上がり、という言葉はマーガレットは私たちとの同居がスタートしてから覚えたのだ、と蓉子は思い、おかしくなった。

マーガレットはどういうわけか、このことについては紀久や与希子には話していないようだった。蓉子に任すつもりなのかもしれなかった。元々、こういうことを楽しそうに話す質《たち》でもなかった。

蓉子はまだ紀久にも与希子にもそのことを話していない。

葛の花茶は、妙に甘く、妖《あや》しい味がした。

「官能的でさえある」と与希子はいった。

蓉子は飲む気になれなかった。


秋も深まって、柚木の仕事が一気に立て込んできたので、蓉子も何日か工房に泊り込む日が続いた。

紀久は相変わらず原稿に没頭しており、行き詰まると機《はた》に向かった。与希子は卒業制作の見通しがたったらしく素材集めに奔走しており、マーガレットは師事している高田の助手のような仕事をしていた。

そうやって皆が出払って紀久一人いるところへ、珍しく叔母の弥生《やよい》が訪ねてきた。

「近くまで寄ったものだからね。一人？」

「ええ、そう。上がって」

紀久が台所でお茶を入れている間、弥生は所在なげに入ってきて、椅子《いす》に座っているりかさんに目を止め、驚いて声をあげた。

「あら、この人形」

「ええ、衣裳《いしょう》箱、どうもありがとう」

「紀久ちゃん、あなたまさか、墓の中から」

弥生は気色ばんで詰問《きつもん》するように問いただす。

「違うわよ、いやあねえ。ほら、この人形よ、前に話したでしょう」

紀久は眉《まゆ》をしかめ、お茶を出した。

「ああ、そう、ああ、これが」

弥生は胸をなでおろし、しげしげとりかさんを眺めた。

「本当にまあ、よく似てること」

「でしょ。ところで、今日は何かあったの」

「ええ。お祖母《ばあ》さんの、あなたにとっては曾祖母《ひいばあ》さんの五十年祭で」

弥生は両手で湯呑《ゆのみ》を包み込むようにして、ほうっとため息をついた。

「あなたのお父さんの代理でね、行ってきたのよ」

「五十年祭というのはまたすごいわね」

「神道《しんとう》って、ねえ」

「曾祖母さんの家って神道なの」

「ええ、神主さんがいらしてた。お焼香の代わりにね、一人ずつ榊《さかき》をね」

弥生はずずっとお茶を口に含み、

「あら、何これ」

「青じそ茶。蓉子さんが作ったの。このりかさんの、持ち主、というか、コンパニオンというか」

「ああ、大家さんのお嬢さんね。何か、懐《なつ》かしい味ね。お若いのにね」

「彼女はすごいわよ」

「見習いなさいな」

「大きなお世話さま。それより珍しいわね、弥生さんはそういう、神事っていうの？　法事みたいな家の行事ごと、あまり好きじゃないと思ってた。それで離婚したんでしょ」

「別にそれだけで離婚したわけじゃない。まあいいわ。好きじゃないけれど、あなたのお父さんの役に立つんなら。実家といっても、今では居候《いそうろう》のようなものだから、まあ、ねえ。それに、ほら、あなたからこの間、あの人形のこと、いろいろ聞かれたわねえ、私も、うろ覚えだったから、もっとよく調べて上げようと思ったのよ。この機会をなくしたら、もう母方の親戚《しんせき》のお年寄りになんか、いつ会えるかわからないし」

「まあ、なんていい人なの、弥生さん」

紀久は大げさに弥生の手を両手で握りしめた。

「オーバーねえ。あなたってそんな人だったかしら」

「同居人の与希子さんの影響よ」

すぐに醒《さ》めた口調に戻って、紀久はいった。

「それより、何か新しいことがわかったの？」

「ええ。曾祖母さんの名前は、おツタ」

「ええ？」

紀久は驚いた。弥生は、

「もう、びっくりするじゃない。急に大きな声を出さないで。あら、紀久ちゃん、それ知らなかったの？」

「だって、今まで名前で呼ばなかったから……」

「それもそうね。でも、実はそれは私も初耳だったの。今まで私、おウタだとばっかり思ってたの。通称はおウタで通してたらしいの。でも、正式な名前は、おツタっていうんですって。このおツタさん、若い頃は行儀見習いに、奥女中として殿様のお屋敷に奉公に行ってて、ちょっと、プライドの高い人だったらしいの。それで、旦那《だんな》様、つまり、あなたの曾祖父《ひいじい》さんは少し煙ったかったのかしら、若いお妾《めかけ》さんを囲ったの。……ちょっと待って」

弥生はバッグから何かがさごそと取り出そうとした。紀久は、

「殿様のって……。どこの殿様？」

「S市のよ。曾祖母さんの実家はあの地方の藩士なんですって」

S市は与希子の郷里だ。その殿様といえば、時代からいって、あの能好きの殿様だろうか。紀久の覚醒《かくせい》度が急激に上がった。弥生は紙切れを取り出し、

「あった、あった。そのお妾さんの名前は、さよ。お妾さんに子どもができて、その女の子の名前がかよ。でも、そのおさよさん、子どもが生まれて産後の肥立ちが悪かったのがずっと長引いていたらしくて、結局、まだ小さい子どもとも別れて実家に帰ったの」

紀久は、弥生の声が少し沈んだように思った。弥生には子どもが出来なかった。

「子どもは？」

「曾祖父さんは何とか引き取ろうとしたんだけれど、曾祖母さんが、頑として聞き入れなくて、結局おさよさんが実家に帰ると同時に里子に出されたんですって。あの人形がきたのは、その里子に出される前、曾祖父さんが二体手に入れてきて、その、かよっていう子と、本妻の子、つまり私の母親であり、あなたのお祖母さんにあたる清子さんの手に渡ったの」

「でも、私、あの人形のこと、知らなかったわ。この間見るまでは」

「私がお嫁に行くとき、いっしょに連れていったから。でも、母があの人形に愛着があると知ってたから、母が亡《な》くなったとき、私、母に返そうと思ってお棺にいっしょに入れたのよ。覚えてない？」

「私、小さかったから……。それに、お葬式のときは恐《こわ》かったから棺の中まではよく見なかったわ」

「……ねえ、紀久ちゃん」

弥生は聞き取りにくい低い声で、

「このお人形、そのもう一体じゃないかしら」

だって、あんまりよく似てるんだもの。

弥生はそういってもう一度りかさんをしげしげと眺めたのだった。

そうだと思うわ、と紀久は静かにそれに応《こた》えた。これは、偶然でなんかありえない、と、心のどこかで確信していた。

「偶然でなかったら、何だっていうの」

弥生が帰った後、入れ違いのようにして帰宅した与希子は、紀久から話を聞き、血相を変えた。紀久はそれには答えず、

「もし、そのおツタさんが、資料館にあった文献のお蔦だとしたら、彼女は人を殺した過去があるわけよ。で、その血が私にも流れていることになる」

と、落ち着いた声音でいった。

「母は、そんな女中はいなかったと言ったわ。少なくともお蔦騒動があったときには」

与希子の方が必死だった。

「それに、そんな過去のある人が、普通のお家にうまく入れるものかしら」

「曾祖父《そうそふ》の家はS市から離れていたから」

紀久がそう答えたとき、玄関の戸が開く音がして、蓉子が帰ってきた。

「ああ、蓉子さん」

与希子は蓉子がただいま、と言いかけるのを、手を引っぱらんばかりにして台所のテーブルに座らせた。

「あの、簞笥《たんす》問屋のかよちゃんが誰だかわかったの」

「え？」

「まだ憶測なのよ。証拠はないのよ」

紀久は与希子をたしなめるようにいった。

「ほんとは確信しているくせに」

与希子はふくれっつらで続けた。

「おツタさんのことはともかくとして、かよちゃんが、里子に出されたかよさんであることはまちがいないと思うわ」

「待って、一体何のことなの」

紀久が口を開くより早く、与希子が弥生の話を繰り返した。

「おウタさんの本名が、おツタさんだったっていうので、紀久さんはあのお蔦騒動の下手人じゃないかと思ってるのよ」

「だって、おツタさんは御殿女中をしてたたっていうのよ、結婚前」

与希子と紀久が、珍しく両方とも訴えるように蓉子に迫ってくるので、蓉子は、

「ちょっと、待って。落ち着いて考えさせて」

と、二人を両手で制すと、いつもの紀久の真似《まね》をして話を整理にかかった。

「あのお蔦騒動の顚末記《てんまつき》は、架空の話ではなかったの？　表向きだけの」

「母の話ではそうだったわ。その頃の祐筆《ゆうひつ》の日記では側室を手にかけたのは奥方自身だったって」

「そう、それで私たち、その方が信憑性《しんぴょう》が高いってことになったのよね。でも、本当におツタという実在する人が御殿女中をしていたってことがわかったので、紀久さんはやっぱり記録通りお蔦が殺したんじゃないかって思ったのね」

「そう」

「でも、そうしたら、その祐筆の日記は嘘《うそ》だってことになる。だとしたら何のためにそんな嘘を書いたんだろう」

「そうね……」

紀久は深く考え込みながら、

「もし、その日記が純粋に自分だけが読む日記だとしたら、自分自身は本当のことは知っているのだから、何も日記に嘘を書く人はいないわね。だから、もし、嘘だとしたら、誰かに読ませるための嘘だということになる」

蓉子は、

「与希子さん、その祐筆のこと、もう一度おかあさんに聞いてもらえる?」

「いいわよ、もうすぐ父がまた手術するので、一度顔を見にS市に帰ることになってたの。ああ、その手術はそんなに心配ないものみたい。そのとき、きいてくるわ。その紙切れも貸してね」

与希子は紀久の家のことが走り書きしてある弥生の紙切れを指していった。

「ええ。それはいいけど、実は私もS市に行かなくちゃ、って思ってたの。曾祖母の五十年祭のとき、曾祖母の実家の方からは一人しか来なくて、あまり昔のことについてはわからないみたいだったの。蔵をのぞいたら何かわかるかもしれないけれど、建て直す

話も出ているので調べにいらっしゃるなら、早めにどうぞっていってくださったんです
って」

「じゃあ、ちょうどいいじゃない。いっしょの電車で行きましょうよ、うちに泊まると
いいわ」

「そうね。蓉子さん」

と、紀久は蓉子の方に向き直り、

「りかさんといっしょにきていただけないかしら。何だか……」

紀久は、まるで守り刀のように、りかさんにいてもらいたかった。けれど、その不安
をうまく口に出来なかったので、

「その方がいいような気がして……」

蓉子は紀久の不安を察して、

「多分いいわよ。一日ぐらい。柚木先生にお願いしてみるわ」

そして、りかさんを膝《ひざ》に乗せ、その両手を二人に向けて上げ、

「がんばれ、がんばれ」

唱《うた》うように、エールを送った。

柚木は、一番忙しい時期を少し過ぎたので見習いの学生だけでも何とかなるだろうと

いってくれた。それで、蓉子の実家の車を借りて、車で出かけることになった。電車よりも倍以上時間はかかるが、その方が向こうでも動き易《やす》いだろうと皆で相談した結果だった。

「蓉子さんが運転するんですか」

マーガレットは不安そうにきいた。

「そのつもりよ」

「留守番でよかった」

「あら、紀久さんだって運転するわよ。マーガレットもくる?」

「いいえ、いいです」

マーガレットは慌《あわ》てていった。

出発の朝は珍しく朝霧が出て、門のところで手を振るマーガレットの姿がじきに見えなくなった。

マーガレットの姿がバックミラーの中で霧に紛れてだんだんに消えていくのを、蓉子は理由もなく不安に思った。

国道は、大型の量販店やファミリーレストランのチェーン店、パチンコ店などが延々と続き、しばらくこちらの方へ来なかった三人をあきれさせた。

「私、いつも鉄道を利用してたから、ここまで変わってるとは思わなかったわ」

与希子は憤慨した口調でいった。

「以前は、結構ひなびた風景がひろがってたのに。道幅もこんなに広くなくて。ほら、この一帯にはずっと竹藪《たけやぶ》があったはずよ。こんな、更地みたいにして」

「都市圏の郊外なんて、今ではどこも似たりよったりらしいわよ」

それでも、S市に近づくまでには元の田舎の風景に戻るだろうと思っていたが、その大型店やラブホテルの類《たぐい》は、時折途切れそうになりながらも、国道沿いをずっと占拠していた。「何、これ」とか、「どういうセンス？」「醜悪」などという、罵倒《ばとう》や苦笑が車の中を飛び交い、しまいには皆疲れて無口になった。

「病院はどっち？」

車がS市の市街地に入ると、途中で運転を交替していた紀久が、うとうとしていた与希子に病院の方角をきいた。

「あ、そこ左。それからずっとまっすぐ」

紀久は言われた通りハンドルを切ると、

「とりあえず、与希子さんは病院に向かった方がいいわね。私たち、外で待たせていただくわ」

「あら、一緒に行かない？」

「家族水入らずのところを、悪いわ。手術が終わって、回復された頃、ごあいさつするわ」

別にそんなこと誰も気にしないのに、と与希子はいったが、結局車が病院の駐車場に入ると一人で病棟の方へ歩いていった。

「さあ、私たち、どうしよう」

「ちょっと、外を散歩してましょうか」

「そうね」

二人が車から出ようとしていると、与希子が小走りに戻ってきた。

「父は今検査中なんですって。午後いっぱいかかりそうだって、受付の人がいってた。母と連絡がとれてうちで会うことにしたから、これからそっちへ行きましょう」

S市は城郭と堀を中心にした、小ぢんまりとした静かなたたずまいの地方都市で、蓉子たちのように開発のめざましい郊外から車を走らせてくると、その存在の貴重さが身にしみて感じられる。祭りでもあるのか、あちらこちらに幟《のぼり》が立っていた。

「いい町ね」

「そう？　でも、ここも古い家並がどんどん壊されていってるの。つい最近も、新しい高層ビルの建築計画が問題になってだいぶ反対運動があったんだけれど、結局押し切られて、ほら」

与希子は車窓の外の工事現場を目で指した。

「まるで爆撃でもうけたかのような」

「破壊と創造、か」

「実は、その反対運動の代表者の一人が、父だったの。それで、疲れてぼろぼろになっちゃったのね」

与希子は窓を閉ざしていても車内に響きわたるすさまじい騒音に、少し眉《まゆ》をしかめながら続けた。

「この辺りは、父の少年時代の思い出がいっぱいの場所なのよ」

おそらく、日本中いたるところで同じようなことが起こっているのだろう。そして、同じように自らの命を削るような切ない思いをしている人がいるに違いない。蓉子は胸が痛むのを感じた。

与希子の父の家はそこからあまり遠くないマンションにあった。足を踏み入れると、オイルペインティング独特の匂《にお》いが充満しており、廊下は幾枚ものキャンバスが無造作に立てかけられてリビングに入るともう完全にアトリエだった。

「すごい」

「もう、私たちがいなくなってからは、好き放題で……。お茶でも入れるわ。まあ、その辺に座ってて」

「その辺に、といわれても」

紀久と蓉子は目を見合わせて、とりあえずダイニングチェアとおぼしきいくつかの椅《い》子《す》の上に載っている、美術雑誌やスケッチ帳、写真の切抜きの山などを整理して隅に積み、ついでにテーブルの紙類や筆類も端に寄せて場所をつくった。

与希子がお茶を入れて運んでくると、ちょうど玄関でチャイムが鳴った。

「ああ、母だわ」

与希子の言葉通り、かなえが紙袋を抱えて部屋に入ってきた。

「ああ、いらっしゃい」

「おじゃましてます」

かなえは長い髪を後ろで一つに束ね、縁のない眼鏡をかけている。会うのは三度目だが、今回は前より与希子と似通ったところがあるように思えた。さすがに親子だ、と紀久も蓉子も同時に納得した。

「与希子がいつもお世話になって……」

「あ、いえ……」

かなえは蓉子たちが片付けた椅子の一つに座り、

「祐筆の日記のことでいらしたんでしたね。実は、それは私の昔の教え子の家にあったものなんです。それで、電話して、もう一度読ませてもらえるようにお願いしておきました」

てきぱきと、無駄なく用件を伝える口調は、いわゆる「能力の高い」女性という印象を与える。

「ああ、ありがとうございます」

「今からでも行けるかしら？」

与希子が熱心に母親にきいた。

「ええ、多分、今日になるだろうっていっておいたから。住所はここ。与希子はわかるでしょう」

かなえが差しだしたメモを見て、紀久は小さく「あれ？」と呟《つぶや》いた。メモには「井之川 信男」と記してある。紀久は頰を紅潮させて、

「ここ、これから私が訪ねようとしていた、遠縁の家です」

皆、驚いて目を丸くした。

「まあ。その人が私の若い頃の教え子です。去年結婚したばかりで若いお嫁さんを貰《もら》ったの。確か、与希子と同じくらいの歳《とし》の」

「何というか、見事な手際《てぎわ》、っていうか」

かなえに井之川家訪問のための菓子折をもたせられ、見送られて車に乗ると、紀久は

感嘆して呟いた。

「彼女？　いつもああよ」

　与希子が落ち着いた声で応じる。紀久は、

「うちの一族にはかつて出なかったタイプの女性だわ」

「うちも」

　蓉子もうなずく。

「私は蓉子さんのおかあさんの方が好きだ。紀久さんのおかあさんは知らないけれど」

「うちの母ねえ……。社会の荒波にもまれていないからねえ……」

「それにしても、すごい偶然。こりゃ一体何なんだろう」

「だからこれは偶然じゃないのよ」

「だから偶然じゃなかったら何だっていうの」

「……必然、かしら？」

「古いわね、それ。偶然は偶然よ」

「違う。見てなさい、このままじゃ終わらないから」

「どういう意味？」

「わからないけど」

「いやだなあ……。歯切れの悪い。紀久さんらしくないよ。ああ、そこを道なりに曲がって行って」

塀の高い、古い家並が整然と残った一角に、井之川家はあった。厳《いかめ》しい門構えの横に表札があり、井之川とかいてある。

……この門の感じ、どこか見覚えがある……。

蓉子はそう思ったが、どこで見たのか思い出せない。

「どこから入ればいいの？　わからない」

与希子が眉間《みけん》にしわを寄せて呟いた。

「多分、もう少し小さい、普段使いの門があるはずよ」

蓉子はそういいながら、左手の少し引っ込んだところにある入口とインタホンを見つけた。

「ほら、たぶんあそこよ。紀久さん」

「ええ」

紀久は咳《せき》ばらいを一つして、インタホンを押した。若い女性の声がして、紀久が名乗るとどうぞそのままお入り下さいと応《こた》えた。

戸を開けて中へ入ると、くもり硝子《ガラス》の入った引戸があり、紀久が声をかけようとすると、奥から自然に戸が開いて、蓉子たちと同じ年頃の若い女性が、

「お聞きしていました。さあ、どうぞあちらにおまわりになって」

と、にこやかに会釈《えしやく》しながら右手を指した。

……あれ。

と、蓉子は思ったが、自分が直感したことにもう一つ自信がない。紀久は、

「おじゃまします。こちらは、私の友人で、彼女のおかあさんが偶然こちらの御主人を教えたことがあるとかで……。例の祐筆《ゆうひつ》の日記の……」

と順番に与希子から紹介を始めた。

「ああ、岬先生の……。ええ、まあ、偶然……」

多分、当主の若い妻とおぼしき女性は、紀久から与希子、蓉子と順番に視線を移していき、急にはっとしたような表情になって、蓉子の顔に釘付《くぎづ》けになった。

それで、蓉子は確信を持ち、

「……もしかして、登美子ちゃん？」

「ああ、やっぱり、蓉子ちゃん？　わあ、久しぶり」

と、蓉子の手を取り急に人が変わったようにはしゃぎ出した。

「登美子ちゃん、こんなところにお嫁にきてたの」

蓉子が思わず高い声を出すと、

「びっくりだわ。私、二、三日前にあなたのおばあさんの夢を見たのよ、それがねえ……」

と、登美子も目を丸くする。

登美子の話す夢はこんなふうだった。

この家だか、昔の実家だかよくわからないが、玄関の戸ががらがらと開き、誰かが来た気配があったので急いで行ってみる。行ってみると蓉子のおばあさんが小さな女の子の手を取って立っている。まあ、お懐《なつ》かしい、どうぞどうぞ、と招き入れる。夢の中のことで、その家は渡り廊下を幾つもつなげた迷路のようなつくりになっていて、奥に座敷がありその床の間の掛軸の向こうにまた隠し扉があって、そこを開けると亡《な》くなった登美子のおばあさんがいつのまにか正座して待っていた。そこへ蓉子のおばあさんが「お久しいことでございます」と嬉《うれ》しそうにその扉をくぐっていったというものだった。

「あんまり珍しい夢だったので、起きてからもしばらくぼうっとしていたの。おばあさん、お元気?」

少し心配そうに登美子は聞いた。蓉子が、祖母は亡くなって一年ほどになる、と答えると、登美子は、

「まあ……」

と、片方の頰に手をやり、うつむいた。悲しいことがあったときの登美子の癖だった。小さい頃の登美子ちゃんと同じだ、と蓉子は思った。

しかし次の瞬間登美子は、

「存じませんで、不義理なことでございました」

と、型どおりの挨拶《あいさつ》に移ったので、ああ、旧家のお嫁さんだ、とその場の皆が心のうちで思った。蓉子も慌てて、恐れ入りますと小さくもごもごいった後、

「私、今、祖母の家に住んでいるの」

「え？　一人で？」

「ううん、ここにいる二人と、あと一人、計四人で」

「まあ、そうだったの」

と、改めて紀久と与希子を見た顔は、前よりずっと打ち解けたものだった。

改めて正面に回り、玄関の敷居を跨《また》ぐと、上がりかまちがL字に切ってある広い三和土《たたき》になっていた。以前は土間だったのだろう。そしてその土間は右手から奥へ通じているようだった。今はその境に硝子戸が入っている。天井は高く、黒ぐろとした太い梁《はり》が縦横に組まれている。

「ツタが御殿勤めをしていた頃は、恐らくそのお蔦騒動よりずっと後だと思いますよ。御殿といっても昔のいわゆる殿様の本家は東京に移った後で、こちらで隠棲《いんせい》していたその家族に仕えていたんだと思います」

帰ってきた登美子の夫の信男は、一通り紀久たちの話を聞いた後そう答えた。

「それから、なぜ祐筆の日記がここに、ということですが、それは簡単です。その祐筆もここの家の出なんです。跡取り息子が急逝したので、当時本当に御殿勤めをしていた彼女が帰ってきて婿《むこ》養子をとったのです」

「じゃあ、ツタさんは……」

「ええ、その祐筆の実の娘です。ですからツタがお蔦騒動の時に居合わせたわけがないんです」

与希子も蓉子も目を輝かせ、思わず紀久の顔を見た。紀久の顔が明るくなったのが分かった。

傍らで母の、登美子には姑《しゅうとめ》に当たる初枝が恐縮しながら、

「紀久さんの叔母さんの弥生さんにも五十年祭の席で聞かれたんですけれど、わたしはそういうことに疎《うと》くて……。その日記も、岬先生から連絡があった後、蔵の中を探してみたんですがどういうわけだか見つからないんです。あれを最後にみたのは、はあ、かれこれ十五年近く前です、その間使用人も何人も出入りして虫干しなどさせていたのが、しまう場所があやふやになってしまったらしくて……」

折角《せっかく》きていただいたのに、と詫《わ》びた。

「いいえ、ツタさんのことがわかればそれでいいんです、こちらこそ突然押し掛けて……」

紀久は丁寧に頭を下げた。

「ツタさんというのは随分開けたお人のようで、一年近くも洋行しとったそうですよ」

「当時ですか」

「はい、それも一人で。よう、旦那《だんな》さんが許したと思いますが……」

確かにそれは、当時としては画期的なことだったに違いない。が、夫の側にもそれを許さざるをえない負い目と、許せるだけの財力があったということだろう。

「それはすごいわねえ」

口々に驚嘆の言葉が出てきた。

そのとき障子が開いて、登美子が漆塗の大きな長方形の盆をもって入ってきた。

「今日は、ちょうどお祭りで、鯖寿司《さばずし》でも食べていって下さいな」

与希子が嬉しそうに、

「そう、今日はお祭りだった」

「それであちこちに幟《のぼり》がたっていたのね。すみません、お手数かけて」

紀久が一応はすまなさそうな顔をすると、初枝は笑顔で、

「祭りの日は、どこの家でも客に鯖寿司を振舞うことになっているんですよ」

与希子も、

「懐かしい。私も小さい頃は、ご近所や友達の家でごちそうになったわ。さすがのうち

の母も、毎年というわけではなかったけれど、つくったことがあった」

「遠慮なく、ごちそうになります。登美子ちゃん、手伝うわ」

蓉子は立ち上がり、一家が、お客様にそんなと後込《しりご》みするのに、幼なじみですからと半ば強引に登美子を障子の外へ押しだした。

「ゆっくりしてくれたらいいのに……」

登美子は気遣うようにいった。

「いいのよ。登美子ちゃんとちょっとでもおしゃべりしたかったし」

「それもそう。台所はこっちなの」

登美子が先に立って歩いた。

どっしりとした普請《ふしん》の家だった。中廊下のようなものはなく、三畳、四畳と小さく区切った畳の間が廊下代わりのように続いていた。

「登美子ちゃん、よく両手であんなお盆持って歩けたね」

「ふふ。私の昔の家と似ていない？　ここ」

「あ、そうそう。私、最初の門構えで何か懐かしい感じがしてたの。登美子ちゃんちに似てたんだあ」

「主人とはね、親戚《しんせき》の紹介で、お見合いみたいなものだったんだけれど、何故《なぜ》か会ったときからあなたが今いった、懐かしい感じがしてたの。私もずっと不思議だったんだけれど、家に呼ばれたとき、初めてそのわけが分かった。きっと、主人の背後に見えかくれしていたこの家の空気だったのね」

「ほんとに『家に呼ばれた』んだあ」

「ふふ」

笑い方も、昔の登美子のままだった。蓉子もいつのまにか子ども時代のようなしゃべりかたになっていた。

「蓉子ちゃんは今何してるの？」

「染めの勉強」

「ふうん、すごいなあ。染織家になるの？」

「なれたらね」

「ねえ、ねえ、覚えてる？　私たち、よく人形ごっこしたねえ」

「うん」

蓉子は今でもしているとはいいづらく、苦笑しながらうなずいた。

「蓉子ちゃんのお気に入りは、市松のりかちゃんだったね」

「うん」

「今もある？」

あるどころかここへもってきている、座敷の鞄《かばん》に入れてある。

「あるよ」

「いいねえ。私のお人形は実家においたまま」

台所は磨き込まれた板敷だった。流行のフローリングの印刷したような薄っぺらな質感のものではなく、一枚一枚に個性があり拭《ふ》き込まれて節が浮いている板敷だ。

「うちの五倍はあるなあ」

「何かあるとね、手伝いの人とかもここに座り込んで作業をするから、広さだけはけっこうあるのよ」

なるほど、端に長机が片付けられていて、ざるの上に鯖寿司が山になって晒《さら》しの布巾《ふきん》をかけられている。

「大変だったでしょう」

「夕べはね。でもお義母《かあ》さんは、鯖寿司の名人なの。ほんとにおいしいんだから。期待してて」

登美子が漆のお椀《わん》にこの辺の名物のふと三つ葉の入った澄まし汁をつけ、蓉子はそれを盆に載せていった。

「登美子ちゃん、幸せ？」

登美子は黙って笑うだけで、それには答えず、

「私はお茶の道具運ぶから」

と、蓉子を先に立たせた。

「ここの家も古くなるから、取り壊して新しく建てようって話が出ているの」

後ろから登美子がささやいた。

「え？ ここも？」

「ええ、この辺一帯」

「登美子ちゃん、いやでしょう」

「そうねえ……」

その口ぶりからまんざら反対している様子でもないことが分かった。

登美子の家の鯖寿司はなるほどおいしかった。鯖は肉厚で脂《あぶら》がのっており、寿司飯は押しが効いていてずっしりした重量感があった。が、胃にもたれることもなく、素人《しろうと》らしい正直が受け継がれてきた家庭の味がした。

蓉子たちは舌鼓《したつづみ》を打っておいしいおいしいと絶賛した。初枝は嬉しそうに、

「登美子さんがよく手伝ってくれるんですよ。教えがいがあります。私も姑から教わって……。姑は祭り前には張り切って、まあ、百に近い数つくったこともありました。準備が大変でしたよ。今は昔ほどではなくなりました」

「立派なお台所ですね」

蓉子がほめた。

「板敷の境がわかりましたか？　以前は土間で、竈《かまど》があったところを、私の時に新しくしたんです。腰を痛めましたのでね、土間に降りたり上がったりがきつくなって……。そのときはもう、分家の親戚やら何やら周りが大変でしたけど」

初枝はこれは内輪の話、というような親しげな目付きで続けた。

「何百年も続いてきた家でしょう。竈を壊して、荒神《こうじん》さんをどうするつもりだ、罰が当たるって、そりゃあもう……。私、一時、ノイローゼみたいになって、寝ついてしまったんですわ。そしたら、この子の父親が、親戚連に、竈をなくしても、荒神さんはちゃんと祀《まつ》っていく、火の周りを守護していただくって一軒一軒説得に行ってくれて……」

与希子が目を丸くして後ろに倒れる真似《まね》をしたので、座に笑いが起こった。初枝も笑いながら、

「親戚の年寄りにとっても本家の竈というのは小さいときから思い出の多いものだったんですなあ。何かというと、皆総出で竈の周りに集まって作業してたわけですから、悲喜こもごもで……。今となっては笑い話みたいなもんですけど、何百年とはいかなくても、ずっと続いてきたものが変わるときというのは、犠牲になるもんが要るんです。たまたまそのときは私だったわけで……。私はそれでも図太かったからあの程度ですんだんですわ」

「不便を忍んで労働に耐えてきた、過去何百年の女の恨みが一斉に襲いかかったんだよ」

すっかり打ち解けてきた信男が冗談めかしていった。

「私たちのあの苦労は何だったんだって」

「次から次へと伝えてきたのにって、何百年もの積もり積もった怨念《おんねん》？」

紀久がお茶を飲んで呟《つぶや》いた。蓉子は、

「思いも積もっていくんだと思うわ。手をかけたものほど愛着がわくでしょう」

「愛着と恨みって同根のものなのかも」

紀久のその言葉に初枝は、

「時代自体、変わっていきますしね……」

と、遠い目をして呟いた。

井之川宅へは、明日再度訪ねることになった。

「私は婦人会の会合で留守だし、信男は仕事だしするけれど、登美子さんもひさしぶりでゆっくりお友達と話したいだろうから、是非」

と、初枝も熱心にいってくれたのだった。

「井之川さんのお宅へ行くんだったら、絶対に鯖寿司をご馳走《ちそう》になってくるって思ってた」

与希子の家に帰り、待っていたかなえにみやげの鯖寿司を渡すと、かなえは愉快そうに笑った。

「折角ここまできたんだから、明日お城にでもお連れしたら？　資料館で、能面の展示をやってるわ。今日は初日でもう閉館だけれど赤光のも出てるわよ、きっと」

「え？　能面の、ですか」

「ええ、毎年秋祭りにあるんです。与希子はいわなかったの？」

与希子は肩をすくめて、

「忘れてたわ。興味がなかったから」

かなえは別段とがめもせず、

「私も小さい頃は、能面が恐《こわ》かったものよ」

「私、今でも恐い」

「でも、今はもう何を見たって、それこそ、般若《はんにゃ》でも、蛇《じゃ》でも、まっすぐに見つめられる。恐くもなんともないの」

「どうしてかなあ」

「私の人生が、多分、良くも悪くもそれに拮抗《きっこう》しうるぐらいの厚みをもってきたんでしよう」

　いたずらっぽい目をして笑った。

「自分の中ですでに確認できているものは恐くないのよ」

　そのさりげない言葉で三人の娘たちは一瞬改めてかなえをまじまじと見た。それに気づいてかなえは、

「あなたがたもきっと、怖くなくなる日がくるわよ」

「それ、呪《のろ》いみたい」

　与希子が非難がましくいった。

「違うわよ、励ましよ、エールを送ったのよ」

　そのとき、お茶を入れようとキッチンに入った蓉子が、

「あれ」

　と、高い声をあげた。

「これ、どうなってるの」

「ああ」

　与希子がさっと席を立ち、

「これ、電磁加熱なの」

　と、スイッチを入れてみせた。

「嘘《うそ》みたい。これで本当にお湯が沸くの？」

「煮込みだって何だってできるわよ。ここではお湯は電気ポットで沸かすのよ」

「へえ」

蓉子は目を丸くしている。恐る恐る手をかざしてみる。

「登美子さんちの竈の話を聞いた後だけに感無量ね」

覗《のぞ》いた紀久がいった。

「父はこういうの好きなのよ。火がないんだから荒神さんも必要がない」

「そうかあ」

蓉子が何ともいえない情けない声をだした。

「荒神さんたちはどこへいっちゃうんだろう」

「荒神を必要とした人間の心性は、それほど変わったとは思えないのにねえ」

「荒神さんなしでだいじょうぶかなあ」

「昔は五百年単位で起こってた以上の生活の変化が、ここ十何年で次々に起こってるのよね」

かなえが淡々と言った。

――変化が起きるときは犠牲が要るんですわ――

蓉子は初枝の言葉を思い出した。

「この変化は地球規模の変化だから、犠牲が要るとしたらそれもそういう規模のものになるのかしら」

紀久の呟いた言葉で蓉子は紀久が自分と全く同じことを考えていたことを知った。

「やだ、私も同じこと考えていた」

そういったのは与希子だった。蓉子は慌《あわ》てて、

「私もなの」

かなえが笑いだし、

「あなたがた、もうすっかり家族になったのね」

といった。

「いつも同じもの食べて、よく話し合ってると、考えることも似てくるのよ」

城の資料館というのは蓮《はす》の群生で有名な堀を渡り、二手に分かれた砂利道を指示板通り右に行ったところにあった。ちなみに左は天守閣へ向かう道である。

楓《かえで》の紅葉した枝が両脇《りょうわき》からさしかかる。その上から午前中の日の光が下を歩く蓉子たちに降り掛かる。今日はかなえも同行している。

「なんて、透明な、茜《あかね》」

蓉子は目を細めて天上を仰いだ。

「きれいねえ」

皆、一瞬足を止めて頭上に繰り広げられた錦絵《にしきえ》を賞《め》でた。シジュウカラの一群がさえずりながらやってきて、また去って行った。

資料館の入口で入館料を払い、薄暗い館内に入ると照明のせいか外部とは全く別の空間のようだった。

こういう建物独特の、寒暖や湿度の調整が施された、それでもこもった空気の圧迫感を感じながら蓉子たちは展示室へ入った。中には二、三組の先客がいたが室内はしんと静まり返っていた。

手前の陳列ケースの中には小面《こおもて》から始まる女面が並んでいた。

小面は若く美しい女性を表す面だが、与希子は若いとも美人とも思えない、と正直に隣の紀久に耳打ちした。紀久は苦笑した。

面のわずかに開いた口元が、瞳孔《どうこう》にうがたれたまっすぐにこちらを覗く穴が、蓉子を緊張させた。りかさんを入れた鞄を思わず抱きしめる。

小面が幾つか並んでそれから孫次郎、若女《わかおんな》、増女《ぞうおんな》、深井《ふかい》、と年齢を重ねた女面が続いた。そのとき、先を歩いている紀久が思わず身を後ろに引いた。口元に手を当てて、声を出すまいとしている。

何事か、と与希子がその視線の先をのぞくと「曲見《しゃくみ》」というこれも一見普通の中年の女性の面である。ただ、他の面より伏し目がかっていて、そのためにこの世ではないどこかに焦点を合わせているようなところがある。額から鼻梁《びりよう》にかけての胡粉《ごふん》の、水底を覗きこむような白さが何か切迫した物思いを漂わせているようだ。

「私、これ、怖い」

紀久は小さく呟いた。蓉子もそれをのぞき込み、思わず目を逸《そ》らした。何かが近づくことを拒んでいる。蓉子の側の何かか、面の方か、わからないけれども。反射的に少しでも遠ざかろうとして蓉子は誰かにぶつかった。小柄な初老の紳士だった。

「すみません、ごめんなさい」

蓉子は慌ててあやまり相手の落とした帽子を取ろうとして屈《かが》み、きれいに禿《は》げた頭に目がいき、それから顔を見合わせて「あ」と呟いた。

「もしかして、澄月の人形のことでうちにいらした……」

「これは……。その節は……」

蓉子だと気づいた徳家は思わず帽子を取って挨拶《あいさつ》しようとし、蓉子に帽子を手渡されて苦笑した。蓉子が皆に小声で「ほら、祖母の人形のことでいらした……」と紹介すると、与希子が「ああ」と何か話しかけたい様子をし、「後で、展示室の外のロビーでお話できないかしら」と蓉子に頼んだ。蓉子はそれをそのまま徳家に伝えた。徳家はうなずき、では、というように次の部屋に移っていった。

陳列ケースは曲見の次に橋姫《はしひめ》をもってきている。それを見てかなえが「おや」と呟いた。

橋姫は嫉妬《しっと》に狂った女性が鬼に変身して夫をとり殺そうとする、すさまじい形相の面だ。眉間《みけん》に深く重く刻まれたしわ、くわっと開いた口が、次の生成《なまなり》、般若《はんにゃ》、蛇《じゃ》の面へと展開しその落ち込んだ闇《やみ》の深さを探っていく、そのスタートラインに立つ面である。怖《おそろ》しくとも橋姫はまだ人の顔だ。生成ではそれに目が据《すわ》り角《つの》が生え牙《きば》が生え、般若となると眼窩《がんか》ますます落ちくぼみ目は金らんらんと底光り角更に伸び、蛇になるとそれに舌が生え耳が消え、人の気配はここでついに消え失《う》せる。

かなえは小さく「おやおやおや」と呟き続けて次の陳列ケースへと移っていったが、蓉子はりかさんを抱きしめたまま立ちすくんでいた。

この面が単に嫉妬に狂った女性の表情だというのだろうか。

これは人が耐えきれる限界以上の悲哀を背負い込んでしまった人間の、だから人であることをどうしても続けられなくなっていった凄惨《せいさん》なドラマの過程だ。この面はどれも今まさに泣き出さんばかりの感情の爆発を寸前で止めた、その一瞬の顔をしている。見るものに訴えてくるように感じられる憤《いきど》りや怒りは、切なさ哀れさ悲しさを極限まで追い詰めた結果の表れだ。

蓉子は面を抱きしめて大声で泣きたくなった。とてつもない感情の津波が自分ごと呑《の》み込《こ》もうとしている。

……だめだ、それでは……

という声が突然、自分の中から湧《わ》き起こったのか誰かが自分にささやいたのか、とにかく蓉子はその声ではっと我にかえり、額に両手を当て、ぱっと何かをぬぐい取って面の方へ返す仕草をした。それから紀久に、

「先にロビーに出てるね」

と言い残し、返事を待たずに足早に部屋を出た。

胸が大きく波うっている。

こんな目に会うとは思いも寄らなかった。

うかつだった。

不覚を取った。

これに似た思いをしたことがある。昔、幼い頃の登美子の家の雛祭《ひなまつ》りだ。人形の封じ抱えている圧倒的な思いの波に小舟のように揺られて、りかさんに手を引かれるようにしてようやく人界に帰ってきたのだった。

――そういう質《たち》の、お子なのだから――

登美子の家からの帰り道、行きずりの老婆《ろうば》が言った言葉が今も耳の奥に響く。あの老婆は真正の人間だったのか、それともそういう世界の眷属《けんぞく》だったのか。

「般若は中成《ちゅうなり》ともいいましてな、蛇で真成《しんなり》。生成、中成、真成となっていくんですなあ」

急に声が聞こえたので驚いて顔を上げると徳家がロビーの椅子《いす》に座ってこちらを見ていた。とっさに返事も出来ずにいると、

「橋姫が二、般若が三、蛇が三ありましたでしょう。そのうち橋姫は右側の、般若、蛇はそれぞれ一番左のものが赤光の作です」

そうだ、その面だ。

こめかみをきりきりと捻《ねじ》り上げられるような確信があった。

「赤光は鬼の面の上手、といわれた面打ちでした」

歳《とし》のせいでそうなったのか、重く目尻《めじり》に向けて垂れ下がった瞼《まぶた》が眼全体をゆるやかな曲線を描く一筋の傷跡のように徳家の顔に走っている。それで一見盲目のようにも見えるのだが時折その傷跡の奥から凄《すご》みを帯びて光るものがあるので、まるきり見えていないわけではないようだ。

その語りの低くしんとした静けさの度合から、徳家もまた赤光澄月の生涯に深く思いを寄せてきたのだと分かった。

そこへ、紀久たちの一団がそろって展示室から出てきた。

「気分でも悪いの？」

皆が蓉子の側《そば》に寄る。ただ、面の迫力に圧倒されて……」

「だいじょうぶ。ただ、顔色が悪いわ」

「ちょっと顔色が悪いわ」

「本当にだいじょうぶ。少し座っていたらすぐ治るわ」

そこで結局徳家を取り囲む形で皆椅子に座った。

与希子が徳家に、

「失礼ですが、前に一度、父のところへ訪ねてみえたんじゃないかと思うんですけど……」

と切り出した。徳家は、ほう、という口付きをして与希子の次の言葉を待った。

「私は佐伯の娘です。S病院に入院している……」

「ああ」

徳家は膝《ひざ》を打った。

「それがまたどうしてこちらのお嬢さんと……」

「私、彼女の亡《な》くなったおばあさんの家に下宿してるんです」

「……なるほど」

とは呟いたが、徳家はまだ事の次第が呑込めていないようだった。

「こちらはきっと、私たちより澄月の事についてお詳しいと思うわ」

だいぶ顔色の戻った蓉子が与希子を励ますように横から声をかけた。与希子もうなずいて徳家をまっすぐに見つめ、

「私、澄月、いえ、赤光の事について知りたいんです。それから、お蔦騒動の事についても。それは私だけじゃなくて、ここにいる全員にもしかしたら関わってくることなんです」

徳家はその勢いに少したじろいだようだったが、

「ええ、それは、私もいろいろなところへ出入りさせていただいておりましたから多少は存じております。私が知っておりますことでしたら」

「赤光は元々はお城お抱えの面打ち師なんですね」

「ええ、そうです。でも、代々の、というわけではなくて幼い頃に面打ちの家へ弟子入りしていますね」

「あ、そうなんですか」

与希子が意外そうな声を上げた。

「あら、それは私も知ってたわ」

かなえがそんなことも知らなかったのか、というような顔つきで与希子を見た。

「だって、こんなこと話してくれなかったじゃない」

「そうね。でも、そんな機会もなかったもの」

「元々は、そうしたら、佐伯の家は……」

自分の家のルーツを他人に聞くのもおかしなものだが、与希子は実際今までそれほど興味も持たなかったし、確かに今まで親もことさら話題にしなかった類《たぐい》の事だった。

「元々は藩士の出なのですが、どうもお役目は情報収集のようなことだったようですね。時代はちょうど尊皇攘夷《そんのうじょうい》とかでかしましい頃で、その頃赤光は全国を飛び回っています。名目は名のある面を写しにということですが、どうも隠密《おんみつ》のような事をしてたんじゃないかと思います」

話が思いも寄らぬ展開になってきたので、皆沈黙している。

「それが仲間に裏切られ敵方に捕らわれてひどい拷問《ごうもん》にあってるんです。両手の指を一本ずつ順に全部ばっさり」

皆顔を歪《ゆが》めた。

「うわ……」

「何てこと」

「じゃあ、でも面打ちは……」

「それが不思議なことに彼の面はそれからが凄みが出てくるのです」

「ほとんどない指で彫ったんですか」

「ええ。しかも、のみは一本きり使わなかったんだそうです。彼の面は裏に特徴があります。彫り跡もはっきりわかる。しかも、勢いがある。息遣いがきこえるようです。つけると見た目より肉厚で、面と自分との境がわからなくなる。特に、あの曲見などは眼孔が内より外へ少し角度をつけて打ってあるのか、付けると変な気分になると伝えられています」

徳家は手に能面を持つ仕草をしながら、

「ええ、あれがお蔦騒動の面です」

一瞬皆の間の空気に緊張が走ったのが分かった。

「彼を裏切った仲間というのがめちゃくちゃな奴《やつ》で、彼は死んだといいふらし、彼には言い交わした婚約者がいたんですが、それに城主の側室へ上がる決心をさせるんですね」

「……踏んだり蹴《け》ったりですね」

「正室になかなか子どもができなくて、家臣の娘の中で多産の傾向のある家の娘を物色してたところだったらしい。が、さすがにその裏切った男も良心が痛んだのか、赤光がまた面を打ち始めたときくと藩でそれを買い上げるよう言上しています」

「彼の裏切りについては赤光は何も恨みごとを言わなかったんですか」

「ええ。そのことに関しては全く何も。心のうちがどうであったかは分かりませんが。裏切った男もまた拷問にあっていた事を知ってたんでしょう」

あまりに生臭い話なので、皆沈鬱《ちんうつ》な表情だ。ただ一人与希子だけは目が異様に輝いているように見えた。

「で、お蔦騒動が起こって、赤光は面打ちを止《や》め、人形師になる決心をするんですね。でも、そんな体だったら日常生活も不自由じゃなかったんでしょうか。よく人形作りなんかできましたね」

「器用な人だったようでほとんど一人で何でもやっていたようです。ただ、晩年の頃、身の回りの世話に少女を入れていましたが、それも一時期の事で養女にすることもなく……」

そのとき、今まで黙って聞いていたかなえが口を開いた。

「それが、たぶん、私の大伯母のさよなんです」

驚いたのは与希子だ。

「そんなこと、今まで言わなかったじゃない」

「そんな大したことだとは思わなかったのよ。それにそのことを話したら、いかにもあなたのお父さんと縁があったようじゃない。もう切れたのに。私の方は別に赤光と血縁というわけじゃないんだからお父さんの方の情報だけで充分だと思ってたの」

「それ、いつ分かったの」

「大伯母が死ぬ少し前。あなたが生まれる一年ほど前。大伯母は長生きしましたからね。

私たちがお蔦騒動の事を調べていると知ってとうとう教えてくれたの」

「ちょっと待って。さよさんっていうのはもしかすると、かよさんのお母さんの……」

紀久が身を乗り出して珍しくうわずった声で話に割り込んできた。

「まさか。偶然よ。いっしょの名前なんて」

与希子が否定する。かなえが、

「そのとき大伯母から初めて聞いたんですけれど、彼女は若い頃大店《おおだな》の旦那《だんな》さんに囲われていて、子どもまで出来てたんですって。同じ頃、本妻さんにも子どもが生まれていたので、澄月のところを去るときにもらった二体の人形を自分の子と本妻さんの子に分けてあげたんだそうよ。その後、体を壊してその子とは生き別れになったらしいけれど」

「何でそんな大事な情報を今まで黙ってたの」

与希子は興奮して怒鳴るように言った。展示室から出てきた他の客がびっくりしたようにこちらに視線を送った。

「大伯母にとってもあんまり自慢できる話じゃないんですもの。ずいぶんつらかったようだし、なんだか憚《はばか》られて……。ほとんど忘れてたの。それにそのこととあなたから聞いたりかさんのことが直接結び付かなくて」

かなえはどこまでも淡々と話す。徳家は、

「いや、それはありそうな話です。澄月の人形は悋気《りんき》封じにいいという評判があったそうですから」

といって珍しくおかしそうにした。かなえは、

「若かった大伯母は正妻さんが怖かったのかしら。それとも正妻さんを怖がる旦那さんを見かねて、人形を渡したのかしら。その悋気封じの功徳《くどく》を説き聞かせながら」

「それをうちの方では、仕事先から手に入れてきた、ってごまかして渡してるんですね、曾祖父《そうそふ》は」

と、紀久も少しおどけていったので、一瞬の沈黙の後大笑いになった。

「苦労したんだ、紀久さんのひいじいさん」

「ほんとにねえ」

当時はぴりぴりと死ぬか生きるかぐらいの深刻な話だったのかもしれない。が、それから百年近くたって双方の子孫が手を打って笑い合っている。何ともほのぼのとしたものだ、と徳家は微笑《ほほえ》んだ。

「あの、竹田さんが赤光は何かで有名な面打ちだといわなかった?」

笑いが引いたところで、蓉子はふと思い出していった。

「鬼の面で有名ですが……」

徳家は首をかしげるように一本調子で応《こた》えた。

「いえ、そうじゃなくて……。りゅう……」

与希子が、そうそう、と、

「確か竜女の解釈で有名っていってたわ。私、蛇とか竜とか興味があるから覚えてた。般若《はんにゃ》の次がどうとか……」

そのとき、徳家の瞼が上がり、奥の瞳《ひとみ》が光ったように見えた。

「それはずいぶんお詳しい方ですね。確かに赤光の竜女は幻の面で、しかも澄月になった後で、最後にとりかかった仕事だと聞いています。有名というのは、実物があっていうのではなく、澄月の竜女の解釈が独特だったからです。普通、竜女というのは分類では泥眼《でいがん》の仲間に入っていて、『鉄輪《かなわ》』に使われることもありますが、とても珍しい。形態的にいえば橋姫に牙《きば》がついていると思って下さればよろしい。それを澄月は、竜女は真蛇《しんじゃ》の次に位置するもの、つまり、蛇になり鬼畜の世界に入った魂ぱくが、今一度人の世界へ帰ってきた、その茫然《ぼうぜん》とした姿だというのです。だからまだ牙が残っている。しかし心情的には見るべきものは見つ、という悟りの境地でもあるというのです。そこには何の害意も熱情も残っていない、と」

与希子が眉間《みけん》にしわを寄せながら、

「よくわからないんですけれど……。結局、その面存在するんですか、しないんですか」

「それが知りたくて私もあなたのお父さんのところを訪ねたんですよ」

といって徳家は笑った。見かけよりはよく笑う男である。

「佐伯は、ない、と言いましたでしょう」

かなえが微笑んで静かに言った。皆驚いてかなえを見た。

「竜女には彼も一時かなり執着していましたから。今、それが彼の手元にあるのかないのか私にも分かりませんが、あっても誰にも渡さないでしょう」

「でも、お父さんそんなこと何も言ってなかった。それに、段ボールに入っていたのは人形ばかりで……」

与希子が怒ったように呟《つぶや》いた。かなえは、

「竜女は彼のかなり深い問題になっているから、そんなに簡単には話題に出来ないんでしょう。私にもほとんどそのことについては話してくれなかったわ。それに、そんなもの、段ボールに入れとくと思う？　もちろん、竜女が存在するとしての話だけれど」

「最後にその仕事にかかっていたのは事実なんです。澄月に仕事を発注し続けていた能楽師に、澄月自身が送った手紙が残っていますから。竜女の解釈も、その手紙から有名になったことです。ただ、それが完成したのかしていないのか、本体がどこにあるのか、誰も分からないんです」

「そういえばこの女面の陳列の順番なんですけれど……」

かなえが展示室を指しながらいった。

「普通は若い順に、小面《こおもて》から始まって中年の面、老女の面、死んでしまって幽霊の面、鬼女の面って続きますよね。それが今日のは中年からいきなり鬼女の面に入っていた」

「ああ、今日の展示は、赤光の分類によったのだそうです。ですから、真蛇の次が少し空いていたでしょう。あそこに竜女が入るっていう見立ての空間なんですな」

「ええ？　気づかなかった。もう一回見てこよう」

与希子は身軽に立ち上がり、「本当だ」と顔を上気させて帰ってきた。

「面一つ分空いていた」

徳家はうなずき、

「そうでしょう。私は仕事がありますのでそろそろこれで。もし、また何かあったら……何か見つかったら特に、ご連絡下さい」

そういって、名刺を蓉子を除く皆に一人一人手渡し、丁寧にお辞儀をして帰っていった。皆、礼をいいながらつられて深々とお辞儀を返した。そのまま去っていく徳家を見送った後、かなえも、

「じゃあ、私も病院へいきます。与希子、どこかお昼に連れていってさしあげたら」

与希子はうなずき、

「午後にもう一度登美子さんのところへ行くことになってるの。それまでこの辺で時間をつぶすわ」

かなえが去ると蓉子は、

「与希子さんのおかあさん、おとうさんにお優しいのね」

「誰も世話をする人がいないので、母はボランティア精神できぱきとやるべきことをかたづけていってるだけ」

与希子は諦《あきら》めたような顔をして続けた。

「お城の裏側に行ってみない？　抜け道を知ってるのよ」

蓉子たちに異存があろうはずはなかった。早く外の空気が吸いたかった。

城の裏側というのは、丘の上になっていて、市内が一望できる。堀の内側にありながら、景勝地は反対の丘の方なので観光客がくることを予想していないせいか少し荒れ気味だった。外来種のセイタカアワダチソウが近くまで迫っている。

何度か修復された城の外壁の、おそらく相当前の遺跡だろう、古い石垣には、イタビカズラやマメヅタが覆《おお》うように絡《から》んでいる。マメヅタは直径が一センチほどの丸い小さな葉を交互につけ、ときどき細長い胞子の付いた葉がそれに混じる。

紀久は何気なくそれを一枚とり、指で挟んだ。マメヅタの葉は、プチッと軽快な音を出して折れた。

皆、能面の話はしなかった。あまりにも濃密な空間にいたので、とにかくしばらくぼんやりしたかった。

セイタカアワダチソウに混じって、ワレモコウの濃い赤紫も点々としている。

「植物も人種も何もかも、何だか混淆《こんこう》としてきたわねえ」

紀久が呟いた。

「時代の流れというものよ」

与希子には珍しく悟ったようなことをいった。

「いったい、どこに向かう流れなのかしらねえ」

蓉子はワレモコウの花の塊を二、三個手にとり、いたずらっぽく笑いながら、

「ウリになーれ、ウリになーれ」

といって両手で揉《も》んだ。それから、

「ほら」

といって、与希子に嗅《か》がせた。

「え、ほんとにウリの匂《にお》いがする」

びっくりした与希子をみると、更ににやにやして、今度は、

「スイカになーれ、スイカになーれ」

と子どもっぽく念じながら揉み、それも与希子に差しだした。

「あ、スイカだ」

与希子はそういう質《たち》なので、実に素直に大仰に驚く。蓉子は久しぶりで子どもらしい愉快を味わう。

「子どもの頃、やらなかった？」

「やらなかった。そんなものの生えているようなところに住んでなかったもの」

「私もそうだけど、祖母が茶花に活《い》けることがあって、下げるときに時々こうやって遊んでくれたの。急に思い出した」

石垣の横の、これも朽ちかけた古木には、初夏の頃白い花を点々とつけていたテイカカズラが巻き付き細長い実をつけていた。蓉子は、そのうちの一つを採り、二つに開いた。中には白い綿毛に包まれた種が入っている。口元へ持ってきて、一気に吹いた。種はパラシュートのように、セイタカアワダチソウの群れの真上を抜けて空高く舞った。

冬に向かう途中の、よく晴れた薄青の空だった。

登美子が水を撒《ま》いていたのだろうか。座敷から見える庭の苔《こけ》の深緑がしっとりと艶《つや》やかだった。さるすべりや紅葉した楓《かえで》の樹木の根元に植わった、丈の低い姫笹《ひめざさ》の群生も午後の日の光が柔らかく当たって水滴がきらきら輝いている。

「落ち着いたいいお庭ね」

与希子は濡《ぬ》れ縁に出て庭を眺めた。濡れ縁は幅が広く、縁側ぐらいはありそうだった。

「私たちの庭とはまた違って」

「昨日はゆっくりお庭を見る余裕もなかったわね」

庭の右手の奥に蔵が立っている。

「あの蔵ね」

与希子が確かめると登美子はうなずき、

「あの日記はね、何だかおかしいのよ。どこを探してもないの。まるで自分から隠れてるみたいだなって主人も言ってたわ。だって、お姑《かあ》さんは知らないけれど私たちあなたがたがくる一週間ほど前ちゃんとあれを見たんですもの」

「え？」

それは初めて聞く話だ。

「ほら、家を建て直す話をしてたでしょう？　それで、お姑さんのいないとき、私と主人でこっそり蔵の中の処分できそうなものを下見してたの。ああ、別にお姑さんに知られてどうのってわけじゃないんだけれど。なんとなく、ね。そのときには昔の書付けなんかの入った箱にちゃんとあったのよ。主人にそのとき説明してもらったからよく覚えてるわ。それが、紀久さんがいらっしゃるって連絡を貰《もら》って、偶然岬先生からも娘がいくから見せてやってくれっていわれて、お姑さんははいはいって返事した。それで私がいわれて昨日の朝、出そうと思ってもどこにもないんだもの。びっくりして、お姑さんにもきてもらってもやっぱりなくって。主人はそのとき仕事に出てたんだけれど、職場に連絡したら、ないものは仕方がない、説明できるところは僕が帰ってからするからって」

奇妙な話である。皆狐《きつね》につままれたような顔をしている。

「それでも、きっと、うっかりどこかにおいてるんだと思うのよ。蔵の中はいろんなものがごたごたして……。入っていただければいいんだけれど、家族のもの以外は立入禁止になってるの。ごめんね。でも、今度もっといろいろ中に入って調べておくから」

紀久の叔母の弥生の話とは少し違う。弥生の話では、初枝は家を建て替える前に蔵のものを見てくれということではなかったのだろうか。与希子はそれを言おうとして、紀久に目で止められた。登美子は、本当に申し訳なさそうな、すまなさそうな顔をして、

「時期がきたら、必ず……」

と心底誠実な顔で約束した。

「お願いします」

と紀久は頭を下げた。

「でも、思いがけず蓉子ちゃんに会えて本当に嬉《うれ》しかった。りかちゃんの話もできたし……」

登美子のしみじみとした微笑みを見て、紀久と与希子は、「ほら、蓉子さん……」と、催促した。蓉子も思い切って、

「実は連れてきているの」

「え？　誰を？」

「りかさん」

そういって鞄《かばん》の中からりかさんを取り出した。

「え、まあ……」

「この年になって、って変に思われるのが怖かったの」

「そう、ねえ。でもマスコットの縫いぐるみをバッグにしのばせている人は結構いるわよ、ああ、懐《なつ》かしい」

そういって登美子は目を輝かせてりかさんに手を伸ばした。

「あれ……」

登美子が少し戸惑ったような声を出した。

「これ、りかちゃん？」

「ええ」

「何だか、ちょっと違うような……。ごめんね、私の小さい頃のイメージとちょっと違うの」

それを聞いて蓉子は胸を打たれたような思いがして返事に詰まった。

「大人になったってことかしら」

と登美子は少し寂しそうに笑い、蓉子の様子に気づいて慌《あわ》てた。

「あ、ごめん、私、何か悪いこと言った？」

紀久と与希子が代わりに今の蓉子の心境を解説した。

「全然」

「感動してるの」

蓉子はやっと照れくさそうに笑いながら、

「確かにりかさんはあの頃のりかちゃんではないの。でも、私の母でさえそのことに気づかなかったの。この二人は前のりかさんを知らないし……。私、ずっと、少し心細かったのね、きっと。昔のりかさんがどこにもいなくなったような気がして……」

登美子はそこまできくと微笑んでりかさんの両脇《りょうわき》に手を入れて抱き上げた。

「りかさんに何が起こったのかしら」

おっとりと微笑んだまま、りかさんをのぞき込むようにしてそういった。それがいかにも少女の人形遊びのようで、また結婚して身につけた心身の余裕からくる落ち着きのようでもあった。

女性の心のふくよかさなのだった。

女同士の集まりでそういうふくよかさを滲《にじ》ませている人が一人でもいると、たちまちそれは伝染してグループは幸福な気分の集合体となる。このときの蓉子たちがそうだった。

蓉子たちがS市を発《た》った朝は、小雨が降り思わず体に手を回すほど寒かった。

「時雨《しぐれ》が降ってる」

「そうね、時雨ね」

車から見える風景も点描画のように寒々として、それは車の中にいる三人の心もちを同時に深いところに封じ込めるようであったので、三人はほとんど言葉を交わすことはなかったが同じ音楽を聞いているような少し哀《かな》しい親しみの中にいた。

時雨はとうとう蓉子たちの家まで続き、紀久と与希子が車から降りて家への露地をいくと何だか長い夢の続きをみているような気がした。

蓉子は実家に車を返しに行くので、紀久たちは先に家に入った。マーガレットは留守で、家は冷えきっていた。

「蓉子さんにストーブの在処《ありか》を聞くのを忘れていたわね」

「居間の押入に炬燵《こたつ》があったわ。あれでも出しておきましょうよ」

炬燵布団《ぶとん》は風にも当てず日にも干さずいきなり出したので湿気て少しかび臭かった。それでも電気の有難さで、スイッチを入れてしばらくすると暖かくなり、お茶を入れ、落ち着くと二人ともほとんど同時にためいきをついた。

「拷問《ごうもん》は」

与希子がふっと呟《つぶや》いた。

「痛かったでしょうね」

赤光のことだった。ずっと彼と彼にまつわることが頭から離れなかったのは紀久も同じだった。

「一本一本、順番に……」

「止《や》めてよ、もう」

「紀久さんはいいわよ。血がつながってないんだもの。私はやっぱり、自分の身の上に起こったことのように考えてしまう」

与希子は血走った目をして紀久を見据えていった。

「もう、どうしようもないことじゃないの」

紀久は慰めた。

「でも、考えてしまう」

与希子は炬燵板に突伏した。紀久はためいきをつく。時雨がだんだん激しくなり雨音が家の中に響いている。

マーガレットが帰ってきたのはその夜もだいぶ更《ふ》けてからだった。

紀久は例の原稿にかかっており与希子は卒業制作のレースワークに取り組んで、階下には蓉子が一人だった。

「おかえりなさい」

マーガレットは痩《や》せて疲れたように見えた。それでも、はっと胸を突かれるような嬉しそうな表情を見せた。

「皆が帰ってきて、燈《あか》りがついていると嬉しい」

それからりかさんに目を止めた。

「ちゃんと食べてた？　少し痩せたみたいよ」

蓉子は気遣った。マーガレットは微笑んでそれには応《こた》えず、

「何か分かりましたか。祐筆《ゆうひつ》の日記見つかった？」

「それが見つからなかったの。でも、だいぶいろんなことが分かったのよ。けど、世の中には分かったってどうしようもないこともあるものね。私たちは、いったい何が知りたかったのかしら」

　蓉子はためいきをついた。

　マーガレットの声を聞きつけて二階から紀久と与希子が降りてきた。

「マーガレット、ずいぶん遅かったのね」

　与希子は少しすねたような声でいった。

「帰ってマーガレットに会うのが楽しみだったのに」

「ああ、すみません」

　と、口ではあやまりながらもマーガレットはどこか嬉しそうだった。

「日記、見つからなかった？」

「そうなの。蓉子さんからきいた？　そう」

「ああ、炬燵」

　マーガレットは台所から居間を覗《のぞ》いてプレゼントを見つけた子どものようにはしゃいだ声を上げた。

「急に寒くなったものね。マーガレット寒くなかった？」

　マーガレットは言葉を濁した。その様子を見て蓉子は、もしかしたらマーガレットはずっと家にいなかったのではないかと不安になった。

炬燵に入りながらマーガレットは三人からS市での顚末《てんまつ》を聞いた。

「それでは日記もそのドラゴン・マスクも見つからなかったんですか」

「ドラゴン・マスクなんていわないで」

与希子は気を悪くした。

「それは完成したのかどうかも分からない、まあ、いってみればどうでもいいものなの。それより母の大伯母がりかさんの元々の持ち主だった、というのはすごいでしょ」

「すごいすごい」

「そしてそれが紀久さんのおばあさんのお墓で眠っている人形と対になっていたなんてねえ」

「ほんと、すごい」

りかさんがまだもとのりかさんだったときにこの話を聞かせたかった。りかさんはすっかり忘れてたのだろうか。それとも、そうそう、そうだったわねえ、そんなこともあった、と懐かしそうに呟くだろうか。

蓉子がりかさんを膝《ひざ》に抱いてそんなことを考えているうちに話題は神崎のことに移っていた。

「神崎さんは昨日イスタンブールへ行きました。皆さんによろしくっていってました。与希子さんに、キリムも見てくるからって」

「ああ、とうとう行ったの」

紀久が大した感慨もなく呟いた。

「紀久さんドライね」

与希子は、多分そのことで紀久が感情的になれば不愉快だろうに、余裕のあるところを見せていった。

「そう?」

紀久はそっけなかった。

夜のうちに雨雲も去ったらしく、次の日はいかにも秋らしい高い青空が広がった。

与希子は庭を見ながら居間に寝転がり、

「よくよく見てもセイタカアワダチソウが一本もない。外はあんなにセイタカくんで溢《あふ》れているのに」

と呟いた。その声を聞きつけた蓉子が、

「全くないわけじゃなかったのよ、気づかなかった？　ついこの間、セイタカアワダチソウで黄色を出したのよ。そのときついでにうちの庭に紛れ込んでいたのも刈ったの」

「何だ、やっぱりここにも生えるんだ。え？　この黄色？」

与希子は頭上に干してあるうこんのような深い黄に発色している糸束を見上げた。

「これ？　信じられない。何と思慮深そうな深遠な色」

「ねえ。見かけによらないものよねえ」

「帰化植物が日本の植物染料の奥行きを深くするってのもおもしろいねえ。文化の純血性にばかり神経尖《とが》らせていたら、文化って痩せて貧弱になっていくのかもね」

「うーん、よく分からないけれど、それでも野原でネジバナみたいな万葉の花を見つけたら嬉しくなるし、日本のタンポポ見つけても、おっ、て思うわよ」

「……そうかあ」

こうやって、縁側に座って蓉子ととりとめのない話をしていると、与希子はほっとする。蓉子の方はそれとなく与希子に紀久さんと神崎のことを聞いてみようとさっきからチャンスを窺《うかが》っている。

庭の柿《かき》が色づいている。

与希子の視線はさっきからそこに止まっている。その視線に自分の視線を沿わせるようにして蓉子は与希子の側《そば》に座り、

「あの、紀久さんと神崎さんのことだけれど」

と、思い切って口に出す。心なし、声が低くなる。

「うん？　あの二人がどうかした？　最近紀久さんあまり会っていないみたいだけれど……」

「もう、紀久さん、神崎さんのこと、それほど思ってないのかな、昨日の様子だと」

我ながら、不自然な調子が入っていたかもしれない、と蓉子は思った。声が少し、うわずってしまった。

「え？」

と、与希子は少し目を細めるようにして蓉子を見た。

「蓉子さんにしては珍しいわねえ、そんなこと話題にするの」

思わず顔が赤くなる。こりゃ、誤解されるかも、と思うとますます赤くなる。

困った。

「蓉子さん、まさか」

与希子の目がおもしろそうに輝く。

「違う、違う」

蓉子は激しく首と手を振る。

「冗談よ」

と、与希子はあっさり引き下がり、

「私も紀久さんと神崎さんって合わない気がしてたの。うまく言えないんだけれど麻とレーヨン、もぐらとアオサギ……。同一平面上で語れない質感の違い、とでもいうか。紀久さんが定点観測型で地面の一ヶ所でじっとうずくまっているタイプなら、神崎さんは鳥瞰図《ちょうかんず》的に物事を捉《とら》えて進んでいくタイプよ。まあ、だからお互いに惹《ひ》かれるのかもしれないけれど……」

蓉子は与希子が思いのほか二人を冷静に見ているのに感心して思わず、うんうん、と聞き入っていた。そうして、しばらく沈黙が続くと、その場の気配がだんだんにマーガレットのことを引き出す密度の濃さになっていったので、さすがの蓉子もその浸透圧のような力に抗しきれず、

「実は……」

マーガレットが神崎とつきあっているらしい、と与希子に打ち明けてしまった。

あちゃちゃ、というのがそれを知った与希子の第一声だった。

それから、はっと思い至ったように、

「そうか、たぶん、マーガレットは、紀久さんと神崎さんのことは……」

うん、知らないと思う、と蓉子はうなずいた。

与希子は、座り直してうーんと頭を抱え、

「神崎がいかん」

と唸《うな》るようにいった。

「いったい、どういう気持ちでいるのか。呼び出して問い詰めてみようか。それも何だか中学生みたいだしなあ……あ、そうか」

「そう、今、いないんでした」

うーん、と与希子はしばらく考えた後、

「しようがない、竹田君に解説をお願いしよう。あの人は神崎さんと不思議に仲がよかったから、何か知ってるかもしれない」

ああ、それはいいかも、と蓉子も賛成し、さて、どこで竹田君に会うかという話になると、どうも紀久がいる場所ではまだ具合いが良くないのではないかと二人は考えた。それで結局蓉子の父親の画廊の中に小さなコーナーがある、客なんていつもほとんどないからあそこを使おうということになった。

そこに決まった理由の一つは与希子たちの大学から近かったからだが、もう一つには蓉子の母からそのうち蓉子の父親の画廊で三人展を、といわれているのに与希子はまだその画廊に行ったことがなかったからだった。いや、正確に言えば入学して間もない頃ひやかしで一度覗いたことはあった。いかにも売れなさそうな、そのくせ値段だけは張る、玄人《くろうと》受けする絵画ばかり架けてある印象が残っている。で、それきりだった。だから与希子はその場所自体にはほとんど記憶がない。

本当はこういうことに第三者が口を出すのはいかがかと思われる。それにみんな大人ではあるし。実はこれは蓉子にも与希子にもどうも自分の品性を強引に下げるようなうっとうしい仕事なのである。それに敢《あ》えて取り掛かろうとするところに二人とも身内の厄介ごとを処するときのような義務感の存在を感じている。

与希子は蓉子の父親の岩村に会うのは二回目だった。引越してきた最初の日、下宿の契約をするときに一度会っている。そのときも事務的な話はすぐに終わり、彼の母校でもある与希子たちの大学の教授の話になった。真面目《まじめ》な話をしていても、岩村の瞳《ひとみ》の奥にはいつも小さな窓があり、少しでも外界にユーモアの気配を感じたらすぐにそれに対応できる態勢がそこから覗いている。与希子の父親のことも知っており、一度お会いしたいと思っている、といっていた。そのときは与希子も社交辞令ぐらいに思っていたのだが、今回は少し様子が違った。

「お父さんが入院なさったとか」

真面目な目付きだ。少し眉《まゆ》もひそめている。蓉子が、

「あれ、どうして知ってるの？　私いってないのに」

「しばらく前から彼の画風が劇的に変わってね、感銘を受けたんで連絡を取ろうとしてわかったんだよ」

岩村が一人娘の蓉子を見る目には和みがある。与希子はそれに気づいているが、蓉子は無頓着だ。

「私、この間与希子さんたちについていって彼のアトリエで寝泊まりしたのよ、もう、絵がいっぱい」

と、誇らしげにいう。

「それはすごい。どうだった？」

「何が？」

「絵の雰囲気」

「よく見てないからわからない」

岩村はあきれて、

「何だ、おまえは」

「だって、失礼じゃない、本人がいないときに。日記を見るのと同じよ」

そりゃまあそうだが、と岩村は思ったらしいが娘に言い負かされるのが嫌なのかそれは口にせず、与希子に向かって、

「退院された頃にお伺いしようと思いますので、そのときは知らせて下さい」

と軽く会釈《えしやく》していった。

「ありがとうございます、きっと喜びます」

「じゃ」

と、岩村は奥の部屋へ引っ込んだ。蓉子はそのドアが閉められるのを見て、

「ほとんど一日中あそこにいるのよ、何をしてるんだか。客が来ないのをいいことに」

「でも、不用心じゃない？　高価な絵が架けてあるのに」

「何だか知らないけど」

二人は二階へ上がった。

建物は玄関を入ってすぐ吹抜けになっている。階段を上がって二階の吹抜けに面した部分にテーブルや椅子《いす》が置いてあり、そこで休めるようになっている。そこから玄関と一階のほぼ半分が見渡せる。

だから、竹田が入ってきたときもすぐわかった。与希子は吹抜けの上から声をかけた。

「ここ」

竹田はちょっとまぶしそうに見上げた。捜し物をしているときの子どものように無防備な視線だった。それは一瞬のことで与希子たちを認めるとすぐにくしゃくしゃの笑顔になった。若いのに笑うとやたらと顔にしわができる。それがいいんだと蓉子たちはさ

んざんに与希子からきかされたものだった。なるほど魅力的な笑顔だと蓉子も思った。

竹田は一階に架けられた絵をぐるっと見渡し、少し未練ありげにそれらを見つめながら階段に足をかけ、それから思いきったように二段跳びで駆け上がってきた。

「わざわざお呼びだてして」

蓉子が一応頭を下げた。

「いや、ちょうど空いていたし、ここ、好きだから。蓉子さんのお父さんの経営だとは知らなかったんだけど」

「早速なんですけど……」

といってから蓉子は言い淀《よど》んだ。言葉が出てこない。何て始めたらいいんだろう。困って与希子と視線を合わせる。目で、やっぱりお願い、と頼み込む。え？　私が？　と与希子はたじろいだ顔をしたが、すぐに覚悟を決めて、

「実は……」

と一連の出来事を話した。話しながらいかにもゴシップ好きの俗っぽい話題のように思われて我ながら嫌になる。

——中学生日記とかによくある。私たちはさしずめ世話好きのお節介な親友、といった役どころだろうか。

「私たち、紀久さんとマーガレットのどちらが傷つくのも嫌なんです。一つ屋根の下に

住んでるんだもの」

これは本当の気持ちなんだが、何とまあ青臭いことだろう、と与希子は自分で言いながら呆《あき》れた。言ってる自分が呆れてるんだから、竹田はもっと嫌気がさしているだろう、とさっきから竹田の顔が見られず視線を手元においてしゃべっていたがここで思いきって竹田の顔を正視した。

竹田は真面目に考えているようだった。

とりあえず真剣に受け止めてもらえているらしいので与希子は少し力を得た思いで、

「神崎さんが、どう考えているのか、竹田さんは聞いていませんか」

と少し上目遣いで身を乗り出した。おもしろいことに蓉子も無意識に同じ目付きで同じ姿勢をとっている。竹田はふと二人の、相手の反応を必死で待っているふたごの子犬のような姿に気づいてくすっと微笑《ほほえ》んだ。それからゆっくり言葉を選ぶようにしながら、

「誤解を与えるような言い方になったらまずいけど、神崎さんはあまりそういうことにとらわれない質《たち》の人なんだ。ええと、なんて言ったらいいのか……」

竹田は階下に視線を移して、

「何か非常に危なっかしい人がいるとするでしょう、精神的に。過去に積み上げてきたその人の歴史のブロックの、どこかの部分が一つ外れそうになって、ゆらゆら揺れてい

る。その揺れがその人の人生全体に影響している。神崎さんはそういう人が本能的に分かるんです。そしてつい、その外れかかっているところのブロックをひょいっと支えてやる。すると、そんなことされたことのない相手はまいっちゃう。困ったことに、子どもが缶を見つけたら蹴《け》らずにはいられないように、神崎さんはそういう人を見たらついブロックをいじらずにはいられないんです。問題を抱えていたり、過去に傷を持っていたりする人がいたら、それが男でも女でも、人間ですらなくても、例えば他の国の文化や歴史のようなものでも神崎さんはつつっと近寄ってしまう。それはあの人の生きる姿勢そのもののようなものだから」

与希子はきょとんとしながらも、

「でも、傷を持たない人なんていないでしょう。問題のない人も少ないと思う」

「そうなんだけれど、彼と関わることになる人って、独特の暗さのある人たちなんだ、それはうまく口では言えないけれど……。僕は、紀久さんのこともマーガレットのことも彼からは直接何も聞いていないけれど、彼は浮わついた気持ちでは全然なくて、彼なりの必然の流れでそうなっていったんだと思いますよ」

それは、もしかしたら彼は紀久のこともマーガレットのこともそのとき誠実に対応し、そしてそのことにとらわれていないということなのだろう。蓉子も与希子も二人の気持ちを思うと胸がきりきり痛んだが、心のどこかではまあそんなところだろうと納得していた。

竹田は一つ大きな伸びをすると、

「でも、そのうちなるようになるような気がするなあ、僕は。傍《はた》でああだこうだ気を遣わなくても」

といって、またあのくしゃっとした笑顔で笑った。与希子も蓉子も不思議なことに何だかそれでずいぶん楽になった。互いに顔を見合わせて、相手の顔が明るくなっているのに気づいた。竹田は、

「ところで」

と立ち上がり吹抜けから下を見降ろして、

「ここにタペストリーを掛けたら映《は》えると思いませんか」

それはこの画廊に入った瞬間から、マーガレットたちのことを憂《うれ》える気持ちとは別に、自分の作品の展示会場として冷静にこの場所を観察していた与希子もぼんやりと感じていたことだった。

それで思わずきらきら光る目で、

「ね、そう思うでしょう」

とうなずいた。

与希子は紀久が普段の提出作品とは別に、まるで日記のように毎日少しずつ蓉子が染

めた糸で紬《つむぎ》を織っているのを知っていた。

この吹抜けを見た瞬間、ここに飾る作品は三人の合作で、土台はその紀久の紬、そしてその上に自分の穴だらけのレースワークを絡《から》ませる、と閃《ひらめ》いたのだった。

それは啓示のように動かし難いものに思えた。

が、紀久は迷惑そうな顔をするに違いない。

「合作なんてものは私は信じませんね」

案の定その後与希子がそのアイディアを紀久に伝えたとき紀久は言下にそう言いきった。

「一つの作品は一人の人間の個性でオーガナイズされている一つの世界よ。たとえ紬のような質のものであってもね。そんな瓢簞《ひょうたん》から駒《こま》を狙《ねら》ったような危険な試みに子どものように大事な作品をさらすわけにはいかないわ」

紀久は言い募りながら興奮してきたようで、

「まちがっても『個性と個性がぶつかりあって新しい可能性の世界を』なんて陳腐なコピーのようなことはいわないでね」

とダメを押した。それは今まさに与希子が言おうとしていた言葉だったので、

「あれ、どうしてわかったの」

ときょとんとした。その顔が何だか間が抜けて見え、蓉子がまず吹き出し、それから紀久も思わず笑いだした。

それで、その合作の話は宙ぶらりんになったが与希子はあきらめていなかった。

画廊で竹田に会ったときの話を続けよう。

話題がS市での能面の話になったとき、竹田はとても興味を示し、自分も行けばよかったと残念がった。

「でも、赤光にそんな過去があったなんて知らなかったなあ」

「私たちも。でも、とりあえずおツタさんがお蔦騒動のお蔦さんでないことがはっきりしたんでそれだけでもよかったわ」

「でも、それ、おかしくありませんか」

と、竹田は誰にも遠慮をしない子どものような率直さで切り込んできた。

「そのお蔦という女中が架空のものだとしても、祐筆《ゆうひつ》はお蔦騒動のことはきいているわけでしょう。なぜ、わざわざ自分の子におツタなんてつけたんだろう」

皆がどういうわけか、そこにいるのに見ないようにしていた座敷わらしに、まっすぐ指をさすようにして竹田は疑問を突きつけたのだった。

与希子も蓉子もすぐに返事が出来なかった。

二人が考え込んだのを見て、

「祐筆が生まれてくる自分の子に疎《うと》ましい気持ちを持っていたか、そうでなければ蔦という言葉にポジティブな意味を見いだしていたか、どちらかでしょうね」

と、竹田はその推測が自分に全く累《るい》を及ぼさない気楽さで断じた。どちらかといわれても、どちらとも推測しかねて、それは何だかもやもやとした澱《おり》のように二人の心に残った。

師走《しわす》になって大学が休みになっても、四人は相変わらずの生活だったが、暮れが迫ってくると、まず与希子がS市に帰り、紀久も島へ帰った。

大晦日《おおみそか》は朝から粉雪が舞い始め、夕方からは本格的に降り出した。

大掃除は与希子の帰る前の日に皆で済ませていたので、簡単な正月のしつらえだけして蓉子も午後から実家へ向かった。

「明日の午前中には帰ってくるわ。おせち料理も少しもってくるわね」

そうマーガレットに言いおいて出たのだが、蓉子は何だか妙に気になって、結局明けて新年早々、餅《もち》や重箱に詰めた正月料理を持って帰ってきた。

声をかけたがマーガレットは留守のようだった。

元旦《がんたん》、というだけでいつもと違う清らかな空気が部屋に漂っている気がするのは不思議なものだ。餅でも焼いてマーガレットといっしょに食べようと思い立ち、納戸《なんど》から祖母の使っていた手あぶり用の小さい火鉢を出してきた。

小さいとはいっても、灰が入ったままなので結構ずっしりと重い。側《そば》の桐箱《きりばこ》に炭と火起こし、火箸《ひばし》が入っていたので、火起こしに炭を入れガス火にかけた。

パチパチと小さな火花が一瞬炭の回りを走り、それからじわじわと炭から湿気やガスが出ていく。

こういう時のガスは吸い込んだらいけない、と蓉子は祖母から教わっていたので、心持ち身を引き加減にして炭が完全に燃えてくれる気になるまで傍らで待った。

もういいかな、とガスを消し、居間においた火鉢の五徳をずらし、火起こしから炭を入れる。火起こしをしまうついでに餅網と鉄瓶を取り出す。二つをざっと洗って鉄瓶に水を入れる。最初に餅網を五徳においてしゅんしゅんと水気を蒸発させ、餅を焼く準備をしてしばらくマーガレットを待った。が、まだ帰ってくる気配がなかったので餅網を取って鉄瓶をのせた。

炬燵《こたつ》に入り、りかさんの横に座ってじっとしているとうつらうつらしてくる。日光が障子を通って世界をぼんやりと明るくしている。雪も少しずつ溶けてきたらしく、時折遠く近く木々の枝や軒から固まった雪が落ちる音がする。

半分夢うつつでそれを聞いているうちに、今がいつの正月なのか分からなくなる。すっすっすっと、畳を摺《す》る音が聞こえ、襖《ふすま》の向こうで真新しい白い足袋を履いた足が出たり入ったりしているのが見えてくる。

……おばあちゃん、何をうろうろしているの、早く座っていっしょにお餅を食べようよ、と声をかけようとした。そこでバタン、と何かの音がした。

はっとして目を覚ますと、鉄瓶がチンチンと湯気を立てており、障子を通した正月の午後の陽の光はますます明るく、部屋は温かい。

……夢だったのかなあ……

蓉子がぼんやりとした意識のまま炬燵板から頭を起こしたとき、また、バタンと音がした。二階だ。蓉子はとっさにりかさんの顔を見た。りかさんが二階へ、と言ったような気がした。慌《あわ》てて二階へ上がり、マーガレットの部屋の前で、

「マーガレット、いるの？」

と声をかけた。マーガレットはいつも部屋で香をたくので彼女の部屋の前までその匂《にお》

いがする。そのとき中からうめき声のような返事が聞こえ、慌てて戸を開けると、マーガレットが布団《ふとん》にくるまって苦しそうにしていた。

「マーガレット、どうしたの？」

マーガレットが何か言いかける。「え？」

よく聞いてみると、そこ、汚い、といっているようだ。慌てていて気づかなかったがよく見ると吐瀉物《としゃぶつ》が周りに散乱していた。蓉子は顔から血が引くのを感じた。これはただごとではない。落ち着け、落ち着け、と自分に言い聞かせ、

「マーガレット、ちょっと待ってて」

と、救急車を呼びに外へ走ろうとした。そのとき、マーガレットが手を伸ばし、蓉子の足を触った。振り向くと、

「違う、多分、子ども……」

と、今度は前よりもはっきりとした口調でささやいた。

蓉子は一瞬何のことかわからずにきょとんとした。マーガレットは、

「多分、ここに」

と、自分のお腹《なか》を指した。

今度は蓉子も彼女の言わんとするところがわかり、頭の中が真っ白になった。

「救急車は、いや」

マーガレットは懇願するように言った。

蓉子はへたへたとマーガレットの枕元《まくらもと》に座り込んだ。それから、気を取りなおして、

「でも、マーガレット、病院はいかなくちゃ」

マーガレットは眉間《みけん》にしわを寄せたまま、

「多分、ツワリ。だいじょうぶ。すぐ治る」

といった。彼女は彼女なりに自分の体の変調に気づき、次にどういう変化が自分の体を襲うか調べていたのだろう。だがそういわれても、蓉子には経験はおろか、身近に妊婦がいたこともないので、とてもこの苦しみようが尋常のこととは思えない。

誰かに相談したいが誰に相談しよう。母にいったら、どうも具合いが悪いような気がする。かといって、紀久にはできない。与希子だって蓉子と似たりよったりの対応しかできないだろう。……そうだ、柚木先生がいた。

が、柚木は毎年の慣例で正月は南の島へ行っている。

考えあぐねた末、与希子に連絡し、かなえにきいて貰《もら》うことにした。

電話をかけたら運よく病院から帰ってきたばかりの与希子と話すことができた。

「子、ど、も……」

案の定、電話の向こうで与希子がそれだけ繰り返し、口をあんぐりと開けている気配がする。

「それはあとでゆっくり相談することにして、今マーガレットはとても苦しんでいるの。本人はつわりだから、病院へは行かなくてもいい、っていってるんだけれど。私よくわからなくて……」

「……わかった、ここに母がいるから、ちょっと聞いてみる」

電話の向こうでしばらく事情を説明する与希子の声が聞こえた後、

「もしもし、代わりました、岬です」

蓉子は反射的に、

「あ、あけましておめでとうございます」

といったあとで、バカ、私は、と蓉子は激しく自分を責めた。それどころじゃないだろう。だが、かなえも、

「おめでとうございます。去年はいろいろ娘がお世話になりました。今年も宜《よろ》しくお願いします」

といってから、

「で、マーガレットさんは、出血は？」

「シュッケツ？」

と聴きなおし、ああ、と慌てて、

「ちょっと聞いてみます」

と急いでマーガレットの部屋へ戻った。

「マーガレット、出血は？」

マーガレットにこの日本語がわかるだろうかと一瞬訝《いぶか》しんだが、マーガレットはそういう専門用語も勉強していたらしく、

「ありません、ただのツワリですから。もうだいじょうぶ」

と、幾分青ざめてはいたものの、けろっとした顔で答えた。

蓉子はまた大急ぎで電話に戻り、

「ないそうです」

と答えた。

「そう。で、今は？」

「だいぶ治まったみたいです。本人はただのつわりだっていってるんですけど、つわりって、あんなにひどいものなんですか」

「個人差がありますけれど、本人に今のところ痛みがないようだったら、今慌てて誰がやってるかわからない救急医療へ駆け込むより、しばらくして動けるようになってから、本人が信頼しているところできちんと診て貰った方がいいんじゃないかしら」

「ああ、そうですね」

かなえの言葉は落ち着いており、説得力があった。

「今夜は、でも、気を付けていた方がいいですね」

「そうします」

「あ、与希子と代わります」

「ええ、隣で寝ます」

隣でじれったそうにして奪い取るように受話器を持った与希子の様子が目に見える。

「もしもし、蓉子さん?」

「ああ、おかあさまに重々お礼いっておいてね。本当に助かったわ」

「私も明日帰るから」

「折角なのに」

「いいのよ。がんばってね」

「ありがとう」

受話器を置くと、大きく深呼吸して、「よし」と呟《つぶや》く。四つ切りにして常備してある古新聞の束と、バケツ、雑巾《ぞうきん》をとってきて二階へ上がる。

「マーガレット、少し窓を開けるから、お布団に潜っていてね」

マーガレットは返事の代わりに即座に布団を被《かぶ》った。その素直さが蓉子にはいじらしく感じられ、少ししんみりする。

外は晴れてはいるが、入ってくる空気は溶けつつある雪の気配を感じさせた。蓉子は手早く吐瀉物を古新聞で処理し、その跡を丹念に雑巾で拭《ふ》いた。それからもう一度乾いた雑巾で空拭きし、窓を閉めた。

「もういいわよ」

声をかけるとマーガレットはまぶしそうに布団を下げた。

「ありがとう」

「いいえ。いつからこんなだったの」

「朝、起きようとしたら目まいがして、それから……。だんだん気持ち悪くなって……。蓉子さんがきたのがわかったから、何とか起きようとしたけれど、そのまま倒れて……」

「二回も倒れたでしょ」

「ううん、一回だけです」

確か、蓉子は二回大きな音を聞いた気がした。

「そう?……まあ、いいわ。今はどう?」

「もう、だいじょうぶ」

「そうね、顔色も良くなったし……。そうだ、マーガレット、お腹すいてない? お餅準備したんだけれど」

「ちょっと」

といって、マーガレットは苦笑した。蓉子も慌てて、

「そうよね、今そんな気分じゃないわよね。ええと、何がいいのかしら、こういうときは、すっぱいもの、とか聞いたけれど……」

マーガレットは首を振り、

「いいんです。ちょっと眠ります」

「ああ、そうね、じゃ、用事があったら呼んでね」

蓉子は外へ出て戸を閉めるとマーガレットに気づかれないように大きなためいきをついた。

次にマーガレットが目を覚ましたときはもう外は暗くなっていた。気分はもうすっかりよくなっていた。

時間を見ようと手を伸ばすと何かよくわからないものに手が触れた。枕元の明りを点《つ》けると、ミルクと皿にのったサンドウィッチがおいてある。

朝から何も食べていなかったので、寝たまま肘《ひじ》を立てて少しミルクを飲んだ。それからサンドウィッチを一口、口に入れた。途端に何ともいえない郷愁の波がマーガレットを襲った。

ジェリーとピーナッツバターのサンドウィッチだ。

蓉子はどうやってつくったんだろう。ジェリーもピーナッツバターも、パンすらも少しずつ違っていたけれど全体が醸《かも》し出すハーモニーは紛れもないそれで、全く昔と同じではなかっただけに却《かえ》ってそれが甘く切ない昔のムードを思い出させた。そしてマーガレットは今自分が食べたかったのはこれしかなかったのだと思った。

食べながら涙が出てきたので、汚いが鼻をすすりながら食べた。自分は昔から孤立していた。家族からも、友人たちからも。だから、一人で生きていくことには昔から慣れていたはずなのだ。それが今、二人になろうとしている。そのことがどんなにマーガレットを心細くさせているか、自分でも驚くほどだった。

最初、それに気づいたときは混乱したが、次第にそれを受け容《い》れる気持ちになった。一旦気持ちが落ち着くと、自分のこれまでやってきたことの延長線上に今度のことが布置されているように思えてならなかった。だがときどき、いいようのない不安に襲われるのだ。

やがて、階段を上がる音がして、戸が少し開けられ、蓉子が顔を覗《のぞ》かせた。

「あ、起きてた。あ、食べてくれた、よかった」

「びっくりした」

マーガレットは照れくさそうに笑った。

「変な味した？　私、どうやってつくっていいかわからなかったから、あてずっぽうで……」

「おいしかった。全部食べた」

「ああ、よかった」

「もうこんなに遅くなった」

「うん、今日はマーガレットといっしょに寝ようと思って」

蓉子はマーガレットが寝ているときから準備していたらしく、廊下においた布団を指した。

「いい？」

「いい、ですけど……」

マーガレットは少し戸惑った様子だ。蓉子は頓着せず、さっさと布団を中へ運び込み、敷いた。

「じゃあ、下、燈《あか》り消してくるから」

蓉子はりかさんもつれてくるのだろうか。それは少し、苦手だ、とマーガレットは思った。そのマーガレットの気持ちを察しているのか、蓉子は手ぶらでやってきた。そしてさっさと布団の中に潜り込むと、

「マーガレット、神崎さんはこのこと知ってるの？」

とごく自然に尋ねた。

「いいえ。これは……」

マーガレットは天井を見つめ、

「彼とは関係のないことですから」

蓉子はマーガレットのきっぱりした横顔を見つめ、

「そんなことないと思うけれど」

「ねえ、蓉子」

マーガレットは出会った頃のように呼びかけた。

「私、いろんなこと勉強して、いろんな人に会った。強く生きているように見えた女の人が実は内面に脆《もろ》さを抱えていて、それが男の人に支えて貰えると錯覚したときにあっというまに崩れていくのも見てきた。彼女は錯覚した。人が人を支えきれるなんて、幻想です。今回は彼の問題と私の問題が奇妙にアクセスした。でも、それだけのこと。彼もそういう人。私は幻想はもたない」

マーガレットの、この丸太のような強靭《きようじん》さはどこからくるのだろう。蓉子は今まで見えなかったマーガレットの太い根っこをかいま見たように思った。

「マーガレット、私たちが知らない間にいろいろ考えたんだろうねえ」

「いろいろいろいろ」

マーガレットは少し笑った。

「自分のことですから」

「それで……産んで、育てていくんだよねえ」

蓉子はおそるおそるきいた。マーガレットは笑いを引っ込め、沈んだ表情になった。

「そのつもりですが……。子どもは理念だけでは育てられない。何とかもっと経済的にもしっかりしなくては。鍼灸師《しんきゅうし》の免許はもうすぐ取れると思いますが、前やっていた語学教室のアルバイトももう一度始めようかと思っています」

「……そうだねえ」

蓉子もそれ以上何と言っていいかわからず、黙り込んだ。気づいたら、マーガレットがこちら向きに背を丸め目を閉じてうつむいていた。その表情が必死に不安と闘っているように思えて、蓉子は思わず側《そば》に寄ってマーガレットの背に手を廻した。

「だいじょうぶだよ、マーガレット、きっと何とかなる」

マーガレットは何も答えなかった。

マーガレットはそういう海老《えび》のような姿勢で胎児を守ろうとしているように見えた。そのマーガレットを蓉子は抱きかかえていた。

そして蓉子もそのとき外側から祖母に、この家に抱きかかえられているような不思議な感覚があった。

……芯《しん》に子どもの芽を持った薔薇《ばら》の花のようだ……

そう思いながらいつの間にか蓉子も眠った。


「そんなことだろうと思った」

紀久はこともなげにいった。与希子と蓉子は顔を見合わせた。

「……知ってたの？」

与希子が恐る恐る尋ねる。

「何となく」

紀久は視線をあらぬ方向に向けながら、

「あなた方は感づいていたかもしれないけれど、マーガレットは知らなかったんでしょ」

「そうなの」

「言わなくていいからね」

「え？」

「私と彼がつきあっていたこと。マーガレットにはいわなくていいから」

「でも……」

「この話はこれでおしまい」

紀久はそういって席をたって二階へ上がっていった。

残された与希子と蓉子は、

「よかった、っていうべきなんだろうか」

「あれ、痩《や》せ我慢じゃない？」

「わからない」

「でも、このままでいいんだろうか。これで終わったんだろうか」

「わからない」

これで終わったわけでは決してないことを、蓉子は次の日思い知らされる。

「重クロム酸を使ってほしいの」

紀久は一晩で形相が変わってしまった。目の下に黒ずんだ隈《くま》ができている。思い詰めたようなその表情に蓉子は息を呑《の》んだ。だが口調はどこまでも穏やかにコントロールされている。

「重……って」

蓉子は口ごもる。

「ええ、重クロム酸カリウム」

紀久はきっぱりと言いきる。

「でも、何で……」

「あれで、黒を出して欲しいの」

蓉子の師匠格の柚木は、普通劇薬に相当するような媒染剤は使わない。それを使った染液が処理もされず流されることで環境がどんなに破壊されるか身にしみて知っていたからだ。柚木から言われたわけでもないが、蓉子もそういう媒染剤は生理的に好きになれなかった。草木に悲鳴を上げさせて色を絞り出すような気がするからだ。

柚木は自然のもので何とか媒染剤に相当するものをつくる研究をしていることでも知られていた。だが、普通の植物染料では完全な黒というのはまず出ないものだ。まず藍《あい》や紅花などで下染めをした後、染め重ねて黒に近い色を出していくが、完全ではない。

(それがまた微妙な色合いで、蓉子は好きなのだが)

重クロム酸カリを使って、という紀久の気持ちが、だから蓉子には痛いほど察せられた。

紀久は完全な闇《やみ》が欲しいのだ。

たとえ蓉子の気持ちを踏みにじっても。

その迫力に、一瞬蓉子はおののいた。

「何に使うの？」

まるで時間稼ぎのようにのろのろと蓉子は尋ねた。

「今織っている紬《つむぎ》の緯糸《よこいと》にね」

「でも、それなら、確か経糸《たていと》は赤だったわよね」

平織りならいくら緯糸に黒を持ってきたところで経糸が他の色だったら織り上がった布は真っ黒にはなりえない。蓉子はなぜかほっとした。

「いいの、それでも」

しかし紀久の言葉には有無を言わさぬものがあった。その眼は、怒りとも悲しみともつかない何かに沈んでいた。それがもしかしたらどうしようもないやるせなさのようなものではないかと、漠然と感じ取ったとき、蓉子は、ああ、自分はこの仕事を引き受けねばならないのだ、と悟った。

それはあのどこまでも明るい刈安《かりやす》の野でマーガレットに初めて打ち明けられたとき、すでに引き受けていた仕事だったのだ。

「わかった、やってみる」

蓉子は観念した。

紀久は微《かす》かにうなずいた。

その話を帰ってきた与希子にすると、与希子の顔がさっと曇った。

「紀久さんらしくもない」

あのことを肝心の紀久にだけ知らせずにいた、その報復のつもりなのだろうかといおうとして与希子はその言葉を呑込んだ。蓉子は黙っていた。与希子は気遣うようにその顔を見ながら、「いや」といった。

「紀久さんらしいのかな。……よくわからない」

それから重い沈黙が辺りを覆《おお》った。

りかさんが、ただ常と変わらぬ透き通った静寂を纏《まと》ってそこに座っていた。与希子は視線をりかさんに移した。りかさんは今までもそうだったが、これからは特に皆の視線の拠《よ》り所となることが多くなる。与希子はポツンと、

「つらかったら、黒染め専門のところに頼んだらいい」

蓉子は何も答えなかった。紀久は蓉子にそれをやってもらいたがっているのだ。与希子もそのことはわかっていたのだが、ついこの沈黙に耐えかねて時間稼ぎのような事を言ってしまった。それを取り繕うように今度は、

「私も手伝おうか」

といった。

「ううん、これは私の……」

　蓉子が断わろうとすると与希子は、

「手伝いたいの……いや、ほんというと嫌なんだけど……いや、手伝わないといけないような気がして……」

　そんなことはない、嫌ならやめといたほうがいい、と蓉子がいうと、与希子は慌《あわ》てて、

「いや、そうではなくて、義務感ではなくて……。いや、義務感のようなものなんだけど、外側から強制される感じの義務感ではなくて、内側から衝動のように出てくる義務感のようなもので……。なんていったらいいんだろう。つまり、私はやりたいのかな。やりたくないんだけれど」

　しどろもどろの与希子の言い分に蓉子は苦笑しながら、

「好きなようにしたら」

と、突き放すでもなく優しくいった。その優しさは憂《うれ》いを通した疲れのように与希子には感じられた。

　与希子は居間の向こうに据え付けられた紀久の機《はた》に近づいた。

　かかっている経糸は、蓉子の染めだした緋色《ひいろ》だ。それにその時々に蓉子が染めた黄色やひわ色など様々な色が緯糸に入っている。蓉子が毎回試験的に少量染めるのを紀久が

すすんで緯糸に使ってくれていたのだ。

その色を見ると与希子は、ああ、これは最初の頃蓬《よもぎ》で染めた利休鼠《りきゅうねずみ》、これはあの頃クララで染めた金糸雀《カナリア》、と縞《しま》のように織り重なったそれぞれの日々が走馬燈《そうまとう》のように浮かんでくる。どの色も優しく味わい深い。

これに今度は黒が入るというのだろうか。

与希子は思わず身震いした。

それは全く異質のものが参入してくるおののきだった。

蓉子は次の日の午前中に出かけて重クロム酸カリウムと固体のログウッドのエキスを手に入れて帰ってきた。蓉子のところにはログウッドの幹材もあったが、どうしてだか、それを煮出す気にはなれなかった。

鍋《なべ》に水を入れ、石炭のようなログウッドの塊を砕いて入れる。ステンレスの鍋肌にエキスのイソジンのような茶系の赤味と青紫が分かれてつき、消えてはまた現れる。エキスが完全に溶けるまで火にかけて温める。

そこへ与希子がやってきた。

ちらりと与希子を認めた蓉子は、唇の端を少し持ち上げるようにして笑った。これが精一杯のところなのだろう、と与希子は思った。

実際与希子はかなり近いところまで蓉子のつらさを理解していたが、蓉子はたぶん本当のところは与希子にもわからないだろう、と思った。

こういう苦しみは、自分一人で耐えればいいもので、誰にも同じ苦しみは味わってほしくなかった。

蓉子は本当は叫びだしたいほどこの作業がいやだった。自分の信条とするところのものを、それも生理的なものに裏打ちされた信条を裏切った行為をすることは、おおげさでなく、自分自身の魂を汚していくようないたたまれない思いだ。

蓉子の表情には夕べからすでに翳《かげ》りのようなものが見え始めていた。それはやがて作業を通して与希子にも映ってくるものだった。

紀久の苦悩が家中に滲《にじ》んでいた。

「それ、やろうか」

与希子は蓉子からステンレス棒を受取り、代わりにかき回し始めた。

「じゃあ、お願い」

蓉子は与希子にそれを任せると、買ってきた重クロム酸カリウムを手に取った。赤い蓋《ふた》を開け、オレンジ色の結晶を硝子《ガラス》のヘラで少量とり、容器に入れて溶液をつくる。それからボーメ度を測る準備をする。

「もう溶けたみたい」

与希子がいうと、

「じゃあ、火を止めて」

蓉子は固定できる試験管にログウッドの液を注ぎ、ボーメ計を浮かして比重を測った。これと媒染剤の比重がおなじでなくてはならない。蓉子は厚いゴム手袋をつけ、同じように重クロム酸カリウムの溶液の比重を測り、調整した。

「いいみたいね」

立ち上がり、紀久のための絹の糸束を縁側の奥の棚から出しにいく。棚の前で立ちすくむ。

紀久はいったいどれだけの量の黒を必要とするのだろう。

それを考えるとここで膝《ひざ》を抱いて座り込み、大声で泣きたい気がする。が、自分は職人で、今は作業の途中なのだ。今までなら紀久は蓉子が染めただけ使ってくれた。それは、もしかしたら、ちょうど紀久が欲しいだけの量だったのかもしれない。それなら、せめて量だけは自分で決めさせて貰《もら》おう。それがちょうど紀久に必要なだけの量となるように。蓉子はそう決心した。

蓉子がもってきた糸束の量を見て与希子は驚く。

「そんなに？」

「ううん、黒のためにはこれだけ。後は、鉄媒染で紫黒色、江戸紫、って出していくの」

「ああ、そうね。紀久さんは何も黒だけとは言ってないものね。他に色を出すのは自由よね」

与希子は安心したように呟《つぶや》いた。蓉子のいった黒に至る色の名の系譜をきいているとなんだか安心感が湧《わ》いてきた。

「でも、とりあえず黒をつくらなくちゃ」

蓉子は糸束の一部をゴム手袋をはめた手でエキス液に入れ、よく揉《も》む。それからさっと上げる。

「これだけでもほとんど黒だけれどね」

「赤味がきついわ」

そこで重クロム酸カリの溶液に沈め、空気に晒《さら》すとみるみる黒が締まってくる。

「これでも少し赤味がかっている」

蓉子はそれに前もって用意しておいたノアールナフトール溶液を入れ、青味で赤味を打ち消した。最後にアンモニアで洗い、空気に晒して干す。

蓉子は無表情で次々に媒染液を換えて糸を染めあげていった。

それが全部終わったのは夕方で、蓉子は自分の部屋へ入ってしばらく横になった。

ちょうど全部の作業が終わった頃、雨が降り出した。

与希子は琺瑯《ほうろう》の小鍋で牛乳を温める。寒かったのでいつもより心持ち長く温め、厚手の焼物のマグに移す。すすると牛乳の薄い膜が上唇にくっついて剝《は》がれた皮膚を食べ直しているような気になる。これが嫌いだというわけではないが、ことさらに好んでいるわけでもない。が、妙に気になる。それが口にへばりつく瞬間、「……ああ、この感触」と過去の記憶を鮮やかに蘇《よみがえ》らせるのだが、それはそれだけのことで、普段、意識はすぐ他のことに跳ぶ。

だが、今日のこの感触は覚えているだろう、と与希子は思った。牛乳は火にかけるとそのタンパク質が目に見え皮膚に触れる形で現れてくる。

驟雨《しゅうう》が止《や》んだ。

通りに出てみると、霧とも雨の名残の吐息ともつかないものが寒々としてそこかしこに漂っていた。自転車で家路を急ぐ男の子が白い息を吐きながら通り過ぎる。

ほの白いような光が町をぼんやり明るくしている。

日没までにはまだ少し間があるとみえる。

その明りの向こうから、マーガレットと紀久がぎこちなく肩を並べて帰ってきた。

「バスでいっしょになったのよ」

紀久はそれだけいうと、先に家の中へ入った。

「紀久さん、私のことが嫌いみたいですね。こういうことになったからでしょうか」

マーガレットはお腹《なか》を指し、寂しそうに与希子に問いかけた。与希子はなんと答えていいか分からなかった。

「ここ、寒いから、中へ入ろう」

与希子はそれだけいうと、マーガレットの肩を抱くようにしていっしょに玄関を入った。

以前は皆の心を緩やかな絆《きずな》で一つにしていた紀久の機の音は、今はまるで病人のうめき声のようだった。時に激しく叩《たた》きつけるような、時にいつまでも終わらない繰りごとのようなその音は、家中に響いて悲しく切なくやるせなかった。

最初のうちこそ皆しゅんとして聞いていたが、こう長く続くと音を上げたくなる。

紀久が出かけると皆ほっとする。与希子は、

「わかっちゃいるけれどねえ……。もう、私、気が狂いそうだわ」

マーガレットはマーガレットで、自分がこういう体になったのが紀久の倫理に許せないのだろうか、それとも他に何かの事情があるのかもしれない、いずれにしても自分に

はどうすることもできない、と蓉子に呟いた。

「そうね、誰にもどうにかして上げることはできないのよ、きっと」

紀久にはマーガレットに本当のことは話すなと言われていたし、蓉子たちも身重のマーガレットに今そういうことを話す気になれなかった。

紀久もさすがに自分の機を織る姿を見られたくないと思うのか、襖《ふすま》を立てていた。与希子は、

「夕鶴《ゆうづる》のおつうだわ」

とささやいた。

「この間、掃除をしようとして紀久さんの機を見たら、経糸がピンピンに張られていて……。音が出そうだった。まるで三味線か琴みたいに。あんなんだったら機も筬《おさ》も痛むし……」

「踏み込みの音だってすごいよねえ」

与希子も蓉子もため息をつく。

紀久は最初にそのことを知らされたとき、ああ、そうか、と思ったのだった。なるほどあの二人はしょっちゅう会っていたわけだし、そういうことになっても何もおかしくはないのだった。それに自分は神崎と少し離れつつあった。神崎から回された原稿の仕

事に自分も熱中しすぎていたのかもしれない。だがそれ以前にどこか神崎とは少しずつ心情的な齟齬《そご》が生じ始めていた。

だから、階下でそのことを知らされたときは、それがさほど自分に対して影響を持つとは思わなかった。それが階段を登り始めたときから少しおかしくなった。

部屋に入って戸を閉めるとますますおかしくなった。

勝手に涙が流れてくる。一応座ってみたが、どうしていいかわからずにまた立ってしまう。立ってはみたものの、手を握りしめるだけでどうにもならない。また座る。また立つ。結局疲れ果てるまでその晩はそうしていた。

そして夜明け頃うとうとしていたとき、地の底のような暗いどこかの場所で、身を屈《かが》めてこちらを窺《うかが》っている何かの気配を彼女は感じとったのだった。

壺《つぼ》の底に沈むような闇《やみ》を織らなければならないと思ったのはそのときだった。

それでも手足を動かして織っているときは少しは楽だった。何も考えずにいられた。

神崎があのとき自分よりマーガレットを選んだということが、たったそれだけのことが自分を苦しめる。そしてそのたったそれだけのことに自分が苦しんでいるという事実が紀久をまた苦しめるのだった。

だが本当にたったそれだけのことだろうか。じっとしていると、闇の底の蓋が緩んでどす黒く血の凝《こご》った臓物のような物がずるずると引き出されてくるようだ。

周囲の状況から紀久の心は嫉妬《しっと》の形をとらされ、自分でもそう観念してはいるが今度の事は本当はこの蓋が開かれんがためのきっかけにしか過ぎない。そのために何かの意志が働いているように思えてならない。

蓋の遥《はる》か下には溶鉱炉のような業火《ごうか》が燃えさかり、そこに落ちまいとする無数の臓物が出口を求めて絶望的な努力を続けている。そして蓋は一度開くと後は際限がない。地獄だ。

だから紀久はその蓋が緩まないように必死になっている。

だが一度もそんな体験などないはずなのに、なぜその地獄のことを自分は知っているのだろう。まるで慣れ親しんだ、そう、ほとんど懐《なつ》かしささえ感じる程に。

紀久の今生を越えたところで発生しているとしか思えないその地獄への親和力で蓋は開けられようとし、その地獄を知悉《ちしつ》しているとしか思えない激しい嫌悪感《けんおかん》がそれを開けさせまいとする。

そしてその闘いの行方を、どちらに与《くみ》するというのでもなくじっと窺っているものがある。

筬を走らせながら、紀久は与希子と同じように、自分自身に夕鶴のおつうを連想していた。

おつうも、日常の鬱積《うっせき》をとんとんと宥《なだ》め整え落ち着かせる営みとして一心不乱に機を織っていたのかもしれない。そしてそれは神聖な儀式のようなものであったので、誰にも見られたくなかったのだ。

かといって、紀久がマーガレットを憎んでいたかというとそうではない。信じられないことのようだが、こういう怒濤《どとう》のような心のどこかで、実は紀久はマーガレットのことを気遣っていた。紀久はマーガレットが好きだった。彼女の不器用が好きだった。だから彼女がこういう事態にうまく対処できるのか不安だった。だがその気持ちは表面に現れず、紀久の心の嵐《あらし》が治まるのをどこかで息を凝らしてじっと待っている。

一ヶ月ほどたっても、蜘蛛《くも》の網に捕まった小さな虫のように彼女はまだもがいていた。それは与希子や蓉子、マーガレットにとってもつらい日々だった。与希子は時折ぼやいたが、それは紀久の闘いに気持ちの上でついていくことのつらさをかこったのだった。結局、皆どこかで同じ闘いを経験することになった。

その頃、S市の井之川家の初枝が紀久に会いたいと連絡してきた。

井之川家のことはあれだけでは終わらないという予感のようなものがあったので、紀久は驚かなかった。

久しぶりに会った初枝は、あの井之川の家にいたときの堂々たる存在感はなく小さな普通のおばあさんのように見えた。主婦が家を離れているというだけでこんなに違うのだろうかと紀久はある感慨のようなものに打たれた。

が、家のことを話し始めると、初枝は何かが乗り移ったように雄弁になった。家を建て直すのはいつごろになりそうか、と尋ねた紀久に、

「家には、昔から大きな蛇が天井裏に棲《す》んでいましてな、よく鼠《ねずみ》をとるのに走るような音がしていたものです。最初はいい気持ちはしませんでしたが、姑《しゅうとめ》は蛇は家の守り神じゃというて、大事にしておりました。こうも長い年月をいっしょにおりますと、まあ、向こうも代替りしているかもしれませんが、他人のようには思われませんで、家を取り壊すようなことになったら、あの蛇はいったいどうするだろう、と最近はそのことが気がかりで……」

といって笑った。……これはつまり、取り壊しは延期ということだろうか、と紀久が初枝の真意を測りかねていると、

「あなたにこのことをお話しする気になったのは、一番にはあなたが身内ということもあります。あなたとはこの間が初めてでしたけれど、あのとき井之川の流れが入っとりなさるわ、と私は思いました。あなたの叔母さんの弥生《やよい》さんにもそれは感じましたが、

どういうわけか、もっと血が薄いはずのあなたにより近くそれを感じたんは、どういうわけでしたんでしょう。登美子さんは私は大事な嫁だとは思っとりますけれども、まだ井之川の子どもを産んでいませんですからねえ」

まだ身内とは呼べないのだ、といわんばかりに初枝は目を伏せた。紀久は何といって返事したものかわからない。

「あなたがたがいらっしゃる前の晩、私は初めてあの日記を読んだのですよ。そしてまあ、びっくりしたこと」

初枝の声は瓶《かめ》の底に溜《たま》った何かの液体のようにどんよりと沈み込んでいた。

「ツタの父親のことが書かれておりましたのです」

ツタの父親？　それはつまり、祐筆《ゆうひつ》の夫？　あの祐筆は宿下がりしてから婿《むこ》養子をとってツタを産んだはず。

紀久が怪訝《けげん》な顔をしていると、

「表だってそのことを書いているわけではありませんが、久女《くめ》は……あんたがたが祐筆祐筆ゆうてらっしゃるんは、久女のことです。内容から察するとツタが出来たので宿下がりしたようなんですわ」

慨嘆にも似た初枝の言葉に、紀久は口も挟めずにいた。初枝にとっては、父親のいない子どもを産んだ先祖がいるということは非常な苦痛であるようだった。

「久女は実家の差配で田舎でツタを産んだ後、全《すべ》て承知で婿養子にきた男と結婚して実家を継ぎました。その男との間に出来た長男が家《うち》の曾祖父《ひいじい》さんです」

「じゃあ、ツタの父親は……」

やっとのことで、紀久が問いただすと、

「赤光です」

と、初枝は静かに答えた。

初枝によると、奥方は出家して城にゆかりの寺の一隅に庵《いおり》を結んだ。久女が仕えたのはこの頃で、御殿女中をしていたというのはどうやら赤ん坊のことを曖昧《あいまい》にしておくための方便だったようだ。そして、自分の打った面の業の深さから奥方が道を誤ったのだと思い込んでいた赤光は、それとなく奥方の安否を気遣っていたが偶然のことから奥方に口をきく機会があった。そして自分があの面を打ったものであると打ち明けた。罵倒《ばとう》され打擲《ちようちやく》されるも覚悟していた赤光が聞いた言葉は予想外のものであった。

「そなたが業とわらわの業の、余程縁のあったことよ」

奥方はそれだけいうといとも優しげに微笑《ほほえ》み、打ち伏している赤光の無惨《むざん》な両手をとり、世にも愛《いと》しい花であるかのように自分の両手で包み込んだのだという。これはそのとき侍していた久女が目撃している。

以来赤光はたびたび庵を訪れるようになる。久女にも、庵主《あんじゅ》様の面影を映した「竜女」を打ちたい、と漏らすほど親しくなる。久女はだんだんに赤光に興味をもつようになった。赤光にはこの世ならぬどこかにいつも焦点を合わせているようなところがあった。鬼神がその力を自ら封じているような様子にすっかり心惹《ひ》かれていく。そしてついに結ばれ、子が出来るのだが、久女は赤光が自分自身に妻子を持つことを許していないと知っていたので、黙って宿下がりをする。

奥方は久女に子どもが出来たと知ったとき、それは感慨深げだったと日記には記されていたそうだ。

「そういうことが綴《つづ》られておりました」

初枝は深いため息をついた。

「それでその日記はどうなさったのですか」

「焼き捨てましたよ」

初枝は自嘲《じちょう》気味にいった。

「そういうことが起こってはならない家だったんです。誰も知らなかった。今よりもっとそういうことが厳しい時代でしょう？　久女の両親はどんなに嘆いたことか。知人の目の届かないところで養子と所帯をもたせ子が大きくなった頃呼び寄せた。私は登美子さんに、たとえ昔にせよ井之川の家にそんなことがあったなんて知られたくないんですわ」

「でも、登美子さんはそんなことで婚家を蔑《さげす》むような人ではありませんよ」

「知っています」

初枝はうなずいた。

「それに、息子さんはこのことを知っているわけでしょう。それに与希子さんのご両親も」

「息子があれを読んでいたからといって、あの子にその辺のことがわかっているとは思えません。あの子はそういうことに疎《うと》い子ですから。けれど、女があれを読んだらどういうことが起こったのか、すぐにわかる。そういう書き方がしてありました。もちろん、あなた方が帰られた後、岬先生のところへはすぐに連絡して、口外しないように頼みました」

「何ておっしゃいました？」

「私から何を言うということはないけれども、あの子たちが自分で解き明かしていくものは止めようがない、と」

かなえらしい、と紀久は思った。

「私はこの件に関しては友人たちに隠し事はしないつもりですから、どうしても友人たちには話さないわけにはいきません」

「ええ、あなた方はそれぞれご縁がおありのようだから、それは覚悟しておりますけれど、あなた方のうちだけにしてもらえませんか」

つまり、登美子には話すなということだろう。

「ええ、私はそのつもりですが、友人たちのことまでは保証できません。もちろん、ご希望の向きは話しますが……。多分、大丈夫だとは思います、蓉子さんも必要のないことは話さないでいられる質《たち》の人ですから」

「それで結構です」

初枝は満足そうだった。紀久は、

「何度も言いますが、登美子さんは井之川の家を大事にしているように見えますけれど」

「でも、まだ子どもができていない。子ができないうちは嫁の婚家への目はけっこう厳しいもんもあります」

「子どもなんて、この場合関係ないでしょう」

初枝は紀久を見て力なく笑った。

「女は子どもを持って初めて婚家の人間になれるんです。どんなに舅《しゅうと》姑にいじめぬかれても、子どもを持つと女は変わる。立場がどうの、といってるんではないんです。そりゃあ、多少立場はよくなりはしますでしょうが。それよりも、自分の分身のような、命のような子どもに、舅姑の面影を見つけますとね」

初枝は自分の内側に沈んでいるような声でしゃべり続けた。

「あれほど恨みに思っていた舅姑にまで愛情をかけているような気になるんですわ。あれほど許せないと思っていた舅姑のことを、自分の身内のように感じられる。もちろんそこが、女の正念場で、婚家の一族への怨念《おんねん》に負けて、我が子まで憎く思ってしまう女もあります。そこでどれだけ踏んばって光の方向へ行くかですわ。それで女の器量も一生も決ってしまう。だから、登美子さんに子ができたら……」

紀久はそんな馬鹿《ばか》なことがあるだろうか、では望んでも子どもを持てなかった女はどうなるんだと思ったが、初枝にはそんな建前の反駁《はんばく》などまるで受け付けないような迫力があった。彼女の前で何か言おうとしても、全て軽く虚《むな》しい机上の空論に思えてしまう。それは多分彼女の知の質が自らの体を張って得た、それはそれでそれなりにびくともしない構築物だったからだろう。そういうものの前では本や教育から得た理想や主義主張はかすんでしまう。こういうタイプを相手にして論を展開する術《すべ》を、紀久はまだもたなかった。が、とりあえず久女の肩をもたなければツタがあまりにかわいそうだ。

「でも、家の面子《メンツ》ってそんなに大事なものなんでしょうか。本当のことを教えて貰《もら》えない登美子さんがかわいそうだと思いますけれど」

「あの人には私らの家を誇りに思って貰いたいんです」

「結婚せず子どもを産むことがそんなにたいそうなことですか。私はちっとも恥だと思いません」

こう言いきった瞬間、紀久の中で何かが決定的になった。それは前からぼんやりと紀久の中にあったものだったがここまで明確に意識したことはなかった。

……そうだ、私は本当にそう思っている。

それに気づいたことが嬉《うれ》しくて、自分でも感動して、声が妙に感情的になってしまった。

「あんたは若いから、紀久さん」

初枝は紀久をすこしまぶしそうに見て微笑んだ。

「私から、井之川の家をとったら、もうなあんも残りゃあせんです」

「でも、登美子さんとおばさんはうまくいってるように見えますけれど」

「ええ、そりゃあ、私は自分のされたようなことは息子の嫁にはけっしてするまいと心がけてきました。でもねえ、人の心の内はねえ、だれにもわからないもんなんです。それにねえ、ただ私生児だというだけではなくて……」

初枝は言いにくそうにちらりと紀久を見てから、

「赤光という人にはいろいろと恐ろしげな話がありますでしょうが。そういう人と縁続きだというのもねえ」

「あったまきた」

紀久は真剣に怒っていた。

「あの人の言い分じゃ私は赤光の血をまっすぐ引いているってことになるのよ。その私を前にしてあの言いぐさはなに？　あの人たちはいいわよ、血筋には赤光は関係ないんだから」

「まあ、紀久さんたら」

与希子は冗談っぽく、

「『あったまきた』なんてお言葉は、あなたらしくありませんわ」

「そうね、与希子さんに似てきたみたいね」

「すぐ人のせいにする」

与希子がふくれて蓉子が笑った。紀久の怒りは大きかったが陽性のものだった。今までの反動で紀久にはこういう感情の爆発が必要だったのだろう。それが皆どこかでわかっていたので、話の内容は深刻でこの一連の謎《なぞ》の焦点といえるようなものなのに、それぞれの顔には久しぶりで感情を共有できる喜びがあった。

「それにしても家ってそんなに大事なもの？」

「少なくともS市ではそうね」

与希子が真面目《まじめ》な顔で応じる。

「彼らには、家っていうのは一つの文化で自分のアイデンティティの全てなのよ。その地方全体の共通した特色といったものはあっても、細かく言っていけば一軒一軒で違う。だから、嫁が入ってくるときは、その家の文化が一瞬危機にさらされるわけ。嫁はその実家の文化を引きずってくるわけだから。しばらくは文化と文化の衝突が続くの。相手に優越したい、相手を屈服させ、自分の文化に隷属《れいぞく》させたい、ていう欲求が暴走するのね」

紀久は、

「そりゃ、価値観はそれぞれ異なって当り前だと思うけどさ、竹田君なんて与希子さんが赤光と縁続きと知ったときには心底羨《うらや》ましそうな顔をしていたものだったわ。それが普通じゃない？　あんな抜きんでた才能を持った芸術家と縁があって何が恥ずかしいことがあるの」

与希子はうんうんと拍子を取るように頭を動かし、

「S市では、どれだけ共同体に溶け込んでそれに自分を捧《ささ》げられるかで女の評価は決まるのよ。そこから飛び出してしまうと評価の対象外になる。ということはほとんど人間扱いされなくなるわけ。彼らは自分たちの理解の範疇《はんちゅう》外にある女が恐ろしいのよ。自分たちの存在の基盤まで揺るがされるような気になって。父なんかも無意識に母にそれを期待してたのね。で、あの始末」

「それを文化と呼ぶのかしら。でも、S市だけじゃないわ。日本全国一皮剝《む》けばみんなこんな感覚がどこかに残ってるのよ、きっと」

紀久と与希子の憤まんは止《とど》まるところをしらず、蓉子は二人の語彙《ごい》の豊富さに感心してただ聞き入っていたが、二人がふっと息をつくため黙り込んだとき、

「紀久さんと与希子さんは遠い親戚《しんせき》だったってわけね」

と、にっこりした。紀久と与希子ははっとしたようにお互いの顔をまじまじと見つめる。それからどちらからともなく目をそらす。与希子がぽつんと、

「どう反応していいのか分からない」

と呟《つぶや》くと、紀久も、

「私も」

と返す。

「でも、嫌な気分じゃないんでしょ」

蓉子が問いただすと、与希子は慌《あわ》てて、

「嫌なわけないじゃない」

と否定し、小さな声で「私の方は」と付け足す。

「あら、私だって」

と、紀久はさすがにおうように構える。

「じゃあ、今日はお祝いしよう」

蓉子は嬉しそうな声をあげた。

「与希子さん、好きなチーズ買ってきていいわよ」

「おうし」

与希子ははしゃいで出かけていった。

誰も口に出しては言わなかったが、この「お祝い」は紀久が彼女らの共同体に帰ってきた、その喜びが下地になっていることを、皆わかっていた。

与希子が買ってきたのはチーズではなく、純度の高い生クリームとバター、それに本物のチョコレートだった。質のいい食品を揃《そろ》えているので有名な店まで出かけてきたのだ。

「チョコレートケーキをつくるのよ」

与希子は宣言した。顔に気合いが入っていた。

「与希子さん、そんなものつくれるの？」

蓉子が不安そうに聞いた。

「ふふん」

与希子はいたずらっぽい目付きでにやりとした。

「私はここでこそおひたしやあえものが全《すべ》てって顔をしているけれど、高校の頃はお菓子に凝っていたのよ」

「それはそれはおみそれしました。でも、私、五目寿司《ずし》にしようと思っていたんだけれど、合わないわねえ」

「いいじゃない。この家はそういう家よ」

与希子は屈託なくいった。

与希子はそれからすぐにケーキ作りにとりかかり、粉をふるったり小鍋《こなべ》でチョコレートを溶かしたりし始めた。紀久は一度覗《のぞ》きにきて、

「がんばってるわねえ。じゃあ、私は食後の飲物を担当させていただくわ」

「何?」

「紅茶」

「ずるぃ」

「あら、丁寧に入れるわよ」

そこへマーガレットが帰ってきた。なんだか風に吹かれるすすきの穂のように頼りなげで顔色も悪かった。台所へ入るとほうっと息をついて、

「温かい」

と呟いた。

「外、寒かったでしょ」

「ええ。あれ、与希子さん、何つくってる？」

与希子は得意そうに意味ありげに笑い、蓉子が代わりに、

「今日はね、お祝いなの。なんと、紀久さんと与希子さんは親戚同士だってわかったのよ」

マーガレットが目を丸くした。蓉子は続けて、

「だからね、お祝いなの。与希子さんがチョコレートケーキをつくるの」

「おいわい？」

マーガレットが不思議そうな顔をした。蓉子ははっとして、

「そうか、マーガレットはお祝いって言葉、あまり聞くチャンスがなかったものね。セレブレーション、かな」

マーガレットはにっこりして、

「お祝いですね。すごい、どうしてわかった？」

そこで与希子がかいつまんで赤光のことを説明した。マーガレットは眉《まゆ》を少ししかめて真剣な顔で聞いていたが、

「信じられない。でも、なんだかすごい。すごいことが起こってるみたい」

紀久は微笑《ほほえ》みながらマーガレットの傍らへ行き、

「すごいことはここでも起こってるわ」

と、優しくそのお腹《なか》を撫《な》で、

「今夜のお祝いは、このすごいことのためにもあるのよ」

とささやいた。

それを聞いて蓉子は思わずりかさんを抱き上げ、与希子は感激したのかくるりと後ろを向いた。マーガレットはさっと頰を紅潮させ、何も返せずにいた。

与希子はこっそり白ワインも買ってきていた。皆驚いたが誰もとがめだてはしなかった。ワイングラスがなかったので、祖母の使っていたお汁粉用の、小さな漆椀《うるしわん》の揃いを出した。

居間のテーブルに白いクロスをかけて、庭の早咲きのクリスマス・ローズをコップに挿した。

準備が出来ると皆かしこまって座った。りかさんも座布団《ざぶとん》を何枚も重ねて貰って三つ折れ人形らしく正座した。

「では、お二人のご縁の奇《くす》しきことと、マーガレットのお腹の中の人に、お祝いを申し述べます。おめでとうございます」

と、蓉子が改まって言ったが、どこかままごとのようだった。それから皆でおめでとうを言い合い、漆椀を軽く当てる真似《まね》をして乾杯した。

マーガレットはそれにお茶を入れていたが、皆両手で椀を持ちながら少しずつすすった。

「でも、初枝さんには感謝しないといけないのかもしれない。あのまま黙っていることもできたでしょうに」

「やっぱり、自分の一存で焼き捨てたってことに罪の意識を感じてきたんじゃない？そのときは夢中でなさったんだろうけれど」

「焼き捨てた、っていうのはすさまじいよねえ、やっぱり」

「彼女も井之川の人間になりきったってことかしら」

「井之川家って、そうなの？」

「よくわからないけれど、私や叔母が井之川の血筋だって言ってたからね、叔母なんかも普段はおとなしそうだけれど、怒るときは怒る」

紀久の怒りに話題が入っていくには、時期的にまだ生々しいものがあったので、与希子は無意識に、

「白ワインって結構お寿司にあうのね、おいしい。でも、家《うち》にかんぴょうなんてあった

っけ」

と、かんぴょうと覚《おぼ》しきふにゃふにゃした物体をつまみあげながら呟いた。蓉子はワインのせいもあってか少し赤くなりながら、

「それ、かんぴょうじゃないの、干し大根なの」

と白状した。

「本当？ でも全然大根くさくない」

「戻すとき何度も水をかえたのよ、白くなるぐらいに」

へーえ、でも黙っていたらわからない、お寿司にはかんぴょう、って先入観があるからと皆で感心していたら、玄関で声がする。竹田の声だった。

「はいはい」

と与希子は立ち上がりながら、

「途中で竹田君に会ったのよ。今度のこのニュースは彼も知る権利があると思って話したの。ついでに今日ケーキ作るっていったらいいなあっていうから、じゃあ来たらって……」

それだけ言うとそそくさと玄関へ向かった。

「何、今の。言い訳がましいわねえ」

とみんなでにやにやしているところへ、竹田を連れてまた帰ってきた。

「こんばんは」

竹田もどことなく嬉しそうだ。

「めでたい夜だそうで」

といって、ブランデーの瓶を裸のまま差し出した。

「貰いものだけど」

みんなうわっと声をあげた。

「なんだか今日はすごい。酒と薔薇《ばら》の日だ」

「どこに薔薇が？」

「ほら、クリスマス・ローズ」

「ああ、名前はねえ」

「竹田さんはワインはいかがですか」

「え？　皆さんは？」

竹田はテーブルの上を見回した。

「これでいただいているんです」

蓉子が少し恥ずかしそうに椀を指した。

「それはまた、雛祭り《ひなまつ》みたいだなあ。ああ、僕は湯呑《ゆのみ》でいいです」

「すみません」

五つ揃いの漆椀は、りかさんまでいれてちょうどだった。竹田は焼物の湯呑でワインを飲んだ。紀久が竹田に、

「この間の奥野さんとこのパーティー行かれました?」

奥野さん、と彼らがよんでいるのは彼らの大学で非常勤講師をしている染織作家だ。最近はほとんど作品は出さなかったが、古代布の研究家として有名だった。

「ははは、行きましたよ」

大変だった、というニュアンスが含まれていた。

「成島さんからきいたわ。酔っぱらって、ついに本音を吐いたんですって?」

「ああ、まあ」

「え? なになに」

与希子が好奇心一杯で身を乗り出してきた。

「成島さんにね、ああ、ちょっと言いにくいなあ」

竹田は口を濁した。成島というのは紀久たちと同じ学年の女性で、論客で通っている。

「『女は黙って言われた通り織っていればいいんだ、女はそういうふうに出来ている。それをわかったようなふりをして賢そうな口をきく女は憎たらしくてたまらない』、でしょう?」

紀久は朗唱するように高らかにいってみせた。

「何だ、知ってるんじゃないですか」

「何よそれ」

与希子が声のトーンを上げる。紀久は何だかにやっと凄《すご》みのある笑みを浮かべ、くいっと一口ワインを飲んで、

「わかって憎たらしい、と思われたくなければわからないふりをすればいいのよ。簡単なことだわ」

と呟いた。与希子は即座に、

「なんと、紀久さん、今のすれた口のききよう、はしたない」

おやおや、紀久も与希子も普段あんまり飲まないだけにアルコールが早くまわるようだと蓉子は思った。かく思う蓉子はアルコールはだめなので形だけ一口飲んでから口を付けないでいる。

「それは人間として誠実ではない」

今まで笑みを浮かべて聞いていたマーガレットが小さいけれどもはっきりとした口調で言った。

それは言葉としては少し攻撃的なものであったが、竹田をのぞく皆の瞳《ひとみ》が一瞬輝いた。

マーガレットがマーガレットらしくなった。

竹田は竹田でこの女性たちの怒りを何とかなだめたいと思ったらしく、

「奥野さんも年とったせいか最近作品に向かう気力がなくなってきていたから、本当はそれをやんわり成島さんに指摘されたのがつらかったんでしょう。神崎さんはその点、同じスランプでもああ乱れることはなかったな」

「え？　神崎さんって、そうだったんですか？」

皆の箸《はし》が一斉に止まった。竹田は一瞬しまったという顔をして与希子を見た。マーガレットや紀久が居る前で神崎の話をしていいんだろうか、という戸惑いが見えた。与希子が皆に分からないぐらい微《かす》かにうなずいて、それで竹田は続けた。

「ええ、もう絵が描けなくなったっていってましたからね。ここ一年、ずっとスランプだった。それもあって旅に出てたんだろうな」

絵とは染織の図案になる下絵のことだ。

紀久は自分自身に向かって呟くように、

「神崎さんは、もともと日本画から流れてきた人よね。光と影の微妙なバランスに惹《ひ》かれて染織に入ったんだ」

竹田はその言葉にうなずき、

「そう、絵の具だとどうしても色が溶けあい混じりあって、もともとの色が消えてしまうこともあるけれど、糸は、どんなに重ねても一つ一つは自分を主張したまま、全体としてのハーモニーの中に入っている。結局印象派の点描が目指していたのも織物の世界じゃないかなと神崎さんと話したことがあります。そういうことが、また手紙に書いてあった」

「手紙？」

「今、彼の居所がわかるんですか？」

そう聞いたのは与希子で、一瞬複雑な空気が流れた。

「トルコ国内を転々としているらしいから、手紙は日本領事館宛《あ》てに出してくれといわれてるけれど、実は……」

紀久とマーガレットのことを知らない前なら簡単に伝えられたのだが、と竹田は心の底で神崎を恨みつつ、

「向こうの遺跡の一つにおもしろいものを見つけたから、与希子さんに話しておいてくれ、といわれたことがあって……」

「私？　何で私？」

与希子は素頓狂《すっとんきょう》な声を上げた。

「与希子さん、ほら、蛇に興味を持っていたでしょう」

それは、四世紀から六世紀にかけて造られたイスタンブールの地下貯水池についてのことだった。郊外のベオグラードの森から引いた水を貯《たくわ》えたその遺跡が発見されたのは

比較的最近のことで、数百本ものコリント様式の石柱で支えられたその空間の美しさの故《ゆえ》に地下宮殿と呼ばれている。

今でも底に水の貯《た》まるその宮殿は、ライトに照らされていても薄暗く、八メートルもある天井からは絶え間なく水滴が滴《したた》り落ちる。その音が響き渡る宮殿の奥には二本の石柱があり、その台座には大理石でメドゥーサの首が彫られている。一つは逆さまに一つは横向きに。

イスタンブールという東西の境にある大都市に、長い間誰にも知られず地下宮殿があってそしてメドゥーサの首がそれを支えていたという話は、きっと与希子が気に入るだろうから伝えておいてくれ、というのが竹田が話した神崎の伝言だった。

「確かに、おもしろい。だがお気楽なお方だ」

と与希子がぼそっと呟いた。それで皆一斉に吹き出し、紀久まで思わず片手で額を支え肩を揺らして笑ってしまった。本当に全く、誰のせいでこの家は連日通夜《つや》のようになっていたのか。一度笑ってしまうとなかなか止まらなかった。しまいには涙が出てきたほどだ。

紀久は久しぶりでこんなに笑った。

マーガレットも笑った。

「ギリシャに、蛇のいない家が栄えるわけがない、という古い諺《ことわざ》があるって以前にお話ししたでしょう。トルコは昔からギリシャとはいろいろトラブルがあったところだけれど、だからこそ交流も多いわけで、それと同じような蛇信仰みたいなのがあったのかもしれない、つまりイスタンブールの繁栄を陰でメドゥーサに支えさせているのかもしれない、って書いてました」

「逆柱《さかばしら》みたいな形なのがおもしろいわねえ」

「あまり力をもってもらっても困るってことなのかしら」

「勝手よねえ」

地下貯水池。地下に溜《た》まる水。紀久はふと、実家の古い墓の中で水に浸《つ》かっていたりかさんと相似の、もう一体の人形のことを思いだした。

与希子のチョコレートケーキは、ブランデーを少し入れた紅茶によくあった。食べながら皆寡黙《かもく》になり、外の深く不思議な静けさが、窓枠の歪《ゆが》みから洩《も》れてくる気配がした。ひとしきり騒いだ後の、静かなお茶の時間はそれぞれ瞑想《めいそう》の中に迷い込んだようで、誰もそれを無理に破ろうとしないのが心地よかった。火鉢にかけられた鉄瓶が微かな音を立て、湯気を上げている。

最初にその気配を察したのは蓉子で、すっと立つと障子を開け、縁側のカーテンを開

けて外を覗《のぞ》くと、

「あ、やっぱり雪だ……」

それを聞いて、どれどれ、と真っ先に見に行ったのは与希子で、

「ほんとだ、ほら」

と大きくカーテンを開けて皆にも見えるようにした。

「ほんと。もう三月も近いというのにね」

「じゃあ、僕もそろそろ帰ります。積もると坂が厄介なので」

竹田はマフラーをとって立ち上がった。

玄関先で皆が見送るとき紀久が、

「私はかまわないから、神崎さんに了解を取って差し支えなかったら彼の手紙を皆に読んで上げて下さい」

と竹田に頼んだ。

「何で？」

と抗議の声を上げたのは与希子だ。紀久は落ち着いて、

「彼はいろいろ問題もあるけれど、感性は確かなものがあるし、私たちの問題意識を活性化してくれるわ。イスタンブールだなんて、興味深いところをそのセンサーが歩き回っているのにその情報を受け取らない手はないわ」

そう言われるとなるほどそうなので、与希子も黙るしかなかった。マーガレットは神崎のことが話題に出てもあまり表情を変えないので、何を考えているのか傍《はた》からはわからなかった。

「じゃあ、そういうことにします。今日はどうも」

と片手を上げて、大きな牡丹雪《ぼたんゆき》が降りしきる中を竹田は帰っていった。

ゴルゴンの三姉妹はもともと皆美しい娘たちだった。末娘のメドゥーサがポセイドンの求愛を受け入れたばっかりにアテナの嫉妬《しっと》を受け、世にも醜い姿に変えられる。体は竜のように鱗《うろこ》で覆《おお》われ、髪の毛の一本一本は蛇となりしゅーしゅーと舌を出している。その恐ろしい目玉でにらまれたものは皆石と化す。アテナに抗議した他の姉妹も同じ姿にさせられる。結局最後メドゥーサはアテナの手引きで怪物退治にやってきたペルセウスにその首を切られるのだが、以来メドゥーサといえば恐ろしい蛇の化物の代名詞となってしまった。

考えてみればあんまりな話である。

その夜、紀久は眠りにつこうとする意識の中でまたあの夢がやってくるのがわかった。そして、あの、どこか地の底のような薄暗いところで身を屈《かが》めてこちらを窺《うかが》っているものの正体がやっとわかったと思った。

……かわいそうなメドゥーサ。あんたを何とかしてあげたい……

メドゥーサに向かって呟いた。メドゥーサは身を固くして何も言わなかった。


紀久はまた原稿の仕事に戻った。ときどき下に降りてきては今書いているところの解説をするので、皆紬《つむぎ》には一通りの知識は持つようになった。

蓉子は早春の染物で忙しい。柚木と二人で山を歩き回っている。先日山桜の枝を切りにいって、その根元に少しとうの立ったふきのとうや若い蕗《ふき》の葉を見つけた。その南斜面の方ではもうすくすくと育った蕗が一面に生えていて、ついでにといって両手で抱えるほど取ってきた。

ふきのとうは塩水でゆでる。煮立った湯に入れ一挙にかき回す。あまり激しくやると肝心のふきのとうを傷《いた》めるが、のろのろしていると温度の低い部分が黒くなる。さっとゆでたら水に取ってアクを出す。蕗の方は塩をまぶして板ずりをし、さっとゆでて同じく水につける。それから皮を剝《む》いて、また水につけておく。

帰ってきて夜遅くまで蕗の始末をしているのを見て、与希子は、

「何でそんなものとってくるのよ。後が大変じゃないの」

とぶつぶつ言いながらも皮剝きの手伝いをする。そこへ降りてきた一人、二人と加わ

る。

「これって、変なものね。やりはじめたら手の方がのめりこんでしまって、結局全部終わるまで止まらないのね」

青々とゆであがった蕗もふきのとうも、水の底に沈んで美しかった。早春の色と香りが台所一杯に満ちていた。

「これだけやっておけば、ふきのとうは煮びたし、ふきのとう味噌《みそ》、蕗の方はおひたしにでも出来るし、葉っぱは細かく刻んで菜飯《なめし》にもできるし……。春の野草はアクが強いから、アクをとるのがねえ、大変だけれど」

「冬の間溜った毒素を出さなければならないからねえ」

「それはとても理にかなっています。だから、あまりアクは出さない方がいいのではないんですか」

マーガレットは気になっていたらしかった。

「でもねえ、マーガレット、ふきのとう味噌って食べたことある？」

「ありません」

みんなにやにやした。

「マーガレット、納豆だって我慢して食べてるでしょ」

「ふきのとう味噌は苦いよ」

「そうよ、蕗はともかく、この蕗の葉だって、アク抜きしたってそりゃ苦いよ」

皆が口々に脅かすので、マーガレットは少し不安な表情になる。

「悪いことは言わない、お腹《なか》の赤ちゃんがびっくりするから食べない方がいいかも」

「いや、赤ちゃんには食べた方がいいのかもよ」

マーガレットは薄緑の蕗を摘《つま》んでしみじみと見た。

そのマーガレットの白くて細い指と緑の蕗が美しくて、紀久は一瞬目を逸《そら》した。

「でも、どうしてあそこを出なかったの。朝夕マーガレットを見て暮らすのはつらかっただろうに」

同じ頃、紀久は学部の友人の成島にこう訊《き》かれたことがあった。

そのとき紀久は一瞬きょとんとして、それから考え込み呟いた。

「そうね、そうすれば楽だったかもしれない。でも、考えたことなかった。登るべき山が目の前にあって、それから目を離すことができない感じだった。蛇に見射られた蛙《かえる》のように」

そう、本当に蛇に見射られている。……え？　見射っているのは本当に蛇だろうか……という疑問が紀久の中にふと湧《わ》き起こった。それは一瞬のことだったので日常の意識に取り紛れて再び浮上してくることはなかった。

竹田が手紙を公開するというものだから、ここはトルコの東、ディヤルバクルという田舎町で、僕はその小さな宿屋の階下の食堂、カウンターの向こうで古風なサモワールが湯気を立てている、午後の日差しがビニールを張ったカーテンに当たっている、そういう食堂のテーブルで書いているのにも関わらず、あの緑に湿ったあずまやのような日本の君たちの家でこの手紙が読まれることを想定しながら書いている。

この家の主人はハッサンという、僕より一回りほど上の、英語の出来る男で、家族は女房と子どもが五人、上の二人は家を出てドイツで働いているらしい。

ハッサンは若い頃イスタンブールでアメリカ人の家の運転手をしていた。それほどしゃべるというわけでもなく黒い口髭《くちひげ》の下にいつも物憂《ものう》げな微笑《ほほえ》みを浮かべ黒目がちの瞳《ひとみ》でこちらのいわんとすることを推し量っている。民宿のような宿だから下の二人の男の子はさっきまでこの食堂の中を走り回っていて母親にきつく何か言われて外へ飛び出して行った。上の女の子はもう母親の手伝いをしている。子どもたちは皆薔薇《ばら》色《いろ》の頬をしている。

もうディヤルバクルで一週間過ごした。

最初はイスタンブールに二週間ほどいた。初めのうちは早朝町に響きわたるアザーンの声に度肝を抜かれて目を覚ました。それにも慣れて平気で寝ていられるようになった頃、南西へ向けてバスで十一時間ほどかけてベルガマという町へ行った。ベルガマは昔ペルガモンと呼ばれていた、ヘレニズム文化が栄華を誇った遺跡の町だ。残念なことに代表的な彫刻群やレリーフなどは持ち去られて、今は神殿跡ぐらいしか残されていない。が、町の西の方にはアスクレピオンという古代の総合病院というか、癒《いや》しの殿堂のような遺跡がある。アスクレピオスという医療の神がいただろう？ ホテルで説明を受けたとき、「聖なる道を通って」という言葉に惹《ひ》かれて向かったのだが、最初、言われた場所に少し不似合いな建物が立っていてよくわからなかった。後でホテルで聞くとそれは軍事基地だったらしい。これが今回の旅で最初にかかわることになったトルコ軍の施設だ。

が、すぐに石柱が両側に立ち並ぶ――天井を支えているわけでもなく、青空の下でただ純粋に立ち並ぶ――「聖なる道」の入口に出た。

遺跡というのはそういうものだが、まるで主《あるじ》のいない執事のように哀《かな》しくも規則正しく真面目《まじめ》に立っている。かつてがどんなにヴィヴィッドでわい雑さに溢《あふ》れた都市だったにしても、時はその生身の部分をそぎ落とし浄化し、ストイックなまで透徹したオブジェ群に変容させる。そのどこかに思い出のようにざわめきを残した深い森のような遺跡の静けさが好きだ。

「聖なる道」を抜けたところにかつて祭壇があったという広場があって、今は上部がない円柱だけが残っていた。その円柱には二匹の蛇がその頭部を突合せ、左右対称の姿でくねくねとうねるレリーフが残されている。ここは古代、あらゆる病人に当時考えられたあらゆる治療を施した場所だ。外国で医療のシンボルとして蛇が使われているのはよく目にした。蛇というのは癒しの象徴でもあったのだった。実際、そこから更に治療施設に向かうときはトンネルを通らなければならないようになっている。再生のための死という概念に、蛇が脱皮するという事実が重なっているのであろう。とまれ、その蛇を見たときにマーガレットや紀久さんたちの寄り合い所帯？　を思いだした。蛇のことがひとしきり話題になっていたことがあっただろう。それで忘れないうちに書いておこうと思った。

そこからまたバスで十一時間ほどかけてアンカラへ行った。同じトルコの都市でも、イスタンブールに較《くら》べるとはるかにすっきりしていて機能的な感じがした。バスの乗継ぎのためにそこで一泊し、更に東へ、半日以上かけてディヤルバクルへ向かった。実は最初はディヤルバクルにそれほど留《とど》まる予定ではなかった。ベルガマ――ペルガモンに行った後、バスで半日ぐらいずつかけて東部アナトリアへ、それからアララト山の周辺へ向けて、東へ移動するという漠然とした計画は立てていたけれど。その中継地として選んだのがディヤルバクルだった。アンカラからバスでおよそ十三時間だ。途中カッパドキアの大地も見られるし。と思ったらちょうど夜で、カッパドキアの奇岩の連なる不思議な光景は闇《やみ》の底に沈んでいた。ついでながらトルコのバスは死ぬほどタバコくさい。

本当に書きたかったのはこういうことではなく、もっとほかにある。ただ、何か予感が――あって――今のうちに書けることは書いておこうという妙な感傷にとらわれている。

この町のウル・ジャミィのある並びに、屋台や出店が連なるバザールがある。香辛料や乾物、魚や肉、絨毯《じゅうたん》に布地、およそ人間に必要なあらゆるものが道端に顔を揃《そろ》えるこの手の市場はトルコのいたるところにある。与希子さんの影響か、そういうところでキリムを商う店を見つけると必ず立ち寄る癖がついた。ディヤルバクルのバザールでもそういう店は何軒かあって、しかも他の地方のキリムとは少し毛色が変わっていた。日本のかすりを思い出させる深い藍《あい》。紀久さんの言葉を借りれば、民衆の生活の底に溜った澱《おり》のような――違ったっけ？――深い沈黙を感じさせる色。

僕はその大小様々なキリムの中から、一枚だけあった細長い帯状のものに目を止めた。遊牧民が使うテントバンドにしては短い、幅広の織物。深い藍色と臙脂《えんじ》に近い、黒ずんだ血液のような赤（売り子はザクロで染められたのだというが日本でザクロを試してみたことはあったがこんな色はとうとう出なかった）、が繰り返される連続模様。どこかで見たような気がする。君たちの工房に架かっていた、あのキリムの文様ではないか？　けれどそれは何を意味するのだろう、何かを意味するのは確かなのだろうが、よくわからない。

他の物と違ってこれから旅行中持ち歩くにも手ごろな大きさだったし、交渉の末、手に入れたのだが、帰ってそれをハッサンに見せたときの彼の反応は予想外のものだった。こんなものがなぜ？　ハッサンは戸惑ったような困ったような表情で考え込んだ。僕は軽い気持ちで、鑑定とまではいかなくても値段とつりあったものかどうかその日の話の種にするぐらいの気持ちで見せたのだったから、彼の態度には面食らった。これが何か知ってて買った？　ううん、僕はこれが何なのかよくわからなかった。よくわからなくて何で買った？　僕は染織を生業《なりわい》とするものだし、興味をそそられたんだよ、で、これは何なんだい？　彼はあきらめたような顔つきでいった。これは、シユティックだよ、クルドの民族衣裳《いしよう》の一部で腰に結び上げる帯だ。クルド？　僕は、ああ、そうか、と全《すべ》ての謎《なぞ》がするすると解けていくのがわかった。

そうだった、僕が、これから東の方へ行く、とイスタンブールで顔見知りになったトルコ人に言うと、何で東なんだ、と怪訝《けげん》そうな顔をされた。トルコには他にも素晴らしいところはいっぱいあるのに、と。何もあんな山賊の住処《すみか》へ、と。山賊？　僕にはわけが分からなかったが、あれはクルド人のことを指していたんだろうか。ハッサンにそういうと、彼は、そうだ、この町の住民も大半がクルド人だ、僕もそうだ、と、あの深い哀愁をたたえたような目でじっと僕を値踏みするように見た。さあ、おまえはどう反応するんだといわんばかりに。

クルドのことは少しは知識があった。だがこちらにきて実際にクルド人だと自称する人物に会ったのはそれが初めてだった。トルコ政府がクルド人に対して彼らの言葉の使用の禁止をはじめ、それを自称すること、文字、音楽、あらゆる文化に渡る民族アイデンティティを抹殺し去ろうとしていること、（今では西側の圧力もあって以前ほど露骨ではないが）それを破ったものには拷問《ごうもん》か一方的な裁判、処刑が待っていること、建国以来トルコ政府は一貫してそういう民族など最初からいないのだ、という態度を取り続けてきたこと、そういうことは日本である人から聞かされていた。

で、クルド人のキリムなのかい、これは。僕は今では僕の物となったシュティックを見つめていった。そうだ、多分、それを国外へ持ち出すことは国が許さないだろう。これはペシュメルガ——クルドの戦士——のシュティックだ。そんなことはわかっているのに外国人にこれを売るなんて。ハッサンは珍しく怒りを含んだ声で呟《つぶや》いた。無理に売って貰《もら》ったんだよ。その模様が面白いと思って。模様？　ああ、これはドラゴンだ。

ドラゴン？　僕は驚いた。菱形《ひしがた》の周りにぐるりとカギ型の突起が生えている。これがドラゴンだなんてとても思えない。どうして？　ハッサンは困ったように、昔からそういわれているんだ。これはどこで織られたものだろう。町外れにあるクルド人の集落で女たちは今でもキリムを織り続けている。金になるんだ、キリムは。僕は、急にクルド人たちに興味がわいた。教えてくれないかな、その、君たちのこと。ハッサンは急にそわそわと落ち着きをなくした。その様子を見ていて、僕は何かがわかった。そうか、ハッサン。君の核にあるのは、ずっとこのことだったんだ。

ハッサンの故郷の村では三日ほど前もクルド労働者党のゲリラをかくまったという

ので、近くの部落の男たちが皆軍の本部に連れて行かれた。

クルド民族はメソポタミアのいわゆる先住民族で、クルディスタンと呼ばれる彼らの土地はトルコ、イラン、イラク、シリア、アルメニアなどにまたがっており、それぞれの土地で苛《か》酷《こく》な同化政策を強いられている。クルド民族の存在をトルコ政府は認めようとしない。明らかに異なる言語と文化と歴史が存在するのにも関わらず。

クルドは昔から国というものに興味を持たなかった。部族意識があまりに強烈なので、それを統合し連帯して全体を運営していく能力に欠けていたのだといわれる。が、そうだろうか。欠けていた能力の問題だけで、彼らはかたくなに何千年変わらぬ生活様式を保ってきたのだろうか。もちろん都市に出稼ぎに行くクルド人は多いし、他の国の国籍を取得しているクルド人も多数いる。が、彼らの心の奥にある自分はクルド人であるという意識は決して消えないだろう。ハッサンがそう言うとき、落ちくぼんだ目の奥にはちろちろと燃える血の色の炎が見えるようだった。

だがクルドが一枚岩だと思ってはいけない。体制側のスパイになっているものも多くいる。その結束力の弱さが、彼らが自分たちの民族を一つの国にまとめあげられなかった主な要因の一つだというものもある。

トルコ政府がテロリストたちと呼ぶいくつかの民族運動グループでは、今は過去の遺跡のようになったマルクス主義などで理論武装しているところもあるが、それは必要に迫られてどこからか借りてきたものに過ぎない。大方のクルド人の意識としては、ただ、自分たちをあるがままに放っておいてくれというところだろう。自分たちが自分たちの言葉をしゃべること、子どもたちに自分たちの文化を伝えることを認めてくれ、と。

伝えること――実際、クルドの人々のような極限に近いほど簡素な生活を続ける社会で、人間は伝えることを断たれたらどうやって生きていけるというのだろう。

都市から遠い地域では、今でも衣食を自給している部族がある。

ハッサンの故郷の村もそういうところだ。四千メートル級の山々に周りを囲まれ、冬には厚く雪に閉ざされる山岳地帯。

ハッサンが自分の故郷のことを語るとき、彼がどんなに懐《なつ》かしく愛情深い目をするか、それは不思議なほどだ。そんな不便な土地を、どうしてそんなに愛せるのだろう。嫌だから出てきたんじゃないのか。

ハッサンは少し考え込んで妻を呼んだ。普通、イスラムの世界では、男と女はまるで別の社会に住んでいるかのようで、女性はまず他の男と同席して口を利《き》いたりしないものだが、僕が外国人ということもあったのだろうか、ハッサンの妻は、彼に言われて自分の故郷の村のことを語り始めた。僕の方は見ずに、夫に向かって、彼らの記憶を確かめるように。

冬はそれは厳しいけれど、雪を被《かぶ》った峯々《みねみね》がどんなに美しいか。春になればヒナゲシやナツシロギクでいっぱいになるわ。タチジャコウソウの芽を踏んで歩けば香りが足元からにおいたつ。子どもは羊の糞《ふん》を集めて屋根の上で乾かすの。男たちが羊の毛を刈って、女はそれを梳《す》いて紡《つむ》ぐのよ。それから決められた植物を採ってきてぐらぐらと湯を沸かして染料で染めるの。忙しいわ。家畜の世話、洗濯、食事ごしらえの合間にやらなくちゃいけない。そのうち山羊《やぎ》や羊は仔《こ》をはらみ、乳もよく出るようになる。チーズやバターもつくらなきゃ。忙しいわ。冬がくる前にやらなくちゃいけないことはいっぱいある。ごつごつした岩だらけの山羊道を通って羊の放牧へ行くと、透き通るような山からの風がチャルシャフを揺らす。平地のほこりだらけの風とは違うの。女たちは嫁入りのためにキリムを織る。男たちもそう。母や祖母たちは自分たちが教えられたいろんな仕事を娘たちに伝える。父母から祖父母から叔父や叔母たちから、生きるためにいろいろなことを学ばなければならない。私たちもまた若い人たちに伝えられるように。山は厳しいけれど懐かしいところだわ。

ではは何でハッサンと結婚して山を降りてきたの？　ハッサンの妻の顔色は曇る。そいこうとは無理に聞かないい時代なの。言葉を濁しているようだ。触れられたくないことは無理に聞かない方がいいのだろう。

トルコだけではない、クルド民族が住む国ではどこでも行われている、同化政策――自国の文化をむりやりに押し付け、相手を人間性の根底から蹂躙《じゅうりん》し、服従させる――がどれほどの悲劇を生んできたか。

僕はハッサンに彼の村へ訪ねて行けないものかきいた。ハッサンは嬉《うれ》しそうだった。村にはまだ自分の兄達が住んでいる。珍しい日本人が行けば喜んで迎えてくれるだろう。だが、今は冬で山への道は雪に閉ざされている。初めての客にはつらい訪問になるだろう。暖かくなるまで待った方がいい。ハッサンはそういったが、いや、そこまで待つ時間は自分にはない。軍の兵士に見つかったら強制送還されるかもしれない、とハッサンの妻は心配そうに夫に言った。大丈夫、捕まったら道を誤ったのだというから。とうとうハッサンは彼の故郷の近くへ向かうドルムシュ――ミニバスを紹介してくれた。運転手は彼の知合いだ。そのバスはハルプット門から出発する。が、もう五日待たないとならない、その間もう一度考え直した方がいい。ハッサンは不安そうに繰り返した。

夕べは遅くまでこれを書いたりしていたものだから、今日はすっかり起きるのが遅れた。といっても、別に約束もないのだが。

窓からの日差しが鉄製のベッド枠にまで伸びていた。そのままぐだぐだといろいろなことを考えていたら、もうすっかり外は夕方の風情《ふぜい》だ。陽が落ちるのが早いのだ。窓を開けると、前の道路に置かれた屋台のコンロの炭が青い煙を漂わせてくる。羊の肉とピーマンをあぶる匂《にお》いがしてくる。階下へ降りると、痩《や》せた老人が二人、バックギャモンに似たタブラというゲームに夢中になっている。仕事前のズルナ吹きもぼんやりとしている。ハッサンがにやりとこちらを見て電灯をつけた。店は黄色の温かな色調を帯びた。ハッサンにちょっとあいさつするようにうなずいてから外へ出た。

バザールは赤い電球が灯され、山積みにされた蜜柑《みかん》や冬のサクランボ、塩漬けマグロの薄切りが異様な色になっていた。脂《あぶら》っぽい口髭《くちひげ》をたくわえた男が、祈禱《きとう》用の数珠《じゅず》を手慰みにいじりながら店の横に座っていた。

もう一度あのキリムを売っていた店に行こうと思ったのだが、何をどう勘違いしていたのかなかなかたどり着けない。とうとう諦《あきら》めてバザールを出た。

イゼットパシャ通りの四つ角の一つを東に入ると、そこからアザーンが町全体に響き渡る四本足の塔があり、それを過ぎるとやがてイェニ門が見えてくる。

ディヤルバクルは城塞《じようさい》都市だ。ヨーロッパの古い町にみられるように町全体が城壁に囲まれ、町に出入りするいくつかの大通りにはそれぞれ名前の付いた門があるが、イェニ門だけがどこへも向かっていない。なぜならチグリス川に面しているから。

土手に座っていると、あの、海や湖や大河に共通する独特の水辺の匂いが感じられる。冬の乾燥した空気と湿気が解け合わずに入り混じって風に運ばれてくる。遥《はる》か彼方《かなた》はもう空の青も届かず別の世界のように白く小さい隆起がしかしどこまでも地平に沿って長く続いている。国境に面した、あれがハッサンの故郷だろうか。

僕は行くのだろうか。多分、行くのだろう。

ハルプット門のバスターミナルで、運転手に確かめてから小さな乗合バスに乗った。僕の乗るミニバスは、車体の横に珍しく模様が描かれていた。S字形に立ち上がった蛇が横に並んでいる連続模様で、後ろの蛇が前の蛇を押しているような形で次から次へとつながっている。きちょうめんに蛇の舌が描いてあったりするところがトルコだなあ、と思った。そういえば、紀久さんの興味を持っている、唐草模様は、チグリス、ユーフラテスを境にして明らかに変わっているという説を読んだことがある。

くりくりした漆黒の巻毛を短く刈った裸足《はだし》の少年が、頭の上の大きなざるにシミットと呼ばれる細いドーナツ状の乾パンを売って歩いていた。僕は二十ほど買った。こんなものでもみやげになるだろうか。あるいは非常用の食糧に使ってしまうかもしれなかったが。少年は嬉しそうな笑みを浮かべて僕を見た。多分、彼もクルド系なのだろう。哀愁を帯びた目が、どこかハッサンに似ていた。

車体を激しく揺らしながらバスは出発した。途中、何もないところで休憩した。我々——六人ほどの乗客は皆外へ出た。

砂、乾いた泥、東アナトリア、丈の短い草が疎《まば》らに生えるほか何もない、むき出しの大地の上を乾いた土の粒子が大気の流れに乗って移動する、これが東アナトリアの風だ。空気自体が乾いた土ぼこりを含んでいる。雪を被った険しい大地の隆起が——あれを山と呼びたくない、山という言葉にはどこか豊かな緑を想像させる何かがあるから——連なる彼方から。

半日ほどミニバスに揺られ、次に着いたところで運転手に別の車に乗りかえるように言われた。その別の車というのは雪道を走るように出来ていて——もしくは走らせることに決めているようで、乗客は七、八人、大きさはミニバスとあまり変わらなかったが山羊も一匹乗ってきたので、臭かった。運転手は前のミニバスの運転手としばらく話をしていた。ときどきちらちらこちらを見ていたから僕について説明を受けていたのだろう。話が終わると運転手席に乗り込み、振り向いてにやっと笑いながら手を差し出し握手した。それから早口で何かしゃべった。心配ない、俺が連れてってやるから、といってるように思えた。

それから周りを雪の壁がそびえ立つ山道を車は登り始めた。

雪、雪、雪。車のない時代はどうしていたのだろう。

二、三時間も走っただろうか、車は小さな集落の広場——といっても大きな農家の前庭、という感じなのだが——に着いた。

冬だというのに子どもは裸足で、洗わないもつれた髪の毛で走り回っていた。毛色の変わった人間がきたというので好奇心を抑えきれない、といったような老人たちがわらわらと出てきて、露骨にじろじろと見るので少しまいった。といっても、悪意は全くないのだ。

大体イスタンブールもそうだったが、そこから地方へ出ると人の視線が更に粘っこい。日本人が珍しいのか、羊までこちらをじっと見つめてくる。子どもが前後をまとわりついて離れない。別にものごいというわけでもなく、ただ珍しくて嬉しくて、というふうに走り回っている。走り回りながらも視線は僕にぴたりと付けてこの珍しい動物のどんな動きも見逃すまいとしているかのようだ。

この山の村もそういう感じなのだが、それに更におお、よくきた、よくきた、という無垢《むく》の喜びが加わる。

運転手はしきりに僕に何か説明しようとする。指さす方角は更に雪に覆《おお》われた険しい山で、「ハッサン、ハッサン」といっているから、ハッサンの家はまだ遠く、今は通えないから、この男の厄介になれ、この男はハッサンの兄弟である、ということをいっているようだった。肩を叩《たた》かれた男もしきりにうなずいている。僕もうなずいて握手をすると周りで一斉に温かい笑い声が起きた。

それで、しばらくこの家で厄介になっている。土壁の二階の一室で、決して広い家ではないのだが、女性たちは僕とこの家の主人が共にする食事の世話に出入りするぐらいで、そのときも決してしゃべろうとしないし視線を合わそうともしない。確かに周りもいい人たちなのだが、僕はやはり冬は苛酷だというハッサンの山の家を訪ねてみたい。しつこくそのことを身振りで言っているうちに、最初は駄目駄目という感じだったこの家の主人も、そのうちしようがないなあ、という感じになり、ある夜僕に銃と大きな荷物を持った何人かの兵士を紹介した。この家にも銃はほこらしげに壁に架かっていたし、銃を持っていること自体は珍しくもなかったのだがその紹介の仕方がいやに秘密めいていて、これはどうやらクルドゲリラのメンバーのようだった。察するに、どうやらゲリラの資金源のための密輸を国境を越えてやっている、そのルートの途中にこの村はあるらしかった。もっとも、それは、後で英語をしゃべるゲリラと話をしているうち、彼らが口ごもる様子から察したのだったけれど。

意外なことにクルド語をまだ流暢《りゅうちょう》に話せない若いゲリラもいる。彼らは英語圏の国々から来ていた。話を聞くと自ら志願して来たのだという。ヨーロッパ諸国、アメリカ、オーストラリアからも、ゲリラ戦士養成のキャンプに入る若者たちがいる。資本主義を背景にした豊かな国々に生まれ育った十代の若者たちが、自分の根っこが未《いま》だかつて国として正当な扱いを受けたことのない、迫害と搾《さく》取《しゅ》の歴史をもつ悲劇の民であることを知り、自らのアイデンティティを模索する十代の激しさが、一つの国としての権利を勝ち取ろうというゲリラの闘いに、必死で探していたパズルの欠けていたパーツを発見する。彼らは友達同士との気ままなショッピングやドライブ、享受《きょうじゅ》していたあらゆる娯楽を捨て、友を捨て、家族を捨てて、クルディスタンの山の中にくる。着るものも食べるものもろくになく、冬場には凍傷で指を落とすような山の中に。

彼らはそれでも今が幸せだという。生きている充実感に溢《あふ》れているという。

で、それは本当は幸福とは呼ばないんだよ、と僕には言い切る自信がないのだ。

自分自身のアイデンティティへの渇望《かつぼう》が、姿を変えナショナリズムや部族への忠義、家意識へと漂泊していく。

ただ、彼らの場合は、それが他のほとんどの民族で見られる限りなく膨張していく支配欲求、権力への執着へと発展しなかっただけだ。遺伝子レベルから切々と訴えてくる自己増殖欲求のすさまじさ。世界の歴史は、そしてごく個人的な家意識のレベルでも、人間はそれに衝《つ》き動かされて生きてきたのではなかったのだろうか。彼らはそれから比較的フリーでいられた。

それはなぜか。

なぜ、それがクルドの人々には可能だったのか。

単に部族間の闘争に明け暮れていたからだというものもあるけれど……。

僕は明日の朝早く彼らと共に山に向かう。それで、今、大急ぎでこれを書いている。この家の主人に、あの運転手に託して町で出して貰《もら》うよう頼むつもりだ。

なんだか変なことになってきた。別に気負いも悲壮感もないんだけれど、何故《なぜ》だか見てこなくちゃならない気がしている。

そうそう、この村にもキリムの織り手がいる。そのベテランの織り手の一人にあのキリムを見せ、どうしてこれがドラゴンなのかきいたが、片言の英語を話す男を介在にしたせいか答はよくわからなかった。大体こういう感じだった。君たちの参考までに書き留めておくけれど……。

ドラゴンは、生命の樹《き》の支配者。泉と宝物を守護するもの。豊穣《ほうじょう》と暴力と悪の力の象徴。ドラゴンはクルドの黒い血の中に潜んでいる。

それが何度も僕の中でリフレインするうち、こういうふうに変わっていく。

ドラゴンは生命の樹の支配者。泉と宝物を守護するもの。泉の底には機織姫《はたおりひめ》が、ただ黙々と機を織っている。泉の底では蜘蛛《くも》が……。

メドゥーサが蜘蛛を象徴しているという話を聞いたことがある。メドゥーサの頭が四方八方にくねくねと伸びた髪の真ん中にあるのを、放射線状に糸を張った巣の中央にいる蜘蛛に見立ててるらしい。

クルドのドラゴンの文様は、メドゥーサの首に似てないだろうか。

長い手紙だった。

途中何度か水を飲みながら、書き文字の苦手なマーガレットのために竹田は読み上げたのだった。

誰も何も言わなかった。

誰が一番先に口を開くのだろう。

東部アナトリアの、ここは何もかも異質の地方へ皆共に旅をしていたようだった。それぞれ孤独な旅であった。

神崎はもう帰ってこないかもしれない。

口を開けばまずそのことに言及しなければならない気がした。

マーガレットが蒼《あお》ざめた顔でテーブルに指で何かをなぞっていた。蓉子がそれを見つけて、どうしたのというようにマーガレットに向けて首を傾《かし》げてみせた。マーガレットはその問いかけに答えて、

「祖母のキリム……。私は目の模様だとばかり思っていた……」

「あ、あれ……」

与希子が息を呑《の》む。

「もしかして……ドラゴン？」

「かも、しれない」

「でも、何で？　マーガレットの先祖は……」

「父方の祖父母はクルド難民でした」

今の今までクルド族の話が続いていただけに、その言葉は衝撃的だった。

「父と母は山岳民族を先祖に持つ親しさで惹《ひ》かれていったのかもしれません、アメリカで。私は自分がクルドの血を引くことを神崎さんに話したことがあります。そのときクルドのことについても多少説明しました。神崎さんが日本である人からクルドのことをきいたことがあるというのは私のことです」

「どうして私たちに言ってくれなかったの？」

紀久が低い声できいた。

「別に隠していたわけではない、言ってもよかったけれど、言っても皆知らないでしょう。要するに、私の母方も父方もマイノリティの出身だということです。日本だとそんなこと関係なく、外人として一くくりにされてしまう。私にはそれが気楽でした」

それを聞いて、皆マーガレットの向こうに広がっていた孤独の質が少し理解できたように思った。神崎はもしかすると、マーガレットのキリムの模様が心のどこかに残っていて、それでそのキリムに、そしてそのキリムの里にそんなにも心惹かれたのかもしれない。

「神崎さんはクルドを――美化――しすぎ。クルドにはクルドの問題がある、と思う。

でも、私には日本が住みよいけれど、神崎さんは日本人だからかえって息苦しかったのでしょうか。かえってクルドの中が住みよいのかしら」

「彼は日本の社会の均一なところが嫌いなのね」

「……うん？　それとは少し、違う……」

井之川初枝のもつような強固な家意識や、延《ひ》いては愛国心のようなものも結局は自らのアイデンティティへの渇望のなせるわざだと神崎が言う。

自らの由《よ》って立つ基盤を守り抜こうとする激しさは、あるときにはその命をも引き換えにできるほど根源的なものなのだろう。均一などと簡単にはいえない。

「神崎さんは……これからどうするつもりかしら」

「さあ……」

「また手紙を送ってくれるかしら」

「さあ……」

「たとえ向こうで命を落とす羽目になったとしても」今まで黙っていた与希子が突然顔を上げ強い口調で語り始めた。「神崎さんは絶対後悔しない。私はうらやましい」

そうだ、与希子ならそうだろう、と皆そのとき心から同情した。

与希子なら、本当に……。

そう思ったとき、紀久の心に、ふと小石が投げ込まれたようにある考えが閃《ひらめ》いた。

もしかして、その苦悩も含めてこの中で一番深く神崎を理解したのは与希子だったのではないか。

突然、走馬燈《そうまとう》のようにこの一年が、まったく別の角度から光を受けて浮かび上がった。浮かび上がったその世界と、紀久はしばらく向き合った。が、そのまま本を閉じるように何のコメントもつけずに胸の奥にしまい込んだ。

紀久にはもともと、人一人の心持ちはそれだけで他人が侵すべきでない貴いものだと考えるところがあった。その周辺をあれこれ推量するのは卑《いや》しいことのようで昔から興味が持てなかった。

その晩はそれ以上神崎について話されることもなく、竹田も帰っていった。

それからしばらく与希子は何か思い詰めたような表情でいたが、広縁で梅の幹材をナイフで細かくチップにしていた蓉子のところへ降りてきて、

「あの蜘蛛の巣のような、メドゥーサの頭。メドゥーサの頭のようなドラゴンの話ね」

と、突然話し始めたので、蓉子は一瞬何のことかわからずぼんやりした。

「ほら、神崎さんの手紙にあった……」

「ああ」

「それをね、立体で織ることで何とか表現できないものかと思って……。マーガレット

の、クルドのドラゴンのキリムを見ているうちに思い付いたの」

与希子は今まで試していたらしく編みかけの細手の麻のロープを手にしていた。

「ああ、それはおもしろそう。出来る人がいるとしたら与希子さんよ。あれだけマクラメをやったり、縄ないを習いに行ったりしてたんだもの」

蓉子は熱心に励ました。与希子はいいにくそうに、

「それでね、相談があるんだけれど……」

与希子の相談というのは、出来上がった作品は、中央を少し持ち上げる形で画廊の吹抜けの上の方からピアノ線で要所要所を吊《つ》りながら垂らしたい、そしてその中央の、いわばメドゥーサの頭の部分にりかさんを置かせてもらえないかというものだった。蓉子は黙り込んだ。

「……やっぱり無理よね。普通の人形ならともかく、りかさんを、そんな、見せ物のように……」

馬鹿《ばか》なことを言った、といわんばかりに与希子は首を横に振った。蓉子は眉間《みけん》にしわをよせて考えていた。その様子を見て、与希子は慌《あわ》てて、

「ごめん、ごめん、もう忘れて」

といったが、蓉子は「ちょっと待ってね」といいながら、りかさんを膝《ひざ》に抱き、じっと見つめていた。そして、

「わかったわ。それはりかさんにアルバイトしてもらうということにする。朝十時から夕方五時まで、ね。モデルのアルバイトよ」

与希子は目を輝かせた。

「ああ、本当？　嬉《うれ》しい。いえ、私、最近、りかさんの顔がすごく神秘的になってきたように思えてたの。りかさんに、作品を纏《まと》うようにまん中にすっと立って貰ったらきっと幻想的な効果があると思って……」

じゃあ、最近りかさんの顔が少し変わってきたように思ったのは私だけじゃなかったんだ、と蓉子は思った。

「でも、りかさんの衣裳《いしょう》はどうするの。与希子さんの作品って、きっとあちらこちら透けているわけでしょう」

「それよ、それ。それに紀久さんの紬《つむぎ》をもってこようと思うの。古代ローマのトゥガのように、一枚布で、肩の辺りでダーツを取って、ドレープを出して、下の方までタペストリーのように垂らすのよ。あれはとても存在感があるから中央に持ってきたらきっと素晴らしいと思うの」

与希子の説明では蓉子はもう一つ具体的な像が結べなかったが、与希子がこれほど興奮しているのだからきっといいものに違いないのだろうという気がしてきた。

「問題は、紀久さんがそれを許すかどうかということね」

「私、なんか、大丈夫のような気がするの」

あれは紀久にとっては特別な紬だから、なかなか普通の方法では手放そうとしないだろう。が、生身の人間の衣服にするには抵抗があっても、相手がりかさんなら話は違う。与希子の勘はあたり、紀久は少しためらいながらも承知した。

「何だかんだいっても、自分の作品が鑑賞されるのは悪い気はしないのよ」

与希子は喜んで蓉子に結果を報告した。

「うーん、でも、紀久さん、いよいよ編集の人に原稿渡すみたいだから、追込みにかかってて大変なんだと思う。与希子さんと渡り合うのが面倒くさくなって譲ったんじゃないかしら」

「あら、そうなの。そうね、最近また遅くまで起きているものね」

まあ、承知してくれたんだから何でもいいわ、と与希子はりかさんの寸法を測った後、機嫌よくドラフトにかかりに二階へ上がった。

出版社は至誠書林といって主に伝統工芸関連の出版物を扱っているところで、編集の担当は神崎の後輩といっていたから紀久とさほど年齢は変わらないだろう、若く誠実そうな男性だった。名前は永森といった。

紀久は原稿を依頼した日本各地に散らばる紬の産地の織り子たちと、最後まで電話で連絡を取った。皆職人で言語化の作業は慣れていなかったので、紀久はそれぞれの原稿に自分自身の原稿に対する以上のエネルギーをかけた。

自分の原稿は思うように書けばいいのだから簡単なのだが、問題は他人の原稿に手を入れるときだ。その人の日常の織りに対する思いを汲《く》み取りそれに共感しつつ、かつ冷静な目でそれがストレートに読者に伝わるように心がけねばならない。誤解を与えるような言い回しは削り、言葉を選び文章を組み直す、それを一つ一つ織り子の確認を得ながらやっていく。それはその人の人生を自分も疑似体験しているような、重みのある、そして消耗もする仕事だった。

時には織り子の私怨《しえん》が出すぎたり、変に使命感の盛り上がりがあったりするが、それも全く削るのではなくさらりと盛り込んだ。その人の持っている技術と時代の流れを経《たて》糸《いと》に、緯糸《よこいと》にはやはり生活する女性としての日常の哀歓をもってきて、単なる紬の紹介文ではない奥行きのある本に仕上げたかったからだ。織るということの本質が浮き出るような構成にしたかった。

永森もそこのところはよくわかってくれたようで、こういう作業に慣れない紀久に適切なアドバイスをくれ、また励ましてもくれた。

書き上げてからも何度も校正のやり取りをし、とうとう最終稿を出したときは、紀久は達成感と脱力感の両方で珍しく居間に大の字になった。

「……やった」

と、小さく呟《つぶや》いた。

まさか本になるなどとは夢にも思わず、ただただ好きで地方を回り、長年集めていた紬のサンプルが、こんなことに役立とうとは思わなかった。

永森も、

「こんなに早くしかもこんな充実した原稿がもらえるとは思いませんでした。やっぱり神崎さんが紬だったら内山さん、といってただけのことはありました。出来上がったらすぐにお送りしますから」

と喜んだ。

誰もいない居間で、紀久はこっそりいつか竹田がもってきたブランデーの残りを小さなグラスに注ぎ、一人で乾杯した。


その電話はけたたましく鳴った。

蓉子とマーガレットは、新生児用の衣料や出産用品を譲ってくれるという知合いのところを訪ねて留守だった。

あのとき嫌な予感がしたのだと、後で与希子はこぼした。

与希子が出ると、編集の永森からで声の調子がいつもと違って切羽詰まっていた。紀久が帰ってきたらすぐ連絡してくれるように伝えてくれという。何だか胸騒ぎがしたので、紀久が帰ると飛び出して玄関まで行き、すぐに永森さんに連絡して、と促した。紀久が連絡している間、与希子はやきもきして電話の側《そば》を離れなかった。

紀久の、「え？　でも、それは学会とは関係なく……。でも、それなら別に……。え？　そんな……。それはちょっと承服しかねます。そういっていただけますか」

という、明らかに愉快な話ではなさそうな声の調子にますます不安がかきたてられた。

紀久が電話を切ると、

「何だったの？」

「奥野先生が……私の本の企画を知って、内容を確かめに至誠書林にいったんですって。原稿を読んで、これならちょっと構成を変えて、自分が学会の代表で監修をするっていってるらしいの」

学会というのは最近奥野を中心に設立されたまだ新しい染織研究者の集まりである。

与希子は激怒して、

「何よそれ。鳶《とんび》があぶらげさらうような。おいしそうだからって子どものあめ玉とりあげるような。よくもそんな恥さらしなこと思い付くことね。もちろん、至誠書林は断わったんでしょうね」

「それが、どうも……。ほら、奥野先生はあそこから何冊も出してらっしゃるじゃない。永森さんもちょっと抗議してくれたらしいんだけれど上の方は奥野先生の意向を通そうという方針らしいの。染織学会という名前が権威を感じさせるし、全く無名の一学生の名前を表に出すよりは売り易《やす》いんじゃないかっていうことらしい」

「ひどい。闘うべきよ。やっていいことと悪いことがあるわ。紀久さんの、今までの苦労を……何だと思ってるの。ちょっと栗沢先生に電話してみる」

与希子は大学の名簿を探し始めた。

栗沢というのは紀久も尊敬している教官で大学の学部長をしている。学会の理事に名を連ねているはずだが、いったいどういうことなのだか直接聞いてみようというのだ。

「ちょっとそれは待って……。一応こちらの意向は永森さんに伝えたんだし。後の連絡を待ってみるわ」

それからしばらくしてもう一度永森から電話がかかってきた。今度は紀久が直接出た。が、状況が前よりも悪くなっているのは端からもわかった。紀久の声はほとんど聞こえないぐらいだった。

電話を切ると、紀久は台所のテーブルに崩れるように座り頭を抱えた。

心配した与希子が何とか聞き出したところによると、どうやらこの本の出版を巡って、紀久の知らないところでもうすでに奥野と山村という学会の理事二人と至誠書林の社長と編集長の四人で編集会議なるものがもたれていたらしい。そのとき、紀久を編集から外し、奥野と山村の二人の編集として今の内容を更に膨らませ、古代布の紹介と現代作家の活動も盛り込む、という方向に決まったらしかった。

「何よそれ、自分たちもつくりたかったら全く別の本をつくればいいじゃないの」

与希子は唇をかみしめんばかりだ。

「いや、現場の織り子たちの生の声がこれほど集められたものは今までなかったからそれはそのまま出したいらしいの」

「何ですって、厚かましい。誰が苦労して一人一人当たって原稿を集めたと思ってるの」

「それはそれで私はかまわない、編集の名前から私を外すことについても。ただ、私には原稿を寄せてくれた人たちに対して責任がある。それを話し合う席に私は居るべきだったと思う。その上で私が編集から外れるということが直接提案されていたら、私は納得もしたかもしれない。本のために、もしそれが一番いいことだと思えたら。なのに私には何の連絡もなく、私の知らないところで編集会議があり、決定されたってことが」

紀久は一語一語絞り出すように低い声でいった。

「私には、どうしても、納得が、いかない」

与希子はいたたまれず、立ち上がり、風呂場《ふろば》へいって凄《すご》い勢いで風呂の掃除を始めた。

そこへ帰ってきたマーガレットと蓉子が、

「与希子さん当番でもないのに偉いねえ」

とのんきにほめた。

与希子は浴槽から顔を出して、

「ちょっときいて」

と紀久の受けたこの理不尽な仕打ちの一件を無理な姿勢のまま話し続けた。マーガレットも蓉子も、荷物を置くのも忘れて憤慨した。

「それはもう決まったことなの」

「さあ、とにかく紀久さんは、ここまでやっていきなり引っ込めと言われても引っ込めないって感じなの」

「あたりまえです」

「困ったわねえ……どうなるのかしら……」

与希子が浴槽から立ち上がり、

「私、明日学部長の栗沢先生にきいてみるわ。あの人なら信頼できる人だもの」

と決然としていった。紀久がいつのまにか台所から出てきていて、

「私が直接奥野さんに話しに行く。私の仕事だから」

と、蒼《あお》ざめた顔でいった。

次の日紀久は昼前に大学に行き、皆紀久が帰ってくるのをはらはらしながら待っていた。

夕方、紀久はいつもより陰気な表情で帰ってきた。

「どうだった?」

与希子が真っ先に飛び出してきていた。

「つかまらなかったの。それで手紙を書いて教務の前のポストに入れてきた」

はあっと、与希子は大きなため息をついた。

マーガレットはだんだん大きくなってきたのどかなお腹《なか》をしていたが、目だけは紀久のために闘争的な光を帯びていた。蓉子もさすがに難しい顔をしていた。気のせいかりかさんまで緊張しているようだった。

「返事くるかしら」

「わからない。永森さんから連絡があった?」

「今日はまだ」

「そう」

紀久は短く言うと、荷物を置きに二階へ上がった。

奥野からの返事はなかなかこなかった。

業《ごう》をにやした与希子は紀久にいわずに栗沢に相談した。

栗沢は奥野より年齢的にも一回り上で、研究者というよりは作家、それも芸術家というよりは職人気質《かたぎ》の強い実直なタイプで、様々な政治的駆引きが必要とされるこの世界でそういうことに無頓着だったためかえってその存在が際立《きわだ》っていた。普段は寡黙《かもく》だったが不思議に学生の人気はあった。その寡黙さも学生への無関心からくるのではなく、また演技でもなく、不器用な人間性から隠しようもなく滲《にじ》んでくるものだと学生たちは本能的に感じていたのだった。

話を聞いた栗沢は顔色を変えすぐに至誠書林に電話し、紀久にも出席を依頼した上でもう一度会議を持つように要請し、次に奥野に電話し、紀久の質問に返事を書くよう促した。それは穏やかな口調だったが有無を言わさぬ厳しさがあった。

栗沢は受話器をおくと、

「これですべてうまくいくとはいえないが、どう転んだにしても、内山君がそれだけの仕事をしたという事実は消せないんだと、内山君に伝えて下さい」

と、自身が傷ついたような顔をして与希子に言った。

「権威というのはああいうふうに使うのね」

与希子は帰ってから台所で蓉子に事の顚末《てんまつ》を話して聞かせた。紀久は機《はた》を織っていた。

「紀久さんにこのことを話したら、余計なことをしたといって怒るかしら」

与希子は不安そうだった。

「さあ……」

「栗沢先生には、これは私一人の考えでご相談にきたことで、紀久さんにいわれてきたわけではない、とはいったんだけど……」

「だったらいいんじゃないかしら」

そこへ電話がかかってきた。蓉子が出ると永森からだったので紀久を呼んだ。

電話の音につられてマーガレットまで降りてきた。紀久は電話が終わった後、

「一週間後にもう一度会議があることになったわ」

蓉子と与希子は顔を見合わせた。蓉子が、いってもいいんじゃない、という顔で与希子をつついた。与希子は、

「怒らないでね、実はさっき、栗沢先生のところにいって事の次第をお話ししたの。先生がその場で至誠書林と奥野先生に電話して下さって……」

「ああ、そのせいなのね」

紀久はうなずいた。

「怒った？」

「何で？　与希子さんの気持ちは嬉《うれ》しいわ。私が直接栗沢先生のところへ行くのは何だか言いつけているようでもう一つ気が進まなかったの。かと言って、私が至誠書林の方へ直接行っても永森さんも困っただろうし、らちもあかなかっただろうし」

「至誠書林はなんて言ってたの？」

「この間のは至誠書林の方ではまず奥野さんの意見を聴いてみるという形だったんだ、っていってる。ほんとのところはどうだかわからないけれど」

「海千山千ね」

と与希子。

「あらほんとかもしれないわよ」

と蓉子。

「ウミセンヤマセンって何？」

とマーガレット。

奥野からの手紙は次の日速達できた。

与希子は出かける寸前だったのだが、紀久が玄関で立ったまま目を通すのを傍らでじっと待っていた。さして表情を変えない紀久からは手紙の内容は判じ得なかったので、紀久から渡されるのを飛びつくようにして受け取った。次のような短い手紙だった。


古代からの織りの流れが現代に着地した、その様々な有り様をルポルタージュしたしっかりした本を造りたいというのは、前から至誠書林の社長とも話し合っていたのです。それは公《おおやけ》には初の学会公認ということになるので染織研究の第一線の方たちで固めたいと思っています。

市井《しせい》の織り子さんたちに関しては緻密《ちみつ》な調査が必要なので、それには君の今回の調査記録を載せようと思っていますが、ただそれも不要なところが多すぎるので、編集ということに関してはこちらに任せて下さい。

詳しくは、また今度の編集会議で。


「何よ、これは、一体全体どういうことなの」

与希子は読むなり顔を上げて唸《うな》るようにいった。

「要するに、私が、無名で業績も賞歴もなくとるに足りないものなんだということを自覚しろ、ということなんでしょう」

紀久は平坦《へいたん》な調子で感情も交えずに言った。与希子はもう一度文面に目を走らせ、

「しかも、いかにも栗沢さんから言われたから仕方なく書いている、何でこんなものを書かなきゃいけないんだといわんばかりの、この失礼な書きようはどうだろう……」

と呟《つぶや》いた。紀久は、

「そんなことはどうでもいい。問題は『不要なところが多すぎる』ってとこよ。彼ははからずも酔っぱらって吐露したように、女なんて黙って言われたとおり織ってりゃいいんだって考えの人よ。女が織りに向かうってことの意味を主題においた私の原稿が気にいるわけがないのよ。……きっと、めちゃくちゃに切り刻まれる……」

声は消え入りそうに小さく、顔面は蒼白《そうはく》だった。側ではらはらと見守っていた蓉子は、自分でも無意識に台所へ走り、とりあえず湯を沸かした。どうやら庭の草々を乾かしてつくったお茶をいれるつもりらしかった。

次の朝早く、まだ皆が寝ている時刻に紀久は隣の部屋の与希子を襖《ふすま》越しに起こした。

「与希子さん、起きて。私、S市に行ってくる」

与希子は普段寝起きが悪いのだが、このときばかりははっとして襖を開けた。

紀久はすっかり支度を済ませていた。与希子は紀久は寝ていなかったんだ、と思いつつ、

「どうして？」

と心配そうにきいた。

「あの町に行って少し考えたいの。今日中には帰ってくると思うけれど、もしかしたらあなたのおかあさんのところにお世話になるかもしれない」

「それはかまわないけれど……。私の父のところでもいいわよ。場所は分かるでしょ」

与希子は旅行鞄《かばん》に入っている父のマンションの鍵《かぎ》を取りに立ち上がった。与希子の父は癌《がん》で入退院を繰り返しており、今は入院中だった。

「ありがとう」

紀久は鍵を受け取った。与希子は、

「寝なかったの？」

と心配そうに聞いた。紀久はうなずき、

「私にも功名心があることがわかったわ」

「何？」

「やっぱり私の中に手柄を横取りされるみたいな悔しさがあるの」

「そりゃそうよ」

「ううん、そうではなかったはずなのよ……。なかったはずなのに……」

「紀久さん」

与希子はこの何日かあまりに腹を立てていたので、その矛先がついに紀久本人にまで向かったのを感じた。

「どうしてもっと、大声で怒らないの？　どうして人間が出来ているようなふりをするの？　あなたは何にも悪くないのにどうして反省なんかするの？」

紀久は一瞬たじろいだが、

「私は人間が出来てないからそんなふりはすることもできないわ。そういうふうに見えたとしたらそれは誤解よ」

それから、疲れた声で、

「とにかく、今はあのお城の裏山で、あの因習に満ちた町を見降ろしたい気分なの」

その声にひどく訴えるものがあったので、与希子も、わかった、気を付けてねというしかなかった。

その日、紀久は帰らなかった。

そのときはきっとマンションにでも泊まったのだろうと皆思って心配しなかったが、次の日もその次の日も紀久は帰ってこなかった。与希子がかなえのところへ電話してみると紀久は来ていないという。父のマンションも覗《のぞ》いて貰《もら》ったがやはり立ち寄った形跡はない、と連絡があった。

警察へ連絡しようか、いや、ちょっと待て大人なんだから、と大騒ぎしているところへまたかなえから電話があり、紀久がふらっと現れた、元気そうだからとりあえずとにかく心配しないようにと伝えた。それから入れ違いのように速達が届いた。

当の紀久からだった。

心配してるでしょう。

ごめんなさいね。

確かにS市を通る電車には乗り、そして実際切符もS市までを買っていたのですが、降りようとしたとき、頭は、さあ、立って、と促すのに体は微動だにしないのです。単に疲労が溜《たま》っていたのかもしれませんが。そして結局日本海の方へ向かうその特急電車の、終着駅まで乗ってしまいました。もう外は暗くなりかけていたので、その日はそのまま駅前のホテルに泊まりました。

私は自分の原稿を全体で一つの命のように思っていましたから、今回それがばらばらにされ、まるで臓器移植のように部分的に使えるところだけ使うというのを、精神的なレイプも同じだと感じました。編集会議といっても、私にその私の大事な原稿をどれだけ守りきれるというのでしょう。どうせ屈辱感や無力感を味わわされるだけのような絶望的な気がしていました。

そして、私は神崎さんの手紙にあったクルドの人たちのことを考えました。私にはあのとき、自分たちの存在そのものを蹂躙《じゅうりん》されているようなクルドの人たちの苦しみが全然分かっていなかったのだと思ったのです。今も多分わかっていないかもしれません。神崎さんはもしかして、そういうことがわかったのでしょうか。

朝、通勤通学の駅前のざわめきが一段落した頃、ホテルを出てもう一度駅へ向かいました。それからこの駅には以前きたことがあるのを思いだしました。ええ、紬《つむぎ》のことです。それは子どもの頃父の買付けについていった最初の紬の旅で、ここから更に電車を乗り継いで天蚕《てんさん》の里を訪ねたのです。今度の本にはそこのことは入れませんでした。天蚕なら、まだもっと本格的にやっている地方があったので、そちらの方をとりあげたからです。

どこかに行こうと思って、結局紬の里を目指してしまうなんて、我ながらなんて哀《かな》しい習い性なんでしょう。もっとも、今回の本に関係のないところだったから行く気にもなったのかもしれませんが。

駅員に尋ねながら電車を乗り継ぎ、単線の電車に乗り、おぼろな記憶の中にあったその村へ辿《たど》り着いたときは、初夏の太陽がのんびりした駅の改札の向こうに激しく照りつけ、私は一瞬出て行くのに気後れしたほどでした。

道といっても駅前には横に一本走っているだけ、確か右の方だった、この辺を曲がるのだった、そして山の麓《ふもと》を目指して行けば、やがて麓に沿ってきらきら光る透き通った水の流れる用水路があるはず、その用水路の先に集落があって、そこへ行けばあちらこちらから機《はた》の音が響いて……。

集落はあったけれど、機の音はもうしていませんでした。

私がその集落のまん中でぼんやりとしていると、すぐ前の家のおばさんが出てきて、にこにこと私が話しかけるのを待っているというふうなのです。おそらく知らない顔の人がいるので素性を知りたかったのと、道に迷うなりしているのなら役に立ちたいという親切心からだったのでしょう。私も思わず、実は昔、子どもの頃父の紬の買付けにいっしょに来たことがあって、近くまできたものだから懐《なつ》かしくて寄ったのです、としゃべっていました。ああ、そう、それはきっとずいぶん昔。今はほとんど誰もやっていません、家のばあさんのほかは。そういえば昔はそういう人たちが来ていなさったねえ、今では若いものはいなくなって、誰も機なんかやりたがらなくなって……。山に繭《まゆ》を採りに行くこともなくなった。山って、この山ですか？　私はすぐそばの山を指さしました。ええ、その裏に続く山ね。今でも夜には大きいヤママユが飛んできますよ。あんた、何だったらばあさんと話しておいきなさる？　ばあさん、ときどきおかしくなるがあんたさんのこと覚えてるかもしれない。昔のことはしっかりしてるから。冷たいもんでも飲んでいらっしゃい、せっかく来なすったんだから。私はそのおばさんの言葉に甘えてその家の玄関の上がり框《かまち》に座り、ばあさんと言う人が出てくるのを待ちました。

やがてさっきのおばさんが、大きなコップに氷の入ったカルピスを盆に載せて戻ってきて、その後ろから腰の曲がった優しそうな小さなおばあさんが、白い髪を小さなひっつめにして、少し足を引きながらやってきました。私は恐縮して、自己紹介しました。おばあさんは、ああ、内山さんなら知っている、私の機を、正直な仕事をするとほめてくれた人だからと懐かしそうにいいました。私は少し、ほっとして、何だか懐かしくさえなって、実は今、自分も機を織っているのだといいました。ほほう、とおばあさんは嬉しそうに呟いて、それから、どのくらい織りなさった？　とききました。まだ数えるほどです、と私は正直にいいました。するとおばあさんは、やはり優しそうな微笑《ほほえ》みを浮かべたままやんわりと、百反織らないうちは、機を織ったなんていうもんじゃない、と私をいさめたのです。

　私は泣きそうでした。

　怒られたから、というのではないのです。わけも分からず、その言葉に激しく打たれたのです。

　私がすっかりしゅんとしたと思い気を遣ったのでしょうか、おばさんがあれこれと自分たちの村のこと、自分も結婚した頃こそ機を織ることもしていたが、あれは肩が凝っていけない、などといったことを話し、おばあさんもにこにこしながら相づちを打ったり、それはそれでのどかな昼下がりでした。

　けれど、何百年も続いてきたこの村の機の伝統はこれで絶えるわけなのだろうか。このおばあさんはこんなに穏やかに、何でもないことのようにお嫁さんが自分の機を継がないことを認めているようだけれどそれでいいのかしら、と思いました。それから、井之川の初枝伯母さんの、自分と同じような苦労は自分の嫁には味わわせたくない、という言葉を思いだし、そういうことなのだろうか、とも考えました。

　私が礼をいって立ち去ろうとしたとき、おばあさんは後ろからもう一度私を呼び止め、あんたさんのこと、覚えてるよ。まだ小さなおかっぱのおじょうちゃんで、お父さんの後ろに隠れるようにしていたのに、私の機のところへくると自分で織りたがってどんなにお父さんに叱《しか》られても機に上がったまま降りようとしんさらんかった。それでしかたなくあたしが教えたんだ。あたしが教えたんだ。

こんなことで泣くなんて変でしょう。おかしいでしょう。

私はしばらく動けず、それから振り返り、もう一度深くお辞儀をしました。それからその足で昔天蚕を採ったという山に登りました。

この、一連のことでは私は表だっては泣きもわめきもしませんでした。そうでしたね。そのことで与希子さんは私を責めたけれど。そういう感情の出し方が、私にはわからないのです。確かに内側に鬱屈《うっくつ》していく性分なのでしょう。

ずっと木々の生い茂る森の坂道を登っていくと、急に辺りが開けて、空き地のようなところに出ました。斜面で、ところどころに古い切株があったところをみると、昔はヒノキか何かを植林しようとして途中で止《や》めたあとだったのかもしれません。この山は、ヤママユガの生息に必要な櫟《くぬぎ》とか、楢《なら》とか、つまり、雑木とされる類《たぐい》の山でしたから、皆が機織を止めてからお金になる杉などを植林しようとしたのでしょう。こういう専門的なことを書くのも、今は胸が傷《いた》みます。我ながら情けないわ。

とにかく、そのぽっかりとあいた、空間のまん中に、櫟の木の大木が立っていたのです。伐採は、何のいたずらか、まん中に一本残されたこの櫟の木だけを、充分に陽を当たらせ、しっかり生育させる結果になったようです。

ともあれ、その大木の下から、遠く夕陽が沈む様子が素晴らしくよく見え、私はそのままそこに座り込んでしまったのでした。

近くに沢があるのか、陽のあるうちは微《かす》かに水の流れる音がして、それにもまして夕方のヒグラシの声は耳をおおわんばかりでしたが、今はその沢の音だけが、なんだかもの狂おしくなりそうなほど、激しく聞こえます。昼間はそんなに思わなかったのに。

狂おしく叩《たた》きつけるような激しさ。

夜だから、川が流れを変えるということはありますまい。真剣に向き合って聞こうと思えば、川はいつだってこのように流れていたのでしょう。

夏とはいえ、山の夕方は冷え込み、けれど、溶岩の通った後のように荒涼として熱をもっていた私の心には、それがかえって心地よいのでした。

そのとき樫《かし》の葉だとばかり思っていた、斜め上の木の葉が、風もないのにそこだけ動いたのです。

一瞬、ぎくりとしました。

おかしなものですね。もう、これだけ、死んでもいいぐらいに捨てばちになっていた癖に、こういうものにきちんと反応するなんて。

それは天蚕でした。天蚕の薄いグリーンの繭が葉裏に付いていたのに周りの色に紛れて今まで気づかないでいたのです。今、繭の上部からヤママユの頭が出ようとしていたのでした。

居心地のいい繭に穴を開け、そこを脱ける。

後には、まん中を空っぽにさせた、美しい宝石のような繭を残して。ねえ、私たちの家のようでない？　そうするとこれはりかさんだ、いえ、あなたのおばあさんかもしれない、と私は動けずにぼんやりと頭で思いました。

随分長いことかかって黒っぽい頭を出すと、そこから今度は脚を突き出し始めました。脚が六本、全部出ると、今度は葉っぱを揺らしてその脚の爪《つめ》を外に引っかけて、えいっとばかりに一気に体を全部、出したのです。

繭から出た成虫は、胴が異様に太く、翅《はね》はくしゃくしゃと上に丸まっていました。

しわくちゃなパラシュートのようなものを背負ったその生き物は、よたよたと移動すると近くの枝に逆さにぶら下がり、そしてまた時間をかけて、翅を伸ばしました。

それは荘厳《そうごん》といってもいいくらい、張りつめた時間でした。

生き物のすることは、変容すること、それしかないのです。それしか許されず、おそらくまっすぐにそれを望むしか、他に、道はないのです。だって、生まれたときから、すべてこの変容に向けて体内の全《すべ》てがプログラミングされているのだもの。

迷いのない、一心不乱な、だからこそ淡々としたその一連の営みは、わたしの出会った、何人かの織り子たちに感じたものと同じでした。個を越えた何か、普遍的な何かと交歓しているような……。

幼虫の姿ではもう生きていけない。追い詰められて、切羽詰まって、もう後には変容することしか残されていない。

それは、使い方もまだ覚束《おぼつか》ない細い細い足で、小さく慄《ふる》えながら不器用に葉っぱにつかまり、何度も落ちそうになり、ゆっくりと、祈るように翅を伸ばし始めました。なんて無防備なんでしょう。

しわくちゃな翅がふくらんでいく。大きくなって、しわがのびていく。先端に、まだ少ししわが残っている、と、そのとき、図鑑でみた、眼状紋がはっきりと目に入り、ああ、本当にヤママユなんだなあ、と思った。

ヤママユはまだ湿った柔らかい翅を固めるためか、じっと動かないでいたのですが、しばらくしてゆっくりと翅を上下させ、一瞬、あの、蛾《が》特有の翅を開いた形で静止したのです。

ねえ、信じられる？

それは、私が子どもの頃、あんなに嫌悪《けんお》した、あの、大きな蛾だったの。私を極度の蛾嫌いにした、あの、見ただけで虫ずの走った、おぞましくも醜い蛾。図鑑や標本の蛾は、展翅《てんし》の状態で、前翅を上に大きく上げてあるから、自然な状態で静止している蛾とは、印象が全然違って見えていたんですね。

でも、その命がけの変態につきあった今、私の中には不思議にあの嫌悪感は湧《わ》いてこなかった。それどころか、懐かしい、昔なじみに再会したような気さえした。

ヤママユガはゆっくりと翅を動かし、やがて月明りにふわりと浮かびました。その枯葉のような薄茶色は、蓉子さんの植物染料で馴染《なじ》みの色だった。

りかさん。

りかさんが会いにきてくれた。

何故《なぜ》か私はそのときそう思いました。なぜなら、最近どんどん存在感を増してきたあのりかさんの神秘的な、人の心の境をふっと乗り越えてきそうな気配にそっくりだったからです。けれど次には、これは、私の曾祖母《そうそぼ》、いえ、ずっとずっと私を遡《さかのぼ》る、全ての女たち、何もかもこらえて日常という機を織り続けた女たちの思いが、ここにあるのだと、私はそれと出会っているのだと、理屈ではなく、私、わかったの。
雷に打たれたようにわかったの。

伝えること　伝えること　伝えること
大きな失敗小さな成功　挑戦や企て
生きて生活していればそれだけで何かが伝わっていく
私の故郷の小さな島の、あの小さな石のお墓の主たちの、生きた証《あかし》も今はなくても
きっと何かの形で私に伝わっているに違いない。今日のあのおばあさんが、私が教えたと繰り返したように。
私はいつか、人は何かを探すために生きるんだといいましたね。でも、本当はそうじゃなかった。
人はきっと、日常を生き抜くために生まれるのです。
そしてそのことを伝えるために。
クルドの人々のあれほど頑強な闘いぶりの力は、おそらくそのことを否定されることへの抵抗からきているのでしょう。
生きた証を、生きてきた証を。

井之川の家意識も、きっと。

変態を遂げた、大きなヤママユは、妖《あや》しいぐらいに美しく、この世のものとも思えないぐらいに優雅でした。本当に、あんなきれいなもの、私、見たことなかった。見たこと、なかった……

紀久が帰ってきたのは編集会議の行われる前の日だった。

紀久は山から降りた後、もう一度あの麓の村のおばあさんを訪ね、その仕事を見せて貰《もら》った。そして、彼女から天蚕糸《てんさんし》を譲って貰ったのだった。

乾いた枯草にも似た薄いグリーンに輝くその糸は、美しく気高く、やがて与希子の計画でりかさんの纏《まと》うことになるトゥガの長い裾《すそ》の部分に織り込まれ、えもいわれぬ余韻を残すことになった。

編集会議に出席したメンバーたちは、正直言って厄介なことになってしまったと思っていた。

奥野はもともと、理屈を盾にして男を言い負かそうとするような女は虫酸《むしず》が走るほど嫌いだった。そういう女に出会うとこちらの優位を徹底的に思い知らせてやりたくなる。大学で知っている内山紀久はそういう類の女のようには振舞わなかったが、それはそれでまた気に喰わないことなのだった。どこかで馬鹿《ばか》にされているような気がしてならなかった。今回のことだって、まず、学生の身分で丸一冊責任編集するなど許せることではない。しかもその内容たるや、紬《つむぎ》の技術的、歴史的な面を重視した造りかと思えば、急にどうでもいいような織り子の個人的なことにまで触れて「紬にまつわる物語あれこれ」といった柔らかい本のつもりなのか、さっぱり要領を得ない。こういうものを野放しにしておくわけにはいかない。自分の出すしっかりとした本の一部として生かされるというのだから、感謝されこそすれ、文句を言われるような筋合いではない。

出版社サイドとしては、元々奥野の出してきたような染織に関する「学術的」な書籍群の売行きがさっぱりということもあり（何しろ読者層が極端に限られていた）、この辺で目新しいアプローチのものを出したいという思惑はあったのだが、奥野の、「至誠書林まで大衆におもねるようなものを出してどうするんだ」という熱烈な一言に社長が押されたのである。

永森の話では、内山紀久という女性はかなり怒っているようだったし、この話は栗沢にまで通っているようだ。この上ヒステリックに騒ぎ立てられてはどう発展していくかわからない。とりあえず彼女の名前は編集協力者として序文にでも謝意を表明して残し、なにがしかの原稿料を渡して納得して貰うというところで落ち着けたい。

会議前にメンバーが揃《そろ》ったときはそういう合意が出来ていた。

だが、実際に会議が始まり、内山紀久が静かに自分の主張を訴え始めたときから何か様子が変わった。内山紀久が語ったのは大体次のようなことだった。

過去の歴史の表舞台に立つことなく、それでも歴史を裏で営々と支え続けてきた名もない女性たちのこと、その女性たちが例えば唐草模様のパターンのように伝え続けてきたもの、それを彼女たちの織りを紹介することで表現したいのだ。そのために用意した原稿であり、その目的で本にするという約束であったはず、私は全国に散らばる織り子の方々に無理を言って原稿をいただき、互いに慣れない作業に時間を費やした。もちろん、——とここではっきりと奥野を見つめ——、奥野先生のおやりになろうとしていることは極めて有意義なことであるけれど、その流れと、私がまとめた原稿のもつコンセプトは全然違うものであり、私の原稿の必要な部分だけ抜粋するというのでも、結果的には木に竹を継いだような効果しか生まないと思う。居丈高でもなく、卑屈でもなく、また媚《こ》びるでもなく、皮肉にでもなく、ただわかってもらうため、紀久は淡々と語り続けた。

そういう女性たちのひそみに倣《なら》って、私は自分の名前が出なくてもかまわない、大切なのは彼女たちの思いが声として人々に届くことだから。染織学会編、でもかまわない、なんとかあのままで原稿は生かして貰いたい。

紀久はそういって素直に頭を下げた。

話を聞いているうちに向こうの主張が水が浸《し》み込むように奥野の内部に入り始めた。少し勝手が違った。

編集長はまた違うレベルで、改めてそういう本を出したいと思った。この人は元々企画段階から紀久の本には乗り気だったのだが、社長と奥野に押し切られる形になっていたのである。なんといっても紀久は無名で、業績もなかった。

社長の方は内山紀久という一人の人間に興味を持った。この年頃でこんな落ち着きと深い人間性を感じさせる女性に出会ったのは初めてであった。

が、もちろんことはそう簡単にはいかなかった。

たかだか無名の小娘の言うとおりに全てが運ばれてしまう、それはとんでもない馬鹿々しいことでどうしたって許されるものではない、という思いが繰り返し波のように奥野を襲うので、それを鎮《しず》めるために、その後数回の会議が必要だった。

ともあれ、紀久は粘り強かった。話合いの結果、染織学会編で三巻に分け、一巻は奥野の編集で「古代織りの変遷《へんせん》」、二巻は内山紀久編集で「現代の織り子たち」、三巻は山村の編集で「現代作家とその創作の周辺」として出す、ということになった。三冊はシリーズだけれども、それぞれが独立性の高い、しかもそれぞれの存在が互いの本の内容に深みを与えるような編集にしようということで、皆——奥野も不承々々ながら——納得した。

「他の二冊との関連を意識しなければならないから原稿の内容を少し変えるところは出てくるけれど、それはより高い視座を得て、ってことだから決して妥協の結果ではないのよ」

紀久は最終会議の終わった後、帰ってきて皆に報告した。皆の顔が、最初は半信半疑で、次に疑心暗鬼になり、最後に本当に彼らを信用していいらしいとわかったときは一斉に晴ればれとしたものに変わった。

「ああ、よかった、よかった」

「丸まる独立した本でないのが残念だけれど、この際贅沢《ぜいたく》はいってられないわね」

「お祝い、です」

「ただ、私、染織学会会員になっちゃった。その肩書で出すんですって。多少はそういうことも仕方がないと思って」

「そうね、そういうことはまだ譲れることよ」

蓉子にいわれて、

「そうそう、それで世の中が渡り易《やす》くなるんだったら。別に魂を売るような話じゃないわ」

と紀久は彼女が入れてくれたミントティーを飲んだ。

紀久は変わった、と蓉子は思った。実を言うと変わったのは紀久だけではなかったのだが。

与希子は三人展に向けての作品作りに余念がない。今までキリムもどきやレースワーク、いろいろとやってきたので作品としては三人の中では一番数が揃っていたが（その作品のほとんどは蓉子の染めを経てきているので結果的には蓉子の作品でもあるといえるのだが）、一番力を入れているのは正面の吹抜けに設営するオブジェである。これは三人の合作ともいえる象徴的な作品だ。あれこれと試行錯誤の結果、白い麻のロープに淡いベージュのレーヨン、レギュラーブライトを絡《から》ませたものを一緒に編んでいくと、不思議な光沢と質感で無機的なイメージの世界が表現できることが分かった。レーヨンは蓉子に染めて貰った。

しかしまだ在学中の二人（と修業中の一人）が作品展を開くなんて考えてみれば無謀な話だ。どう考えても客は互いの友達や親戚《しんせき》知人という顔ぶれだろう。だとしても、自分の作品が人にわざわざ足を運んで来て貰い、鑑賞に堪えるようなものだろうか。

与希子は急に心細くなり、それからあれこれ思いを巡らした。ふと、あることを思い付き作業の手を止め立ち上がって、居間で本を読んでいた蓉子のところへ行った。

「ねえ、蓉子さん、私、私たちの作品だけじゃ自信がないわ」

「まあ、あなたがそんなことといってどうするのよ」

もっと自信のない蓉子は急に心細くなる。

「だからね、思い付いたんだけど、りかさんの衣裳《いしょう》もいくつか一緒に展示したらどうかしら。だって、ほら、神崎さんたちも博物館行きだってほめてくれるようなものもいっぱいあったじゃない」

そうだ、そういうこともあった。確かにあれは鑑賞に堪えるものだ。

「そうね、私たちだけ楽しんでるんじゃもったいないものね」

蓉子も即座に賛成した。与希子はやがて晩御飯の当番のために降りてきた紀久にも同

じようなことを言い、更に、

「私たちの作品だけじゃ物足りないって人のために。ほら、枯木も山の賑《にぎ》わい、っていうじゃない」

「失礼ね、今のりかさんの衣裳の半分はうちの祖母からのよ」

と紀久はふくれてみせたが、

「もう一度りかさんの衣裳を出してみましょう。竹田くんが詳しかったから、彼にも相談して珍しいものを中心に展示しましょうよ」

「わからないところは彼にききながら解説を書いたらいいわね」

与希子は機嫌よく竹田に電話しに行った。

入れ違いにマーガレットが帰ってきた。もうお腹《なか》がだいぶ目立つようになった。彼女がいつもはいていたジーンズはとっくにはけなくなって、今ではTシャツにガレージセールやフリーマーケットで手にいれてきたジャンパースカートばかり着ている。夏場だからこれでもなんとかやっていけるのだが妊婦には夏はきついとマーガレットは珍しくこぼした。

「坂道の途中で何回か休まなければならなくなった。ふーふーいって」

「以前のマーガレットからは考えられないわね」

「人間も丸くなったわ」

マーガレットは頰を赤らめた。

マーガレットが子どもを産むことについては蓉子はすでに両親に話はしておいた。父はしばらく難しい顔をして考え込んだ。自分の母の家であり自分自身も生まれ育った家でそういうことが――つまり未婚の女性が子どもを産み育てるということが――発生するという事実が受け入れにくいらしかった。かといって追い出すわけにはいかないじゃない、と母が父を説得してくれた。母にしたって、あの家ではふしだらなことがまかり通っていると噂《うわさ》が立ったら女学生用の下宿としては致命的だと嘆いたのだが。二人の態度が最終的に軟化したのは、蓉子が珍しくきっぱりと、私たちはきちんと生活している、誰に後ろ指さされることもない、と言い切ったことからだった。両親には急に蓉子が大人になったように思えた。

しかし肝心のマーガレットはこのことを自分の両親に知らせたのだろうか。蓉子が聞いても、マーガレットはいつもそのことは曖昧《あいまい》にして話題をそらすのだった。

竹田はあっというまに、にこにことやってきた。

「どれどれ」

といいながら上がり込み、すでに広げてあったりかさんの衣裳の前に座った。

「竹田さん、神崎さんから手紙は？」

与希子がきいた。どうもマーガレットや紀久に聞かせようとしてきいているようでわざとらしい。

「あれからないんです。なかなか手紙が書けない状況にあるのか、書いても出せないのか、出してもつかないのか……」

「どれかでしょうね」

紀久はそっけなくいった。

竹田は自分でも心配なのだろう、もうあまりそのことは考えたくない様子で、

「この錦紗《きんしゃ》のは、絶対入れた方がいいですね」

と、うつむき加減で衣裳の選択に入った。そのうち、

「あれ、同じ柄が二枚？」

といって古い着物を指した。それはあの、琴と菊の花、こづちをデフォルメしたような柄の着物だった。蓉子は、

「ああ、これはね、不思議にりかさんと紀久さんのおばあさんのお人形が両方とももっていたものなの。この間は奥にしまっていてお見せしそびれたから……」

「初めて見ます」

竹田は短くそういうと、食い入るようにその柄を見つめた。与希子が、

「そういえば、私、全く同じ柄だなんて何かあるってあのときいったけど、結局二人ともふたごのお人形だったわけね」

「そうですね。この着物は多分ツタさんがつくって、自分のお嬢さん、つまり紀久さんのおばあさんのお人形と、かよさんのお人形、つまりりかさんにあげたんでしょう」

竹田は顔を挙げて断言した。

「ツタさんが？」

「まさか」

「ツタさんは一年ほどヨーロッパへ洋行していたといってたでしょう？」

「ええ」

「そのときに多分博物館かどこかでこういうタイプの斧《おの》をご覧になったんですね。この柄は、菊の花と琴、それに斧です」

「え、こづちじゃないんですか」

「私、三味線のばちだと思っていた」

「琴があるんだから鼓《つづみ》だとばかり……」

「これは、古代ヨーロッパで祭祀《さいし》用に使われていた斧なんです。それに琴、菊ときたらもう一つは斧でないかと普通は思いますよ」

「なんで？」

「斧はよきというので、よき、こと、きく、つまり、よきこときく、という縁起のいい語呂《ごろ》合《あ》わせになってるんですよ」

「でも、斧を柄に持ってくるなんてやはり普通とは思えないわ。すごい怨念《おんねん》みたいなのを感じる」

　この斧を打ち降ろしたかったのは相手の女性だったのだろうか、それとも蔦《つた》の蔓《つる》のようにえんえんとつながっていく業《ごう》のようなものだったのだろうか。蔦の流れの怨念が、過去から津波のように押し寄せてくるような気がして紀久は眉間《みけん》にしわを寄せた。

　皆が一瞬ふっと押し黙った後、

「ねえ、紀久さん、これは呪《のろ》いや怨念とばかりもいえないんじゃないかしら」

　蓉子はずっと前から、二つ揃いの着物を見たときから感じていたことが、今ようやく言葉になってまとまっていくのを自覚した。紀久は、突然思いがけない人から声をかけられたときのように、

「え？」

　と正面から蓉子を見つめた。

「あのね、この二つの人形は、それぞれの子どもたちのものだったのよね。よきこときく、っていうおめでたい語呂合わせは、だから祝福の意味もあるんではないかしら」

　紀久は蓉子に据えていた視線を、一旦《いったん》光るように強くしてから、遠くに外した。

「祝福……」

「そうよ。ふたごのお人形の揃いの着物は、それぞれの持ち主である子どもを祝福するために与えられたのよ、だって、自分の子どもの人形でもあるのよ」

「祝福……」

紀久はしばらく深く考えてから顔をあげて言った。

「そうね、でもそれはやはり同時に怨念や恨みもあったと思うわ。単に祝福の気持ちだけだったら、いくらでもおめでたい柄があるはずだもの」

祝福と同時に呪いでもある。地獄の淵《ふち》を歩くような苦吟の思いが祝福を深くする。祝福と怨念が、表裏一枚の織物のように、互いの色を深めている。

そういうことがありうるのだろうか。

「それはね、その二つは、同じ一人の人間の中に、同時に存在しうると思うの」

紀久は静かに言い切るのだった。

竹田が選んだものの中には、唐草の文様のものもあった。それは型染めのように同じパターンが続くものではなく、葡萄《ぶどう》づるが、あるところでは鳥を抱いたり、またあるところでは花を咲かせたりして自在に変化しているものだった。

「ほら、このパターンはここから明らかに変化している。原始的なたくましい勢いこそそがれているけれど、より洗練されて、穏やかな調和を保っている。ねえ、大事なのは、このパターンが変わるときだわ。どんなに複雑なパターンでも連続している間は楽なのよ。なぞればいいんだから。変わる前も、変わったあとも、続いている間は、楽。本当に苦しいのは、変わる瞬間。根っこごと掘り起こすような作業をしないといけない。かといってその根っこを捨ててしまうわけにはいかない。根無し草になってしまう。前からの流れの中で、変わらないといけないから」

「唐草の概念はただひとつ、連続することです」

竹田は静かに答えた。


「ねえ、覚えてる？　ここにきた最初の晩」

襖《ふすま》の向こうから与希子が紀久に声をかけた。与希子は布団《ふとん》に入ったもののなかなか寝つけないでいた。隣で紀久が身じろぎする音が聞こえて声をかけたのだ。

「覚えてる。私たち、りかさんのことどう考えていいかわからなくて、戸惑ってたんだわ。それで保留にしようってことになったんだったわね」

紀久も眠れないでいた。

「どう考えていいかわからないのは今でもいっしょだけれど、考える以前に彼女の存在がもう私の中に根付いてしまったわ」

紀久はあの山の中でヤママユを見たときの強烈な印象、そしてそれがどういうわけだかりかさんとオーバーラップしてしまったときのことを思いだした。

「いろんなことがあったわねえ」

与希子はため息をついた。

父の病状がいよいよ危なくなっていた。

反発していた父ではあるが、与希子はせめて自分の作品を見せたいと思うようになった。そのことをふと紀久に漏らした。紀久は、

「お父さんの絵、なんだかぞくぞくするところがあったもの、これからきっとすごく有名になっていくと思うわ。与希子さん、分野は違うけれどお父さんの資質を継いでいるのよ、きっと」

「よしてよ。でも、エキセントリックなところは似てるかもしれない。結婚に不向きなところも」

「あら、不向きかどうかやってみないとわからないじゃない」

といってはみたものの、実際紀久も与希子の主婦姿を想像することはむずかしかった。少なくとも井之川家の女性たちのような主婦は務まらないだろう。

「三人展が始まるまで、父はもたないかもしれない」

与希子はぽつんと呟《つぶや》いた。紀久はいたたまれなくなり、

「じゃあ、先にあなたの作品と、例の合作のオブジェだけでも、この家で見て貰《もら》わない？」

と、提案した。与希子は、

「……間に合うかな」

と呟いた。

「間に合わせるのよ」

と紀久は強い口調でいった。

与希子はしばらく考えていたが、

「うん」

というと起き上がり、

「編んでくる」

と、階下へ降りて行った。

紀久は天井を見つめていたが、「よし」と与希子の後を追った。

紀久の機《はた》の音は以前にもまして規則正しくどこか深い優しさがあった。

蓉子は眠りながら夢うつつで、ああ、紀久が機を織っている……と思った。

マーガレットもいろいろと考えて寝つけないでいた。いよいよ臨月を迎えようとする

赤ん坊のこと、鍼灸師《しんきゅうし》の資格試験のこと……。マーガレットはもうアメリカへ帰るつもりはなかった。良くも悪くもはっきりと異邦人として扱ってくれるこの国が、マーガレットにはかえって住み易《やす》かった。アルバイトの英語講師で貯《た》めた収入でしばらくはやっていけると思うが、そのうち働きに出ないといけない。今まで通り高田が助手で雇ってくれるというし、マーガレットが働いている間は高田の妻が赤ん坊を見ていてあげるといってくれるから、職場に託児所があるようなもので、それは本当に心強い。が、いつまでも高田の助手をしているわけにはいかない。もっとしなければならないことがあるような気がする。

……そう、しなければならないこと……と考えていたマーガレットの耳に紀久の機の音が聞こえてきた。

……紀久さん、こんな時間にがんばってる……

その規則正しいリズムに耳を傾けているうちにマーガレットもいつのまにか寝てしまっていた。

与希子は昼夜を問わず少しでも暇が出来ると編み続けたので、蓉子やマーガレットは心配してちょっとは休むように言ったが、なかなか聞き入れられなかった。

「ああいう物語があったわね、エリサと十一羽の白鳥、だったっけ？」

「そうそう、いら草で上着を編むのよね。私、紀久さんの原稿で初めて、本当に昔はいら草の繊維で布を織っていたというのを知ってびっくりした。あれは物語だけの話だと思っていたから。でも、実際日本で今でもそれを織っている人がいるなんて。もしかしたら、ヨーロッパでも、昔はそれが女性の苦しい仕事の一つだったのかもしれないわね。だから、物語にまで苦行のように出てきたのかも」

「与希子さんの仕事もなんとか間に合うといいんだけれど……」

紀久の紬《つむぎ》は経糸《たていと》を切るばかりになっていた。

「でも、お父様だいぶお悪いんでしょう。ここまでいらっしゃれるのかしら」

「お医者様がもう何でもやらせてさしあげるようにっていってらっしゃるんですって。与希子さんのおかあさまもついてらっしゃるし」

「うまく設営できればいいんだけれど」

そのオブジェは画廊の吹抜けに展示する予定だったので、試験的に配置してみるのにも天井の高い場所が必要だった。ちょうど、天井を取って改造してあった広縁がいいということになっていた。

「硝子《ガラス》戸側に吊《つ》るか、障子側に吊るか。天蚕糸は何もかけてないから、日光堅牢《けんろう》度が極端に低いのよ。できたら障子側にして貰いたいけれど……」

「そうすると、庭の方から見て貰うことになるでしょう。やっぱり、居間の方からゆっくりくつろいで見ていただきたいから、硝子戸側にしましょうよ。来て貰うまではアルミホイルかなにかでカバーしていたらいいわ」

「そうね。いずれにしろいつかはあせるものだし、何もかも、いつまでも同じままではいられないし……」

紀久はふと、時の流れの淘汰《とうた》を経た、遺跡の静けさが好きだといっていた神崎のことを思いだした。

東アナトリアの大地は乾燥し赤茶けた色で覆《おお》われているだろうか。風が吹くと大きく雲が流れ大地に微妙な陰影を落とすだろうか。土埃《つちぼこり》が舞えば細かな粒子の移動がその色を変えるだろうか。それはきっと、神崎の目を捉《とら》えて放さない光景だろう。

いよいよ与希子の父が、かなえに付き添われてやってくる日がきた。駅まで蓉子の父が迎えに行く手はずになっていた。

「父も佐伯さんにお話があるらしいわ」

髪を振り乱すようにして梯子《はしご》に登ったり降りたり移動させたりしている与希子の横で、りかさんにトゥガを着せ付けながら蓉子は言った。蓉子の父は佐伯が一時退院しているときに会いに行き、その場で佐伯の絵を何点か預かってきた。すでに二作に買い手がついていた。

「あれは本当、蓉子さんのおかげよ」

与希子は少し下がって全体のバランスを見ながら呟いた。

「ううん、父は仕事のことには厳しい人よ。娘の私が何と言ったって、自分で納得しなければビジネスにまでは発展させないわ。私、父の頬が赤くなってるの見るの久しぶりだった。あれはいいものに出会って興奮していた顔よ」

蓉子はりかさんのウエストを絞ろうか、それともそのままドレープを生かして下に垂らそうか、与希子に問いかけた。

与希子はちらりと見て、

「そのまま」

と答えた。

「でも絞らなかったら前身頃《まえみごろ》と後ろ身頃が離れていく可能性があるわよ」

「じゃあ、脇《わき》の下のとこだけちょっと縫いましょう」

麻のロープにしなやかな光沢のあるレーヨンを絡《から》ませて、まるで蜘蛛《くも》の糸のように丹念に編み込んだ与希子の作品は、ステンレスの細い針金を通して骨組みにしてあるので、たっぷりとした流れや引き締まった張りが与希子の手の動き一つで決まっていった。あとはそれを固定させるのにどうしても柱や欄間に穴を開けなければならなかったが、この遠慮のない店子《たなこ》は容赦なく金槌《かなづち》を使っていった。

「りかさんを貸してちょうだい」

りかさんの位置は上部中央にポケット状に編み込んである場所で、そこに極端に短い後ろ身頃とりかさんの体を入れ、長い長い前身頃を中央にタペストリーのように垂らす。その前に麻のロープの一部から伸ばした更に細かいレーヨンの穴だらけの編み込みレースを紗《しゃ》のように引いた。紬そのものはこの家の一年を象徴するかのように様々な色合いがとりとめなく続く鮮やかなものなのだが、それがそのレースを通すと、生々しさが時間の向こうに遠ざかって見えるようだ。レースの端はりかさんの右手に握られている。

「まさか」

蓉子は目を見張った。

「与希子さん、すごいわ」

与希子は照れくさそうに、

「合作よ、合作」

といった。

「紀久さん、マーガレット」

と、蓉子は二階へ向かって二人を呼んだ。

降りてきた紀久は、息を呑《の》んだ。

ちょうど逆光になっていて、柔らかく優しい与希子のレースワークの向こうから自分の織りなした蓬《よもぎ》の利休白茶が、クララの金糸雀色《カナリアいろ》が、柏《かしわ》の滅紫《けしむらさき》が刈安の黄金色が、そして底知れない黒も気高い天蚕の輝く薄青も、様々な色が皆内側から発光しているようだった。繰り返す波のような与希子のレースは、絡まると見せて伸びていく、その動きの繰り返しで、その全《すべ》てをりかさんが、まるで抱きかかえようとするように手を展《ひろ》げていた。

「……我ながらドラフトもなしに織ったとは思えないわねえ」

紀久が呟いた。与希子は、

「それを生かしたコーディネーターを褒めてよ」

と胸を張った。

「確かに」

紀久はうなずいた。

マーガレットは無言だった。蓉子が振り返ると、目の縁《ふち》を赤くして、

「りかさん、マリアさまみたい」

と呟いた。

なるほど、と皆思ったが、同時に少し違うとも思った。どこがどう違うのかは誰も言葉にはできなかったのだが。


蓉子は与希子の両親が着く前に客用の座布団《ざぶとん》を出しておこうと、納戸《なんど》に入った。ついでに画廊で展示する予定のりかさんの古い衣裳《いしょう》を出しているうちに、虫除《むしょ》けの香の匂《にお》いが何故《なぜ》かそのとき妙に懐《なつ》かしく、古い縮緬《ちりめん》の手触りのよいところを持ったまま、しばらくぼんやりとした。

少し湿った空気がしんと耳鳴りをたてた。

窓のない納戸のどこからか柔らかい光が入ってきて、埃がきらきらと光るのが見えた気がした。おかしいなあ、と覗《のぞ》いて目を凝らしても、やはりそれは光のようで、家の内側の方から射《さ》してきているのだから、別に壁に穴が開いているわけでもない。その辺りだけ空気の粒子の配列が違っているようだった。けれど何故かそこにいると心地よく、思わず目をつむると、

「ようこちゃん、ようこちゃん」

と懐かしい声が呼んだ。

「りかさん」

と声を上げ、目を開けようとすると、

「目を開けないでね」

と釘《くぎ》を刺された。

「りかさん、今までどこへ行っていたの」

「どこにも行ってないわ。お浄土送りをしていたのよ。お浄土送りをしている間は蛹《さなぎ》のようになっていたの」

「りかさん、蛹だったのかあ。じゃあ、外のこと分かってた？　私たち、五人で住んでたのよ。紀久さんと与希子さんとマーガレット」

「ええ、ええ、わかってたわ。全部、全部わかってたわ」

その声は、蓉子が今まで聞いた中でも一番美しく慈《いつく》しみに満ちて優しく蓉子を包んだ。

「今まで蛹で、もう外に出られたの？」

「もうすぐよ、もうすぐ出られるわ」

「じゃあ、ずっとまたいっしょにいられるね」

「いっしょだよ、ようこちゃん、いつもいっしょだよ、いっしょだけど、ようこちゃんのいってるいっしょとはちょっとちがうかもしれない。三月三日の夜、ようこちゃん、小さい頃、銀じいさんって呼んでた人のこと覚えてる？　お人形たちの見回りにやってきた」

「……ええ……」

そういえば、そんな人がいたような気もする。でも、あれは人形の類《たぐい》の何かで、現身《うつせみ》のひとではなかったように思っていた。それにりかさんは銀じいさんが苦手だったはず。

「銀じいさんがもうすぐ迎えにくる。ようこちゃん、おばあちゃんが人形の体はお旅所だっていったの、覚えてる？」

「覚えてる」

「覚えててね。私も蛹から出られるの。このお旅所を発《た》つんだわ」

そこで、蓉子ははっとして目を開けた。

今のは何だったのだろう。眠っていたつもりは全然ない。夢を見たという感覚は残っていない。

狐《きつね》につままれたような思いでいると、居間の方で人の声がする。ああ、知らない間にお客がいらしてたのかと、慌《あわ》てて座布団を抱えて納戸を出た。

納戸は広縁の突き当りにあり、そこから出てまっすぐいくと与希子が設営したオブジェで通れないので、織機の置いてある元座敷を迂回《うかい》して居間への襖《ふすま》を開けた。

そこに立っている人を見たとき蓉子は驚いて座布団を落としそうになった。

「……銀じいさん?」

小柄な、痩《や》せた体は、歳月が清冽《せいれつ》な水滴となってその形を鑿《うが》ったような研ぎ澄まされた空気を漂わせていた。それで思わず蓉子はそう呟いたのだが、その人がこちらを振り向いたとき、自分の勘違いに気づいた。

与希子の父、佐伯とかなえ、それに蓉子の父が着いたのは、その日も暮れてからだった。

蓉子は納戸の方にいて気づかなかったが、与希子と紀久が出迎えた。紀久は佐伯のやつれように驚いた。別人のようだった。

「お世話になりました」

と、与希子は蓉子の父に頭を下げた。

「いやいや。お疲れになったと思うから、ちょっと横になられた方がいいかもしれません」

蓉子の父は佐伯を気遣った。佐伯は、

「私は、だいじょうぶです」

「ええ、今日はとても調子がいいみたいで」

かなえも佐伯を支えながらうなずいた。

三人を居間に通した後、お茶を入れようと二人で台所に入ると、

「しゃれこうべに和紙張ったみたいになっちゃって」

と与希子が呟いた。紀久はたしなめることもできなかった。両手にお茶を載せたお盆をもって居間へ向かおうとしたら、蓉子の父とぶつかりそうになった。

「すごいものをつくりましたね」

蓉子の父の頰は確かに上気していたから、作品の印象はかなりよかったのだろう。

「最初、人形を使うと聞いて、あまりいい趣味だとは思えず、期待してなかったんですよ、実は。だが、あれがあの人形とは思えない。何と言ったらいいのか、あれは……」

蓉子の父は言葉を探していた。そこへ、かなえもやってきて、

「素晴らしい、と、思います」

と紀久を見つめた。

「私は?」

と、与希子が自分を指さしたとき、居間から、「あっ」という蓉子の叫び声が聞こえ

た。四人は慌てて居間に向かった。


「煙草《たばこ》なんて、まさかもってるとはねえ……」

後々、思い出してはかなえは首を振り、ためいきをついた。煙草はとっくに医者から禁止され、止《や》めているはずだった。昔から、佐伯は自分の作品が出来上がると、丁寧にコーヒーを入れ、煙草を吸いながら出来映えを確かめる習慣があった。

皆が駆けつけたそのときは、すでに作品の前で佐伯が膝《ひざ》をつき吐血しており、その脇をうろたえた蓉子が支えているところだった。そして皆が佐伯の状態に気も動転していたとき、佐伯が落とした煙草の火が、与希子のレースに移ったのだった。

誰もどうすることもできなかった。

レーヨンに移った火はあっという間に走るように駆け回った。

硝子戸の向こうの庭は黄昏《たそがれ》から闇《やみ》を濃くしつつあった。その背景を細かく切り裂くように、炎はレーヨンから麻糸の方へ移った。硝子戸に炎が映り、煙が妖《あや》かしを現出しようとする霞《かすみ》のように後から後から湧《わ》いて出た。

丹念に紡《つむ》がれた蜘蛛の巣が突然に光を放ったとしたらこういう感じだっただろうか。レーヨンが身を縮らせながら燃えつきようとする。全体がゆらゆらと炎に蠢《うご》めく。それがりかさんの顔に映り、変容を迫られてギリギリまで追い詰められ、覚悟を決めた人の壮絶さを思わせ、神聖な行に我を忘れている人の恍惚《こうこつ》のようにも見えた。

蓉子は声も上げられないでいた。今こそりかさんは蛹から脱皮しようとしているのではないかという思いが頭をかすめた。そしてその思いは紀久の心にも去来した。

張り巡らされた血管のような炎はあっという間にあちらこちらで小さく爆発するように大きな炎となって吹き出した。

畏《おそ》れながらもその美しさに皆息を呑んだ。

紀久の紬《つむぎ》が、皆で紡いできた日常がりかさんに従《つ》いていくように燃え始めた。りかさんの顔が少し、上を向いたように思った。瞳《ひとみ》に炎が映り、燃え上がってまるで飛び立とうとしているようだ。面《おもて》がわずかに上向きになりこれは……そうだ。まるでりかさんは能面のようなのだ、どんどんどんどんその本性を取り戻すようにして能面に近づいてきたのだ、と呆然《ぼうぜん》としながらも皆が探していたりかさんを形容する言葉をようやく見つけたと思ったとき、佐伯が顔を上げ、苦しい息の下から一言、

「竜女です」

と呟いた。

渦巻く炎のあまりの迫力に皆金縛りにあったように動けなかった。コマ送りのように情景が目に入ってきたので、長い時間のようだったが、後から思えば一瞬のことだった。その一瞬の間にどれだけの思いが互いの胸を走り去っていったか、そのときはもちろん言葉にするゆとりなどなく、その金縛りから、意志の必死の力で蓉子の父は逃れ電話へ走り、一一九番に火事と急患の両方で電話をかけた。それではっとして与希子とかなえはバケツで水をかけようとしたが、火はあっというまに広縁の天井を抜いた屋根裏に燃え移り、蓉子の父の指示で消火は諦《あきら》め皆佐伯をかばいながら外に出、近所に火事の危険を知らせに走り回った。

蓉子が最後に振り返ったとき、剝《む》き出しになったステンレスの針金がくすぶりつづける情念のように昏《くら》い赤で燃え、それに支えられたりかさんの髪もめらめらと赤い糸になって燃え上がるところだった。両腕も顔も天を向いていた。

——終わりだ。

蓉子は悟った。頭の芯《しん》が冷たく冴《さ》えざえとしていた。

それを見納めに、その場から離れた。皆のところへ駆け寄るその僅《わず》かな間に、りかさんが水の中を一直線に泳いでいくビジョンが残像のように瞼《まぶた》の裏に焼き付いた。水は冷たく、地下に溜《た》まっているもののようだった。りかさんは炎に巻かれているというのに、と、蓉子は不可解だった。

だが瞬《まばた》きするごとにそのビジョンは現れ、りかさんはどんどん先へ進んでいってしまう。衣を脱ぎ捨て、二本の足が伸びていき、やがてそれは縒《よ》り合わされ銀色の鱗《うろこ》がきらめき、水の中を人魚のようにしなりながら消えていった。

あんなに嬉々《きき》としてどこを目指していったのだろう。

中世の魔女のように熱い火に煽《あお》られていたのがあまりにも不憫《ふびん》で、知らぬうちそういう冷たい水のビジョンを造りだしたのだろうか。

それともこの不思議はりかさんからの最後の贈物だったのだろうか。

外に出て皆のところまで辿《たど》り着いたとき、もう一度目を閉じると、暗闇の底でりかさんの落とした銀の鱗が一枚、きらりと光って消えた。

消防車が来たときはすでにだいぶ火は回っていて、結局台所の部分を残してほとんど燃え落ちてしまった。救急車には佐伯と、この火事の騒ぎで体の異変を訴えたマーガレット、付添いとしてかなえが乗って行った。蓉子の父は事情聴取に行く前、与希子に一言、

「火事のことは気にしなくていいんです、どうせ建て直そうと思っていたんだから。ただ心残りは君たちの作品だが」

と声をかけた。

「すみません」

と、与希子は唇を噛《か》んで頭を下げた。自分の父の煙草が原因だったのだ。作品のためならそのくらいのことはする人だ。あれももしかして故意かもしれない。与希子にはそう思えてならなかった。あの人にはあの作品が紅蓮《ぐれん》の炎に包まれて昇華する場面が見えたのだろう。あの作品を見た瞬間、そのときこそがあの人にとっての赤光の、いや澄月の竜女の完成のときだったのだ。

蓉子は虚《うつ》ろな目をして焼け跡を見ている。何といっても、りかさんを失ったのだ。与希子も紀久もかける言葉もなかった。

見物人も去った頃、誰か小走りに坂を上がってくる跫音《あしおと》がして、与希子が振り向くと竹田だった。竹田はこの惨状を見回して――あたりまえだが――顔色を変えていた。

「何が……」

あったのか、ときこうとして後が続かなかった。与希子は黙ってうなずいた。紀久は、

「これから蓉子さんのご実家にいくところだったの」

と力のない声でいった。

「僕は……。神崎さんからメモの切れ端みたいな手紙が届いて……。それも、知らない人がもってきてくれたんですけど……。まさかこっちがこんなことに……何で？」

「私の父が煙草で私の作品に火をつけたのよ」

与希子は爆発するように激しい口調でいった。

「違う」

と、紀久は静かに与希子を制した。そして今日のことを竹田に説明した。

紀久が話し終わると、竹田は目を閉じ、ため息をついた。

「赤光の竜女は、これでやっと完成したというわけなのか」

紀久はうなずいた。

「彼の遺作の、つくりかけの竜女は二体あった。一つは天へ、もう一つは地下に眠っている。もしかすると水の中で」

それからまだぼうっとしている蓉子に、

「さあ、お宅へ行きましょうよ。おかあさまが待ってらっしゃるわ」

蓉子は、はっとしたようにうなずいて、それから、

「そうね、でも、家へは父から連絡がいってると思うから、私たちは病院へ駆けつけましょう」

としっかりした口調でいったので、与希子も紀久もほっとした。

「送って行きますよ。タクシーをつかまえますか」

竹田が気遣わしげにいった。

「ありがとう、坂の下の大通りにまで出れば拾えるでしょう」

四人は坂を歩いた。紀久はふと思いだして、

「神崎さんは、何て？」

と聞いた。

「国境線が変わるかもしれない、とんでもない量の血がながれるかもしれない。一体何が起こるのか、この顚末《てんまつ》を見届けずにはいられない、ってかいてありました。走り書きで。これを持ってきた人も神崎さん本人に会ったわけではなくて、現地の目付きの鋭い男に日本人かと聞かれて、そうだと答えるとこれを渡されたんだそうです。それに僕の住所が書いてあったそうです」

紀久は大きなためいきをついた。与希子も蓉子も何も答えなかった。

誰も一言も口をきかないので、

「ねえ、これからきっと、こうやって、僕たちも、何度も何度も、国境線が変わるようなつらい思いをするよ。何かを探り当てるはめになって、墓を暴《あば》くような思いもする。向かっていくんだ、何かに。きっと。小さな分裂や統合を繰り返して大きな大きな、緩やかな統合のような流れに。草や、木や、虫や蝶《ちょう》のレベルから、人と人、国と国のレベ

ルまで、それから意識の深いところも浅いところも。連続している、唐草のように。一枚の、織物のように。光の角度によって様々に変化する。風が吹いてはためく。でも、それはきっと一枚の織物なんだ」

と、傍らを歩きながら竹田はぼそぼそと呟《つぶや》いた。これは慰めてくれているつもりなんだろうか、と与希子は不思議に思った。紀久も独り言のように、

「そう、私、赤光と久女の子どもがなぜツタと名付けられたのか、今わかったような気がしているの。蔦《つた》唐草。鳥や花、獣までその蔓《つる》の中に抱き込みながら伸びていく蔦唐草のツタ、伝えるのツタ。断ち切れないわずらわしさごと永遠に伸びていこうとするエネルギー。それは彼らの願いや祈りや思いそのものだったんだ」

自分の与《あず》かり知らぬ遠い昔から絡《から》みついてくる蔓のようなものへの嫌悪《けんお》といとおしさ。蔓は個の限界を越えようと永遠を希求する生命のエネルギーだ。

そしてツタの残したヨキコトキクの着物もやはり、呪《のろ》いであると同時に祈りだったのだろう。

呪いであると同時に祈り。憎悪と同じぐらい深い慈愛。怨念《おんねん》と祝福。同じ深さの思い。媒染次第で変わっていく色。経糸《たていと》。緯糸《よこいと》。リバーシブルの布。

一枚の布。

一つの世界。

私たちの世界。

タクシーが救急病院へつくと、皆――結局竹田も――正面玄関の横に明りのついている急患用の通路を通って、看護婦控え室の窓口で二人の名前を言い、様子を聞いた。応対の看護婦は、付添いの方にご連絡をしておきますのでしばらくそちらでお待ち下さい、と告げ、多分昼間は順番待ちの患者で一杯になるのだろう、夏だというのに寒々とした広い待合室で待たされた。蛍光灯が一列しかついていなかったので余計閑散としてうら寂しく見えた。皆の顔色もひどく悪かった。薄暗い隅の方でそこだけ妙に明るい光を放っている自動販売機で、竹田はコーヒーを四つ買い、皆に配った。

与希子は火事で自分の作品や愛していた下宿を失った喪失感と、父への怒りや悲しみで、体中の細胞がざわめいているかのような異様な精神状態だった。父には昔から反感ばかり感じていた。最後は精魂込めた作品ごと、自分がホームだと思っていた場所まで焼かれた。その男が、今、多分死に瀕《ひん》している。

紀久は竹田からコーヒーを渡されて、端目《はため》からは自分たちは相当参った状態なんだろうな、とぼんやり思った。それから灰になった自分の紬のことを思った。不思議に惜しい気はしなかった。全《すべ》てが、竜女を完成させるために仕組まれていたことのように思えた。でも、それも大きな布の中の一本の経糸が生み出した一つの文様に過ぎないのかもしれない。そしてその竜女もまたもっと大きな文様の一部に組み込まれていくのかもしれない。

どのくらい待っただろう、やがて長い廊下の奥から跫音が響き始め、皆息をこらしてそれを待った。跫音の主はかなえだった。頬がこけ、眼の周りに隈《くま》ができていた。皆立ち上がって彼女の言葉を待った。

「佐伯は、亡《な》くなりました」

その場の空気が一瞬凍りついたかのようだった。与希子は、瞬きもせずにじっと目の前を見つめた。手を握ろうとする紀久に、

「いいの、覚悟はできていたから」

とかすれた声で呟いた。それから椅子《いす》に座り、目を閉じた。

「最後の最後まで、ほんとにあの人らしかった、ねえ、そうじゃない？　与希子」

かなえは力なく笑った。与希子はきっとかなえをにらみ、

「あの人は、とうとう一度も私の作品を褒めなかった」

と絞り出すような声でいった。それからぼろぼろと涙をこぼした。憎しみと愛情が渦を巻いてほとばしった。

そのとき今まで黙っていた蓉子がまっすぐに与希子の前に立った。

「そうじゃない」

蓉子ははっきりと与希子にいった。その声はがらんどうのような暗い待合室に硬質の響きを持って反響した。これは皆の知っている蓉子ではないようだった。

「佐伯さんは、吐血する前作品を見ながら私に、『もう、これで、本望です』とおっしゃったのよ」

顔を覆《おお》って与希子は嗚咽《おえつ》した。

だんだんと大きくなるその跫音は、さっきかなえがやってきた通路とは反対の方向からやってきた。

さして慌《あわ》てているふうでもなかったが、確かな間隔で近づいてきた。

跫音の主は蓉子の母の待子だった。夫からの連絡を受けて、マーガレットに付き添っていたのだった。こちらも疲れた表情だったが微笑《ほほえ》んでいた。

「生まれましたよ。マーガレットさんから皆さんへ、東の子でも西の子でもない新しい赤ん坊が生まれた、と伝えて下さいということでした」

皆立ち上がり、歓声を上げ、手を取って抱き合った。

生まれた。

新しい子どもが。

そうか、こういうことなんだ、と竹田が叫んだ。

待子は、かなえに、この度はご愁傷様でした、こんなことになるなんて、と悔やみの言葉を述べ、かなえは、火事のこと、申し訳ないと頭を下げた。待子は、

「火が点《つ》くところから、夫や蓉子もその場に居合わせながら何もできなかったんだから、責任は私たちにもあるのです。むしろ、これだけの代価を払ってでも見る価値のあるものだったと夫は言っています」

それから皆に微笑んで、

「いっそのこと残ってる部分も全部潰《つぶ》してアトリエ用に新しくしようと、夫とも話したんです。設計を考えてみて下さいね」

多分、皆を元気づけるために話し合ったことなのだろうが、蓉子は、

「残った部分は潰さないわ、おかあさん、気持ちはありがたいんだけれど」

ときっぱり言い、紀久も与希子もうなずいた。

まるで聖母子のように眠っているマーガレットとその新しい赤ん坊をそっと覗《のぞ》いてから、皆は病院の外へ出た。丘の上にある病院なので、夜の間の木々の息が空気に混じっていた。

「ねえ」

紀久が傍らの与希子に声をかけた。

「すごかったわね、あの炎。私、不謹慎かもしれないけど、見とれちゃった」

与希子の目がきらっと光り、いつものいたずらっぽい表情が一瞬現れた。それでも、何も言わなかった。紀久は重ねて、

「ほんとは、体がふるえるほど感動したの。何か、すごいものが、時の流れとか、人の思いとか、そういう手で触れられないようなものが目の前で凝縮されていくような、すごい迫力で……。ああいう炎、初めて見た」

その声が蓉子にも届いたのだろう、ぽつんと、

「りかさん、炎の中でほんとに気持ちよさそうだった。あんなきれいなりかさんも初めてだった。それを見たとき、私、これでいいんだ、って、わかった」

「ほんとにそう思う?」

与希子は真剣な顔で蓉子に問い質《ただ》した。

「ええ」

蓉子も力を込めて答えた。

「あれをこの世に現出できたこと、それを私たちが鑑賞――っていうのも変だけれど、見届けることができたのは凄《すご》いことだったと思う」

それを聞いて与希子は、

「少し、ほっとした。実は私、あのレーヨンに火が走ったとき、最後の仕上げだって、どこかで思ったの。申し訳なくて、いえなかったけど」

「本当、凄かったわね」

「一生忘れられない」

「何だかすごい損したような気がする」

炎も作品も見逃した竹田が残念そうに言った。


紀久は、あの炎を見たとき、これは自分の蛇の夢の始末なのだという気がした。

男の嫉妬《しっと》も女の嫉妬も、恨みも怒りも憎しみも、それは本当は大したことではない。

それはほんの入口、業火《ごうか》の溶鉱炉のようなマグマへ導く、案内《ガイド》の蛇のようなものだ。

私たちは、人は皆その同じひとつの溶鉱炉でつながっている。

あの炎を見たときの体の芯《しん》が溶けるような感覚は、確かに快感だった。破滅的であったが同時にまた例えようもないほど清浄なものにさらされた恍惚感《こうこつかん》でもあった。拷問《ごうもん》を受けた末に自分を裏切った友を持ち、自らもまた拷問を受け、職人の命である指を落とされ、恋人を奪われ、殺人を犯すほどのすさまじい怨念の面を彫り、生き抜いた赤光は確かにこれを見たのだろう。そして自分たちにそれを伝えた。問題はその次だ。次の展開だ。

神崎が探しているのも、たぶん。

紀久はそういうようなことを考えていたが、言葉にすれば虚《むな》しくなる気がして、結局、

「全部失《な》くしちゃったけど、かえってさばさばしたわ」

と表現した。

「残った部分がどれだけ生かせるか、設計を考えなくちゃね。今度の家は赤ん坊も、育っていく家になりそうだから」

と、蓉子は微笑んだ。

「神崎さんに知らせなくていいのかなあ、赤ちゃんのこと」

竹田が呟いた。

神崎。

生死も分からぬその男の名前を、紀久は胸に落とすように聞いた。

同時に、与希子の横顔が深い陰影を帯びた。視線が、どこかここではない場所を彷徨《さまよ》っている。

紀久はその今まで見たこともない表情に激しく胸を衝《つ》かれた。

その瞬間、自分の中の深い深い場所、暗闇《くらやみ》になっていたのでそこに更に淵《ふち》があるなどと思ったこともなかった、かつて降りたこともない深い淵の底に流れていた地下水脈が、突然与希子のそれに向かって水門のバルブを回したように開かれた気がした。愛情とも共感ともつかないそれは迸《ほとばし》るように現れて紀久を圧倒した。

自分の裡《うち》の、今までその存在すら知らなかった深みを急激に降りたのも初めてなら、そこを何かが流れていると知覚したのも初めてだった。ましてやそれが他者に対して開かれていくと感じたのも。

神崎の存在が鍵《かぎ》になっていたのだった、この堰《せき》を開く。自分を苦しめるだけのように思っていた神崎の存在が。

与希子はきっと自分もそういう水脈を自身の存在の奥深くに蔵していると今は気づいていないだろう。たぶん、ほとんどの人間がそうであるように。

紀久の中では、与希子のそれと通じたその奔流はそのまま勢いを増し続け、あまりの激しさにやがてマーガレットの、そしてここにいる蓉子や竹田の水門まで絶え間なく叩《たた》き続けてついに開けてしまったように思われた。それは、かなえや井之川の初枝にも及び、更には知り得る限りの全ての人、未《いま》だ知らない全ての人、遠くシルクロードを巡り西の果てにいる人々、しまいには人間存在そのものとしか思われないものにまで怒濤《どとう》のように一瞬にして行き着いたかに思われた。存在ということ全ての底で、深く淵をなしながら滔々《とうとう》と流れゆく川。ひとつに繋《つな》がりゆく感覚。

そのイメージに圧倒され、流れの渦に巻き込まれそうになり、紀久は耐えきれずその場にしゃがみこんだ。

……この川は、きっと、あのマグマと同じ場所を別の位相で流れている。永遠に混じり合わない唐草のように……

「……永遠に混じり合わない唐草。二体のりかさんたちのように」

紀久は小さく声に出して呟いた。

永遠に混じり合わない。

その言葉はかつて神崎から聞いたことがあった。神崎は色の溶け合う絵画の世界から、色が点描として屹立《きつりつ》し集合する染織の世界を選んだのだった。

その神崎が、個としてすっくと立っていた風情《ふぜい》のマーガレットに惹《ひ》かれたのは今にして思えば当然といえば当然の成りゆきだった。そして何千年もその独自性を固持してきた頑《かたく》なな民族に関わっていったのも。

「紀久さん、だいじょうぶ？」

与希子たちが慌てて紀久の側へ寄った。

「疲れたのね。休んでいきましょうか。ベンチがある」

市内を見晴らせる場所に、入院患者のためのベンチがいくつかおいてあった。皆でそこに座り、改めて紀久を気遣った。

「貧血かしら」

「違うのよ、何か、いろんなことが……人形、あの、りかさんにそっくりの……」

「ああ、島のお墓に眠っている？」

「ええ、あの人形が、今、また水に浸《つ》かって……溶けていってるような感じがした」

「……まさか」

与希子はそう呟き、蓉子は瞬《まばた》きもせず黙って紀久を見つめた。火事のとき、最後に見たりかさんのビジョンとそれは重なった。蓉子は何も言わず黙ったまま目を閉じた。

これはまた、何の文様なのだろう。重なる、浮き出てくる、そしてまた解《ほど》けてゆく……。

夜はだんだん白み始めていた。東の空は、まるで焼けてしまった紀久の紬《つむぎ》のように様々な色が沸き立っていた。一番底にはあの天蚕紬の真珠のような淡い緑が見え隠れしている。

誰かが――何かが、壮大な機《はた》を織り続けている。

蓉子は、祖母の長い長い喪が今ようやく明けようとしているのを感じていた。

「ねえ、あの竜女は確かにすごい作品だったわ。でも、ほら、覚えてる？ 最初の頃、与希子さんが白いテーブルクロスの上に、カラスノエンドウの蔓《つる》と、マーガレットの花を小さく小さくしたようなハルジョオン、それからええと……」

「露草とヘビイチゴ」

紀久の言葉に蓉子もうなずきながら、

「草花唐草っていう感じの……。あれだって本当に素晴らしかった。写真にでもとっていたら良かったわ。あのとき初めてあなたのセンスに脱帽したのよ」

「何、それ？」

与希子が足を止め、きょとんとした顔で聞いた。

「何って……忘れたの？ あなた、ほら、あの後コンパに行って……」

「知らないわ。そういえば、蓉子さんが露草を沢山洗って、マーガレットがどこからかカラスノエンドウを紙袋いっぱい摘んできたのは覚えてるけど……」

「あの後、私たちが行ったら、あなたはもうコンパに出かけた後で、テーブルにあの美しい縁どりが残されていたのよ、本当に覚えてない？　私たち、マーガレットまで、そりゃあなたのことほめちぎっていたのに」

「知らないわよ」

与希子は真顔になった。

「じゃあ、一体……。あのときは他に……」

三人は顔を見合わせた。

明けゆく東の空に、春の野を軽やかに転がる風のような笑い声が一瞬響いて消えていった。


「今の、りかさん？……」

そのとき産室の窓の内側で、夢うつつのマーガレットが呟いた。

❉アトリエ鈴華《れいか》主宰の鈴鹿章子《ふみこ》先生には示唆に富んだお話をいただき、深く感謝しております。また、お忙しいなか快くお時間を割いて下さった㈱川島織物の安井宣夫様をはじめとする関係者の方々、更に取材に御協力下さった全ての皆様に心からお礼申し上げます。

解説

鶴見俊輔

明治からの文学を読んで、夏目漱石・森鷗外の作品では、海外の人物の描写と日本人の描写にさけ目を感じない。だが大正に入り、さらに昭和に入ると、両者の描写にさけ目を感じる。

日露戦争をへてから、日本国民という考え方が文学の中にもしみとおって来て、国民外の人というと別の人のように感じる、その感じ方が入って来た。宮沢賢治のような例外はいるが。

日本人のことになるとよくわかるが、日本の外の人のことになると、よくわからないような、ガラス戸の外を歩いている人として見る見方である。そのことを読者としてはじめて感じたのは、横光利一の『欧洲紀行』、『旅愁』を読んだときで、この作品と永井荷風の『西遊日誌抄』『あめりか物語』『ふらんす物語』のあいだには、外人のえがき方にちがいがある。

開戦直後に伊藤整の発表した「この感動萎《な》えざらんが為《ため》に」その他戦勝のエッセイに

も、これは、おなじことを感じた。私は、もっと前の、ジョイスの飜訳者《ほんやく》として伊藤整をおぼえていたので、この教養人が自分の文章を書く段になると、このように、日本人だけを自分とおなじ仲間と感じるのかとおどろいた。

おなじ時代（大正・昭和）に、自分にしたしいものとして、バーネットの『小公子』、『小公女』を読んでそだったこどもたちはどうなのか。

いぬい・とみこ『木かげの家の小人たち』（一九五九年）には、自分の中に住みついている西洋わたりの妖精《ようせい》たちをかくまっている少女の戦中の心情が語られている。

私には、梨木香歩が、いぬい・とみこの文学の系譜に属するように感じられる。

戦中の国民文化という形での鎖国と対照になる、敗戦後のゆたかな自足という形での鎖国には、たがいによく似たところがある。その鎖国を、日常生活の中で、こえるはたらきが、『からくりからくさ』にえがかれている。

祖母がなくなり、祖母の家に、孫娘をふくめて四人の少女が、下宿人として住みつく。マーガレットは、その家にいる人形におどろいたが、やがて四人の共同生活の中で、人形と親しくなる。

晩年の柳宗悦（宗教哲学者、民芸運動家）は、モノと心との区別なく、語りかけた。モノをつくった人への敬意、美しいモノへの敬意が、彼のくらしの中心にあった。

モノは心の延長というのは、うまれてしばらくのこどもの日常であり、老年になるとモノと心の区別がふたたび失なわれて、こどもの心に似た安らかな心境にかえってゆく。『からくりからくさ』の少女たちは、幼児でも老人でもない年齢に属するが、手仕事に関心をもってたがいにつきあうなかで、モノである人形への距離がかわってゆく、そういう精神生活の記録である。

色への感応。柏《かしわ》の葉について蓉子と師との対話。

「この緑は、どこか暗いところがある。鉄媒染で黒褐色になるのを、何度も何度も繰り返して黒にするの。その糸で、喪服にする反物を織り上げる」

「え……。この柏の葉、喪服になるんですか」

「うーん、正式の喪服というより、法事とかで使われるものになるでしょうけれど。やっぱり、のっぺりした純粋の黒は植物染料ではむずかしいから。どうしたっていろんなものがざわざわ入ってくるから。せいぜい死者を悼《いた》む色ってとこかしら」

「死者を悼む色」

終りに、マーガレットの産室の近くで、友人たちは、朝をむかえる。

夜はだんだん白み始めていた。東の空は、まるで焼けてしまった紀久の紬《つむぎ》のように様々な色が沸き立っていた。一番底にはあの天蚕《てんさん》紬の真珠のような淡い緑が見え隠れしている。

誰かが――何かが、壮大な機《はた》を織り続けている。

蓉子は、祖母の長い長い喪が今ようやく明けようとしているのを感じていた。

池澤夏樹の書評によると、四人のきずなのつよさの秘密はたぶん手仕事にある。

（平成十三年十月、哲学者）

＊この作品の単行本は平成十一年五月新潮社より刊行されました。

からくりからくさ

新潮文庫　な-37-3

平成十四年一月一日発行

著者　梨《なし》木《き》香《か》歩《ほ》

発行者　佐藤隆信

発行所　株式会社　新潮社

郵便番号　一六二―八七一一
東京都新宿区矢来町七一
電話　編集部(〇三)三二六六―五四四〇
　　　読者係(〇三)三二六六―五一一一

価格はカバーに表示してあります。

乱丁・落丁本は、ご面倒ですが小社読者係宛ご送付ください。送料小社負担にてお取替えいたします。

印刷・錦明印刷株式会社　製本・錦明印刷株式会社

ISBN4-10-125333-1 C0193